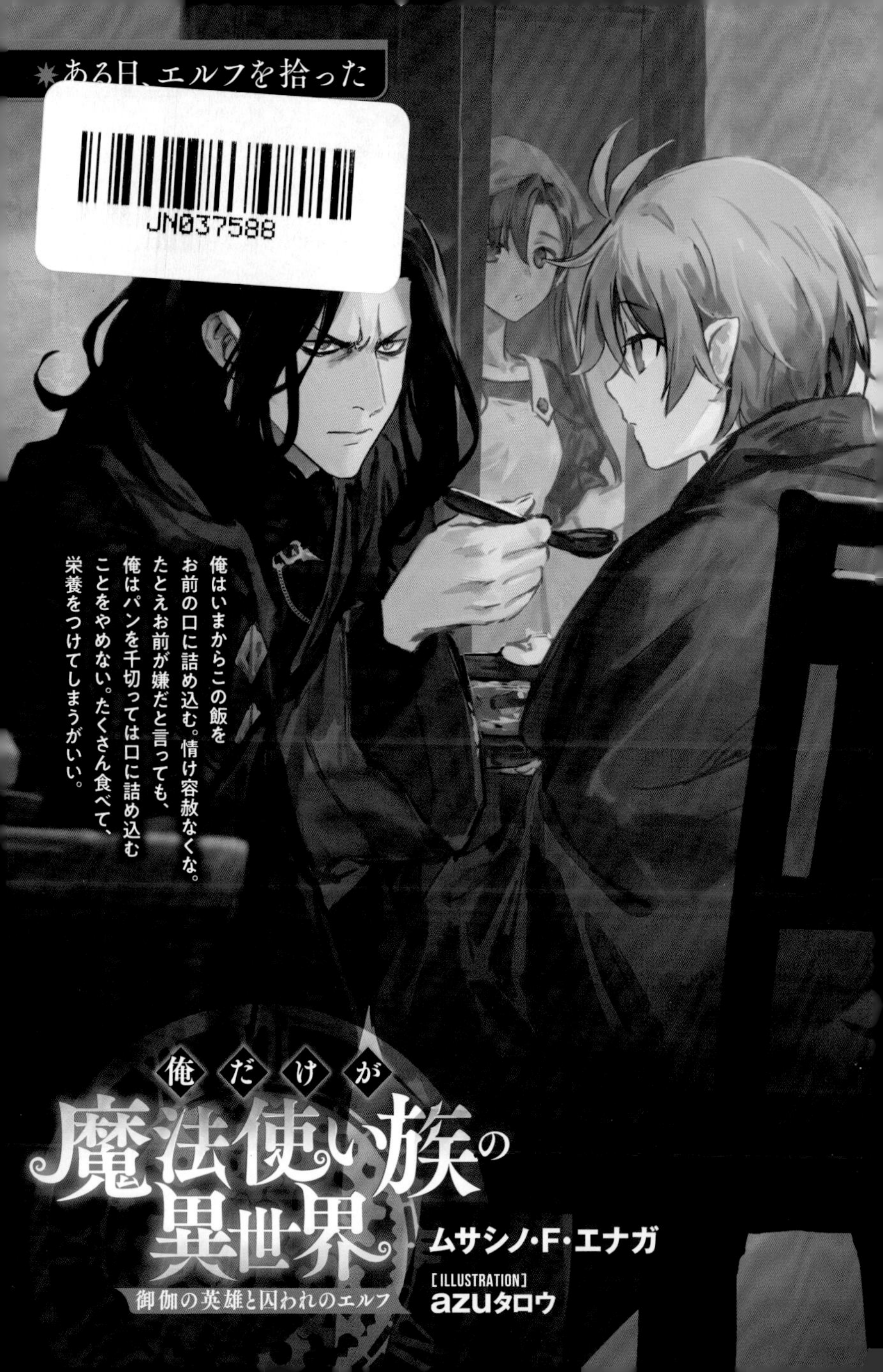

ある日、エルフを拾った
俺はいまからこの飯を
お前の口に詰め込む。情け容赦なくな。
たとえお前が嫌だと言っても、
俺はパンを千切っては口に詰め込む
ことをやめない。たくさん食べて、
栄養をつけてしまうがいい。
俺だけが
魔法使い族の
異世界
御伽の英雄と囚われのエルフ
ムサシノ・F・エナガ
[ILLUSTRATION]
azuタロウ

クレドリス
サクラ
クララ
「魔法使い族は滅んだ。みんな死んでしまった」
この日記は、俺が……
アルバス・アーキントンが書いたものだ。
これを読めば俺の知らない俺について
わかるのだろうか？

過去を知る日記
トーニャ
アルウ
アルバス

最後の魔法使い
俺は両手を叩き合わせ、膝を折り、
地面をぶっ叩いた。パキィ……パキッパキパキ。
『銀霜の魔法』発動。空気が割れるような音がした。
周囲を白い霜が覆い尽くし、無数の氷柱が飛び出す。
「なんだ、なんなんだ、その氷は。
いったい第何時間の魔術を……
おまえは、いったい、何者なんだッ！」
「俺は魔法使い。
アルバス・アーキントン」
言って、黄金の懐中時計
『歪みの時計』を見せてやった。
「相手が悪かったな」

ムサシノ・F・エナガ
[ILLUSTRATION]
azuタロウ
俺だけが
魔法使い族の異世界
御伽の英雄と囚われのエルフ

本文・口絵イラスト：ａｚｕタロウ
デザイン：ＡＦＴＥＲＧＬＯＷ

CONTENTS

A DIFFERENT WORLD WHERE I AM
THE ONLY WIZARD TRIBE.

プロローグ　優《やさ》しさとは呪《のろ》いである

優しさとは呪いである。不幸のすべては優しさからはじまる。

他者への奉仕《ほうし》が報《むく》われることはなく、優しい人間ほど不幸になる。そうした不条理を俺《おれ》は人生を通して学び、そして自分の人生を呪って死んでしまったのだ。

前世での仕事は施工《せこう》管理をしていた。いわゆる工事現場の監督《かんとく》である。生ぬるい現場ではなかった。言葉を選ばずに形容するならクソみたいな職場だった。

毎朝6時50分に起床《きしょう》して工事現場へ向かう。監督である俺は職人さんたちに作業の段取りを指示し、トラブルがあれば対応する。そうして9時間ほど方々、現場を駆《か》けずり回り、18時に職人さんたちを現場から帰らせる。そこから図面作製、翌日の作業の段取り確認《かくにん》をする。これをしないと翌日の作業がはじめられない。帰宅して時計が23時を示していたら幸運である。

上司からは現場作業の遅延《ちえん》を怒鳴《どな》られ、現場の職人さんたちからは上司の連絡《れんらく》ミスによる作業の不都合を怒鳴られる。ギスギスした現場で板挟《いたばさ》み状態。毎日耐《た》え続け、頭を下げ続ける。それが現場監督の仕事である。

工事現場には想定外が日常茶飯事《さはんじ》だ。まだ進めちゃいけない工程を職人さんが進めてしまったり、そのせいでほかの工程が遅《おく》れたり、資材の搬入《はんにゅう》が遅れたり。材料が届かないのは俺のせいじゃないのに、作業が進まないのは他人のミスなのに、みんなの不満を一身に浴びせられる。現場監督はそうした厄介《やっかい》ごとの捌《は》け口なのだ。普段《ふだん》から職人さんたちに差し入れをしたり、小銭《こぜに》を渡《わた》してコーヒーを奢《おご》ってあげたりして関係を作っておく。そうやって普段から人間関係に気を使って、気を使って、気を使って……そうして、はじめて成立する仕事なのだ。

つらいのはみんな同じなのだ。だからそういう時こそ、優しさでもってお互《たが》いに助け合おう。俺は自分に暗示するように言い続け、そう思って、いつだって優しくしてきたんだ。

ある時、壊《こわ》れてしまった。7年目のことだ。ヒステリックになって職人と喧嘩《けんか》になった。

それで死んだ。俺が死んだ。一方的に資材で殴られて、加害者は生き続け、俺だけが死んだんだ。笑いがでる。呆気《あっけ》ない幕切れ。終わりは一瞬《いっしゅん》だ。

俺が気を使って、優しく接して身を粉にしたことには意味があるのだと、そう思ったから最後まで頑張《がんば》った。他人の頼《たの》みを断れず、怒《おこ》ることができず、主張をせず、調和のなかに生き、秩序《ちつじょ》の維《い》持《じ》にいつだって貢献《こうけん》して、良い人であり続け、善き市民であり続けた。これだけ真面目《まじめ》に生きて、不和を起こさず、問題も起こさずにやってるんだから、いつか報われる、いつかは必ず、俺の我慢《がまん》にも意味が与《あた》えられる。そう思っていたんだ。

でも、俺の待ち望んだ『いつか』は永遠にやってこなかった。

無意味。徒労。絶望。それが人生の結末と答え合わせだったんだ。

真面目なほどに馬鹿《ばか》を見る。悔《くや》しかった。悲しかった。だけど、俺は救われたと思った。ようやく苦しみから解放されたのだと、頭からどくどく血が流れるのを感じながら喜んだ。

これでやっと終われると感謝すらした。……ご存じの通り、終わらなかったのだが。

確実な死。頭を割られて、命の温かさが全部こぼれて、そうして迎《むか》えたはずの暗黒と意識の終わりの先には、なんと続きがあったのである。

意識が途切《とぎ》れ、次に俺の意識が繋《つな》がった時、俺は別の世界にやってきていたのだ。

そう。異世界転生。噂《うわさ》に伝え聞く、現実を超越《ちょうえつ》した事象に俺は出会ったのである。

いかなる論理、いかなる摂理《せつり》、いかなる宇宙法則が働いた？

どんな諸神秘の作用がこの結末を用意した？

異世界転生して1カ月が経《た》った今でも俺には理解できないでいる。とはいえ、悪いものであるはずがない。むしろ良い。ずっと良い。遥《はる》かに良い。なぜなら前世の知識と教訓を焼きつけた状態で、二度目の人生をはじめることができるのだから。強くてニューゲームというやつだ。

俺にとって異世界転生は望外の幸福であった。後悔《こうかい》ばかりの前世だった。何度やり直したいと考えたことか。

俺の親は昔から他人に優しくしろと言って、俺を厳しく育てた。俺は「優しさ」の素晴《すば》らしさを唱え、親の言葉を純粋《じゅんすい》に受け止め、それが正しいのだと思いこんでいた。

実際は違《ちが》った。親は間違えていた。世の中の規範《きはん》も違っていた。

世界はもっと混沌《こんとん》としているのである。優しさは扱《あつか》いやすい人間を作り出すための呪いなのである。支配者が被《ひ》支配者へ囁《ささや》いた甘《あま》く、恐《おそ》ろしい呪いなのだ。

優しい人間は素晴らしい。助け合いこそ肝要《かんよう》だ。間違ってない。だが、間違ってる。

優しければモテるは嘘《うそ》だし、優しい人間は他人にたくさん頼《たよ》られるし、そのせいで勝手に仕事が増えるし、勝手に疲弊《ひへい》するし、精神は摩耗《まもう》する。でも、外側からでは誰《だれ》もそのことに気づいてくれない。優しいから辛《つら》くてもいつも笑顔を崩さず、自分の仕事以外をまわされても断れない。

優しい人間は扱いやすい。俺はどうしてあんなに愚《おろ》かだったのだろうと嘆《なげ》きたくなる。

だが、もう違う。俺は人生を通して学んだのだ。優しさは呪いだ。
不幸のすべては優しさからはじまった——とな。
かくして、学びを得た俺の第二の人生はスタートした。

第一章　すごく優《やさ》しい男

深い森の荒《あ》れ果てた小屋、その地下室で俺《おれ》は目覚めた。状《じょう》況《きょう》は謎《なぞ》に満ちていたが、近くにおいてある手紙が不可解な現象のすべてを解決してくれた。

『おはよう　アルバス・アーキントン　枷《かせ》はすぐ外れたかな　鍵《かぎ》が固かったら謝《あやま》ろう
気持ちの良い目覚めだろうか　もしそうなら　それほどに喜ばしいことはない
君は前世を呪《のろ》い　後悔《こうかい》のなかで死んでしまったのだろう
君の不幸が　私事のように痛ましく感じられる
君の新しい人生を祝福する　この世界で君はなにをしてもいい
指針が欲《ほ》しいのならば　ひとまずは東を目指すといいだろう
街がまだ残っている可能性がある　街があれば生活もままなるだろう
あとは見て　聞き　多くを知り　経験して学ぶといい
シルクを忘れずに　生きていくうえで役に立つ
時計も忘れずに　役に立つかもしれない　役に立たなかったら質屋《しちや》にでもいれてくれ
準備は以上で終わりだ　前世で手に入れられなかった幸せを手に入れるんだ
心を通わせることのできる大事な人に寄り添《そ》い　夢中になることを見つけろ
君の第二の人生に幸多からんことを願う
君の幸せを願う者より』

手紙から読み取れる情報は3つあった。

1つ。俺の名前はアルバス・アーキントンだということ。

2つ。東に街があるらしいこと。

3つ。シルクなるものと時計が生きていくうえで役に立つこと。

おそらくこの手紙は神的な存在からのメッセージだろう。自然とそう思った。なぜなら俺の知識によれば、異世界転生する際、転生者は神様と話ができるという。この手紙は肉声の代わりのメッセージだと考えるのが自然だ。

ひとつ気になったことは、今世の俺の容姿についてだ。姿見があったのでチェックしてみたところ、俺の知らない男が映っていた。前世の俺とは似ても似つかない凶悪《きょうあく》な人相である。俺はその時点で異世界転移ではなく、異世界転生――つまり生まれ変わったのだと認識《にんしき》した。

俺の顔立ちは前述《ぜんじゅつ》の通り凶悪なものだ。目元はやや窪《くぼ》み、瞳《ひとみ》は三白眼《さんぱくがん》、頬《ほほ》はこけている。ただ、顔立ちは整っている部類だろう。恐《こわ》さが勝つが。

体格にも恵《めぐ》まれている。ひょろっとしてない。身長180㎝くらいはあるだろうか。

顔と相まってこの体躯《たいく》。おかげでカタギには見えない。

手紙の指示に従い、小屋を脱出《だっしゅつ》し、森を脱出し、そうしてようやく人気《ひとけ》のある場所『グランホーの終地』へと足を運び、1カ月が経過し、今に至る。

しばらく生活してみて、いろいろと異世界生活の要領が掴《つか》めてきた。

まずはこの街、グランホーの終地について。この地を語るうえで、治安の悪さの話題は避《さ》けては通れないだろう。

このアナーキーで危険なグランホーの終地は、寂《さび》れた辺境に位置している街だ。繁栄《はんえい》の王都から遠いせいか、街の治安を守る騎士《きし》たちの腐敗《ふはい》と、領主の横暴さが目立つ。

この街だけを見て判断する限りにおいては、異世界の文明レベルは低そうであった。街中に鉄筋コンクリート造の建物などはなく、高層ビルもない。スマホを使っている学生もいない。信号機は無いし、車も走っていない。

代わりに剣《けん》を腰《こし》にさげた人間たちが平気で街中を歩いている。住民の多くは毎日風呂《ふろ》には入ってなさそうだ。湿《しめ》っぽい路地裏には汚い人間が寝《ね》ていたり、蠅《はえ》のたかった遺体が転がっていたりする。街の外ではモンスターが出現するらしい。人間を食べてしまうのだとか。

つまるところ、俺はかなりファンタジーな世界に転生したということになる。油断すれば背後から刺《さ》されて金は盗《ぬす》まれるし、病気になっても保険は適用されないし、街の外を歩けばモンスターに丸のみにだってされてしまうかもしれない。そういう世界だ。治安も悪くてしかるべきである。

平穏《へいおん》な日常を望む身としては、街を出るために旅支度《たびじたく》を考えたほうがいいのかもしれない。どこもかしこもグランホーの終地と似たような治安だとは言えないはずだ。旅をすればもっといい街にだって巡《めぐ》り合えるだろう。もっとも何をするにもまずは金——シルクが必要なわけであるが。現在、俺の手元にはそのシルクがあまり残っていない。

ちなみにシルクというのは異世界の貨幣のことだ。この1カ月は、手紙の主が用意してくれたシルクで生き抜《ぬ》いてきた。宿屋に泊《と》まったり、飯を食ったり、この世界に馴染《なじ》むように努力してきたのである。

いまはそのシルクが底をつきそうだ。いよいよ、俺のニート生活も終わりを迎《むか》えようとしている。

手紙の主が俺に与《あた》えた第二の人生。俺はこの人生で幸せを見つけたいと思う。そして、幸せを見つけるための俺の人生哲学《てつがく》は『自分のためだけに生きること』だ。もう労働なんてしたくないし、楽して、のんびり暮らしたいのだ。だからニートしてたんだ。

でも、生きるにはシルクが必要だ。シルクを手に入れるには労働しないといけない。ゆえに俺は重たい腰をあげて、住処《すみか》を出て、必要最低限の労働だけはすることにしたのである。

お金を稼《かせ》ぐアテはある。この1カ月、ただニートしていたわけではない。街を練り歩いて、世の中を見聞していた。だから、冒険者《ぼうけんしゃ》ギルドなる労働斡旋《あっせん》組織があることを俺は知っていた。本日はそこへ赴《おもむ》いて仕事をしようと思っているところだ。

「汚《きたな》らしい娘《むすめ》だ……もういらん！　出ていけ！　野良犬《のらいぬ》にでも喰《く》われてしまうがいい！」

冒険者ギルドへの道中、おおきな屋敷《やしき》のまえを通りかかった。でっぷりと太った男が、乱暴に吐《は》き捨てて、屋敷のなかへと戻《もど》っていく。

立派な門のまえ、敷地《しきち》から追い出された痩《や》せた汚らしい娘が転がっている。耳が長い。汚《よご》れているが肌《はだ》も白い。人間離《にんげんばな》れした白さだ。

俺は知っている。森に住むエルフ族だ。

1カ月のニート生活のなかで、知性と文化をもつ種族がたくさんいることを知った。エルフ族もまたそのうちのひとつだ。人間族と姿かたちこそ似ているが違《ちが》う。

エルフはその多くが見目麗《うるわ》しい種族とされている。本来、人間の世界の外側で暮らすエルフ、特に女性のエルフは人間世界では奴隷《どれい》として扱《あつか》われる。人攫《ひとさら》いがエルフを捕《つか》まえ、奴隷商が仕入れ、お偉《えら》い貴族はそんな奴隷エルフを買うのである。

あの汚いエルフは捨てられたのだろう。かつての俺みたいにどっか壊《こわ》れてしまったのか、あるいはただ単に飼い主がペットに飽《あ》きてしまったのか。

どうでもいいか。俺にはどのみち関係のない命だ。さっさとギルドへ行って仕事を探そう。

腹が空《す》いた。本当に腹が減った。お昼は何食べようかな。

「へへ、馬鹿《ばか》な貴族だぜ、このエルフまだまだ使えそうじゃねえか。エルフをこんなところで拾えるなんて、俺たちはついてるぜ！」

「おら、聞こえてんだろ。立てよ。俺たちが新しいご主人様だ。立てっつってんだろ！」

なんとなく振《ふ》り返る。粗野《そや》な2人組が、先ほどの汚らしいエルフの腕《うで》を掴んで、グイっと無理に立たせている。

別に気が変わったとかじゃない。ヒロイックにあの汚い娘を助けようとか思っているわけじゃない。そういうのはくだらない。虫唾《むしず》が走る。そういうのはもう俺の流行《はや》りじゃない。

道端《みちばた》で男女が大声で喧嘩《けんか》してたら、なんとなく立ち止まって見てしまうだろう。そんな感じだ。俺が立ち止まって、振り返ったことにさしたる意味はないのである。

あの粗野な2人組は何者だろうか。奴隷商？　いや、そんな感じじゃない。もっと下っ端《ぱ》だ。小間使いといったところか。つまり人攫いだ。奴隷商の手先の卑《いや》しい奴《やつ》らである。

彼《かれ》らはエルフの手首を掴んで立たせ、馬車に乗せようとする。ひょっとしたら娘ほどの年齢《ねんれい》かもしれない子どもが乱暴にされている。さざ波程度の不快感を抱《いだ》かないこともない。

ただ、だからどうということではない。俺は俺のためだけに生きると決めたのである。そのための第二の人生なのだ。優しさだの、奉仕《ほうし》などはやめたのである。他人に気を使うのもやめた。１００

万歩譲《ゆず》って、もし仮に俺が他者のために動くとしたら、そこには確実な対価が必要だ。

例えば、時間を切り売りする労働のように。十分な報酬《ほうしゅう》を貰《もら》えるなら、それは他者のために動いたことにはならない。自分のために動いたことになるのだ。

損得勘定《かんじょう》で脳内会議をしよう。俺のさざ波程度の同情をあの汚らしいエルフへ与えてやるか否《いな》か。

俺にはエルフを助ける手段がある。というのも、手紙の主――おそらく神的な誰《だれ》か――からいわゆる『チート』のようなものを授《さず》かっているのだ。

俺はどうも魔法使《まほうつか》い族という、魔法を操《あやつ》ることができる稀有《けう》な種族らしいのである。

魔法は貴重なモノのようだ。なぜならこの現実離れしたファンタジーな世界においても、魔法を使える者はいないのだから。少なくとも俺以外ではまだ見たことはない。

魔法のことについて異世界人たちにたずねても「魔法？　伝承の中だけの話だろう？」と、自分には関係のない、まるで遠い世界のことのように語るばかりである。

俺だけが使える魔法ならば、この状況をどうとでもできる。

でも、肝心《かんじん》なのはそのあとだ。意味があるのかを考える必要がある。

助けた場合のデメリットは？　なし。

助けた場合のメリットは？　処分に困る。

ほらな、助《か》けてどうする。意味がないのだ。

これを猫《ねこ》に置き換えて考えてもみろ。猫は拾ってきたら餌《えさ》をやらなくちゃいけないし、糞尿《ふんにょう》をして汚れた砂だって臭《くさ》いのを我慢《がまん》しながら交換《こうかん》してあげて、構ってくれと言ってきたら撫《な》でてやらないといけない。椅子《いす》に座《すわ》っている時に猫が膝《ひざ》に乗ってこようものなら、もう立ちあがれない。

結論。あのエルフを助けるのはどう考えても負担だ。良い事なんてなにもない。百害あって一利なし。俺はクールな男。同情などしない。安っぽい正義感はふりかざさない。

「ほら、行くぞ！　さっさと馬車に乗りやがれ。手こずらせるなよな、まったく」

「ちょっと待った」

「あ？　誰だてめえは——うおオ⁉　な、なんだてめぇその殺人鬼《さつじんき》みてねぇなツラは！　俺を殺しに来たのか⁉」

俺の顔にビビりすぎだろうが。そんな人相が悪いかよ。

俺は１０００シルクを革袋《かわぶくろ》ごとポケットから取りだす。

「そのエルフ、これで買わせてくれないか」

「あ？　な、なんだ買いに来たのか……。って、てめえは馬鹿か。こんな汚くてもエルフだぞ。欲しいんならその１００倍はだしてもらわなくちゃ売れねえな」

そうかそうか。汚いエルフの相場は１０００シルクの１００倍か。

であるならば、10万シルクとなるな。

このエルフを俺が盗み、売り払《はら》えば10万シルクが俺のものになるということだ。なんという冷酷《れいこく》な算段なんだ。我ながら恐《おそ》ろしい。クールすぎる。

俺は俺の利益のために、この汚いエルフを助ける理由ができてしまった。同情とか優しさから助けるわけじゃない。メリットがあるなら仕方なく一時的に、人攫いたちから助けるだけだ。

俺はスッと手を持ちあげ、親指と中指を擦《こす》りあわせ、指を鳴らした。これは魔法の符号《ふごう》である。一定の所作をとることにより、魔法法則は動きだし、この場に適用される。

いま行使したのは『人祓《ひとはら》いの魔法』だ。周囲から人間を退ける。これで目撃者《もくげきしゃ》はいなくなる。

「けっ、この貧乏人《びんぼうにん》が。用が無いんなら、もうどけ。おら邪魔《じゃま》だ、俺たちは商売に戻らせてもらう」

「やめとけよ、相棒、こんな恐そうなやつ怒《おこ》らせるな。見てもみろ、この顔つき、確実に3、4人は殺《あや》めてる目だろうが……！」

「実は殺めてない。だが、いまから2人ほど殺めることになる」

「「え？」」

馬へ視線をやり、じーっと見つめる。符号は成った。『錯乱《さくらん》の魔法』が発動する。

突如《とつじょ》、馬車に括《くく》りつけられた馬は狂《くる》ったようにいななきはじめ、後ろ足で飛び蹴《げ》りを見舞《みま》った。

飛び蹴りは見事に人攫いのひとりに命中し、その首をへし折った。吹《ふ》っ飛び、地面のうえで動かなくなる。

人攫いの片割れは時が止まったかのように、身体《からだ》を硬直《こうちょく》させ、すぐのち腰を抜かした。

「うあわああ⁉　なんだいきなり、なにが起こったんだ⁉　おい、おい、しっかりしろ……！　ひ、ひぃいいい、し、死んでる……⁉」

「同僚《どうりょう》思いなんだな。だが、自分の心配をしたほうがいい」

「な、なんだと？」

「足元、気を付けたほうがいいんじゃないか」

「足元？」

馬は暴走しだす。たわむ手綱《たづな》。残されていた人攫いの脚《あし》に絡《から》まり、馬車は爆走《ばくそう》しだし、必然の結果として男は地面に引きずられて擦《こす》られていく。

あのまま馬車は隣町《となりまち》まで走るだろう。その頃《ころ》にあの人攫いがどうなっているか語る必要はない。

汚らしいエルフのそばで膝をおり、目線の高さをあわせる。

「あ……え……？」

「ついて来い」

「あ……わたし、は……ころし、て、ください……」

エルフは瞳から涙《なみだ》をぽろぽろ溢《こぼ》しながら俺のブーツへ頭をあてて懇願《こんがん》してくる。何度も何度も弱しく、死を願うその姿は、どこかかつての俺を想起させた。どうしようもない状況、その状況から逃《のが》れることができないから、突発《とっぱつ》的な死でさえ望み、苦しみからの解放を願うのだ。

「お前は殺さない。お前には商品価値がある。今から俺がご主人様だ。死ぬことは許さない」

俺はそう言って、エルフの腕のしたへ手を差し込《こ》み、ひょいっと持ちあげた。

俺は俺のためにこのエルフが死ぬことを望まない。

道端で拾った奴隷エルフを連れて、俺は宿屋へといったん帰還《きかん》した。本日は冒険者ギルドで仕事を探すつもりだったが、よりおおきなビジネスを見つけてしまったので仕方がない。

宿屋の主人には大変に嫌《いや》な顔をされた。体のデカい偏屈《へんくつ》で愛想《あいそ》が無いじじいだ。俺とは相性《あいしょう》が悪く、1カ月もこの宿屋を使っているというのに、一向に仲良くなれる気がしない。

「それは奴隷か？」

「ああ」

「うーむ」

やはり不満そうな顔だった。汚い奴隷、あるいはエルフ族という点に厄介《やっかい》ごとの香《かお》りを感じ取ったのかもしれない。

「迷惑《めいわく》はかけない」

「もう掛《か》けてるがな」

「細かい事は気にするな」

それだけの会話を済まして、俺は部屋へとひっこんだ。戻るなり椅子に座らせる。エルフはひどく怯《おび》えた様子で、俺の足元にじーっと視線を落としている。

「お前、名前はなんという」

「……」

返事はない。エルフは目を見開いて黙秘《もくひ》を続ける。

本当に汚い娘だ。なにもかもが見るに堪《た》えない。一度も洗われていない服。身体中垢《あか》だらけ。爪《つめ》は伸《の》びていて、割れている。なにより匂《にお》いが最悪だ。ほとんど汚物《おぶつ》のようである。健康状態も最悪なのだろう。くたびれた服からのぞく四肢《しし》は枯《か》れた枝のように細いし、自分のチカラで歩けるかどうかも怪《あや》しいところだ。

不衛生。不健康の極《きわ》みといったところか。身体中に痣《あざ》のようなものもある。殴《なぐ》られ、蹴《け》られ、あるいは鞭《むち》で叩《たた》かれたか？　首には絞《し》められた痕《あと》もある。性的搾取《さくしゅ》もされたことだろう。

俺は同情しないぞ。この世の残酷《ざんこく》なぞ大人ならだれでも承知してるものだ。前世でだってこういう搾取される弱者はいた。法整備だの、道徳教育だの、あるいはモラル、倫理《りんり》、博愛、まあ呼び方などなんでもいいが、そうした感情や規範《きはん》で弱者を守ろうとする意識も社会システムも存在しない異世界なら、当然こういう憐《あわ》れなやつも出てくるだろう。

　奴隷商人だの、人攫いなどが職業として成立する社会なのだ。前世に比べてずっと混沌《こんとん》としていて、アナーキーで、種族間の軋轢《あつれき》と差別まである。ほとんどジャングルと変わりない。街のなかにあってさえ、弱肉強食、すべては自己責任で片付けられてしまう。

　そんな世界の中で、このエルフの少女はあまりにも儚《はかな》く弱い。圧倒《あっとう》的な弱者。世の当然の摂理《せつり》のなか、公然と不幸になり、当然に地獄《じごく》を味わったのだ。

　だから同情などしない。弱いことはこの世界で罪なのだ。奪《うば》われたくなければ、利益を侵《おか》されたくなければ、不幸になりたくなければ、自分のチカラで守らなければならない。ゆえに、彼女《かのじょ》の不幸は、人攫いに捕まったマヌケな彼女自身へと責任追及《ついきゅう》されてしまう。

「まず大前提として、俺に優しさなどを求めるな。俺はお前が可哀想《かわいそう》だとか思ったから助けたわけじゃない。そもそも、助けていない。お前は人攫いという脅威《きょうい》の代わりに、俺という脅威にいま脅《おびや》かされているだけなのだからな」

「う、う……（肩《かた》をわなわなと震《ふる》わせる）」

「まずはお前の身体を拭《ふ》いてやる。温かいお湯で濡《ぬ》らした柔《やわ》らかい布でな。汚れきったその身体を綺麗《きれい》にするためだ。きっと傷にしみるだろう。だが、俺は容赦《ようしゃ》しない。恐れるがいい」

「……？　……………………たすけて、くれるん、ですか……？」

　エルフはフリーズし、しばらく考えたのち、そんなことをのたまった。

「貴様はなにを言っているんだ。いましがた俺はお前の脅威と言ったばかりだろうが」

「……でも、たすけてくれる、って……」

「そんなこと言っていない。ただ、身体を綺麗にすると言っただけだ。それも傷にお湯がしみることを厭《いと》わずな」

俺の目的はただ彼女の身体を綺麗にすることだけだ。もちろん、彼女のためではない。

「現状でお前の価値は10万シルクだ。汚らしい見るに堪えないお前の状態で10万だぞ？　身体を洗ってそれなりに綺麗になったら、きっと倍の値段がつく。俺はお前を奴隷として売り払うつもりだ。その時には可能な限り高い値段で売りつけたい。つまり、そういう理屈《りくつ》で俺はお前を洗うのだ」

「…………ころ、して、ください」

彼女は絶望した表情で、再び俺の足元へ視線を落とし、震えだした。

俺は彼女に構わず、お湯で濡らした布を用意し、彼女の腕を拭くことにした。

「まずは腕からだ」

「い、い、たっ……ぃ……」

「これくらい我慢をしろ。捨てるぞ、殺すぞ」

「……ごめ、ん……なさい」

「ゆっくり拭くからな。ほら、この傷口を拭くぞ。我慢するんだ。痛いかもしれないが拭かないと黴菌《ばいきん》が膿《うみ》を呼ぶ。だから、痛くてもこれは必要な処置なんだ。わかるな」

「……は、い」

「よし、今から拭くからな。歯を食いしばって痛みを恐れろ――どうだ、痛いか」

「…………そんなに、……いたくはない、です」

そんなこんなで服を脱《ぬ》がし、彼女の身体をまんべんなく拭いてやった。これでもかと拭いてやった。ただ、女の子なのでデリケートな部分は自分で拭いてもらうことにした。

桶《おけ》のお湯がすっかり汚れた頃、彼女の見た目は幾《いく》ばくかマシになった。

もっとも死んだ目と、死んだような身体、シラミだらけのぼさぼさ髪《かみ》はそのままなので、とても健康的とは言い難《がた》かったが。

「次は飯を食え。これは命令だ」

宿屋の娘っ子に500シルクを渡《わた》して、緊急《きんきゅう》で飯を提供してもらうようにお願いした。頼《たの》んで温めてもらったスープと、硬《かた》いパンを受け取り、それを汚いエルフへ差しだした。

「…………ごはん、くれるん……ですか」

エルフはどこか希望を宿した瞳で見上げてくる。

「貴様、なんだその眼《め》は。性懲《しょうこ》りもなくまだ俺がお前を助けていると勘違《かんちが》いしているな。愚《おろ》かなエルフめ。すぐに人を信じようとする。お人好《ひとよ》しで、どうしようもないバカめが」

「……でも……この、スープは……すごく、あたたかい…………です……」

「枯れ枝のようでは、せっかくの奴隷も魅力《みりょく》的には見えない。お前はこの飯を食うことで肉付きが良くなるだろう。健康的に見えれば、お前の商品価値がもっとあがるかもしれない。これは先行投資だ。いいからはやく食べてたくさん栄養をつけてしまうがいい」

「……か、たい……」

パンに噛《か》みつくが、噛み千切れず苦戦するエルフ。どこまで衰弱《すいじゃく》しているというんだ。

「ええい、いまからひと口サイズに千切って、お前の口に詰《つ》め込んでいく、情け容赦なくな。お前が嫌だと言っても俺はパンを千切っては、口に詰め込むことをやめない」

俺は言いながら、彼女にパンをひと口食べさせ、スープをスプーンで飲ませ――そんなことを30

回ほど繰《く》りかえし、汚いエルフに食事をとらせた。

「いつまで毛布にくるまっているつもりだ。それは服ではないぞ」

「……わたしのふくは……ごしゅじん、さまがすてて、しまいました……」

「当然だ。あんな汚い服を着られては臭くて敵《かな》わない。なにより衛生状態が良くない。これ以上変な病気になられたら、苦しいのはお前だ。じゃなくて、商品価値が落ちてしまう。俺のローブをくれてやる。おおきいがこれを着てしまえ」

エルフの少女にフード付きの大きな外套《がいとう》を纏《まと》わせる。彼女は外套の襟《えり》を抱《だ》き寄せ、前をしめるような所作をする。

「………どう、して、やさしく、してくれる、の……」

エルフはぼそりと溢す。

「とんだ勘違い娘がいたものだな。何度言えばわかる。優しさなどではない。俺は俺自身の利益の追求をしてるんだ。優しさなど俺の一番嫌《きら》いな言葉だ。二度と口にするなよ。いいからもう眠《ねむ》れ。お前は弱っているんだ。すぐに眠れ。たくさん眠れ。すやすや眠ってしまうがいい」

俺は言って、ちょっとはマシになったエルフを布団《ふとん》に押《お》しこんだ。

◆　◆　◆　◆

エルフはすぐに眠りについた。いまは布団のなかで泥《どろ》のように眠っている。

いい物を拾ったが、同時に困ったことにもなった。シルクがないのである。

手元に残されたシルクもほとんど使ってしまった。これでは何日と金が保《も》たない。

さて、どうしたものか。冒険者ギルドの登録には金がかかる。以前冒険者として働こうと思ってギルドに説明を聞きに行ったので知っている。１０００シルクあれば足りたのだが、おそらく今の手持ちでは足りない。

どこかでシルクを稼がないといけない。

しかし、エルフを宿屋に置いてどこかへ行くのは心配だ。このエルフはいわば金塊《きんかい》だ。おおきなシルクに換えるための有価証券の束なのだ。誰かに盗まれたりしたら、俺は犯人を捜《さが》し出し、最大の報復でもって苦しみを与えて拷問《ごうもん》して殺し、エルフを取りかえさなければならない。

そうなると手間だ。ゆえにこそ大事な財産が盗まれないように見張っていなければならない。

宿屋から出るのはそういう訳で気が引けた。あの偏屈な宿屋の主人にはエルフの姿を見られてしまっている。やつが俺の資産を脅かさないとも限らない。

「ん。そうか、この宿屋のなかで仕事を探せばいいのか」

我ながら閃《ひらめ》きであった。労働とは必ずしも会社に勤めて行うものではない。その始まりは、自分でやりたくないこと、面倒《めんどう》なこと、できないことを他人にやってもらうことだ。この世界には会社も、労基もないが、だからこそ柔軟《じゅうなん》に仕事というものを見つけられるはずだ。

とりあえず宿屋から仕事を貰おう。皿洗いでも、掃除《そうじ》でも、なんでもいい。なにかしらあるはずだ。なに。もう１カ月も泊《と》まっているのだ。知らない仲じゃない。

「おい、じじい、なにか仕事はないのか」

「近寄るな、死ねい、この殺人鬼め」

殺してしまおうか、このじじい。

「こっちが丁寧《ていねい》な態度で接してやればなんだその言いぐさは。このぼろ宿に泊まってやっている恩を忘れたか」

「人相も悪い、態度も悪い。そんなお前にどんな態度で接客しろと？」

「人相の悪さも、態度の悪さも、あんたとどっこいどっこいだろうが」

客に対する態度とは思えないこのイカつめの大柄《おおがら》な男が宿屋の主人、名はグド・ボランニという。ひとり娘のジュパンニ・ボランニと2人で、この宿屋をきりもりしている。

「もうお父さん、またアルバスさんにそんな酷《ひど》いこと言って！」

奥《おく》から出てきた少女が娘のジュパンニだ。年は16歳《さい》らしい。明るく人当たりが良い。親父《おやじ》グドで100点マイナスされた店の評価に90点を加えている。ただし、収支マイナスなので、本当に可哀想である。……もっとも、このグドというじじいも、実際は悪い奴ではない。ただクソ無愛想で、接客態度が死んでいるだけである。いや、すまない、十分悪い奴だった。

「この宿屋に泊まるクソ男どもはみんなわしの可愛《かわい》い可愛いジュパンニが目当てじゃ」

「もう、お父さん、過保護もいい加減にしてよ」

「馬鹿め、男の危険さを知らないからそんなことを言えるのじゃ。この殺人鬼にも気を付けろ、この凶悪な人相は信用ならん。確実に10人、11人は殺している顔だぞ」

人攫いでもそこまで酷評《こくひょう》じゃなかったが。

「よかったジュパンニが来てくれて。この分からず屋の頑固《がんこ》じじいでは話にならなかったから」

「貴様ぁ……いますぐに出ていってもらっても構わないのだぞ？」

グドを無視して、ジュパンニに向き直る。

「なにか仕事はないか。なんでもする。シルクが入り用なんだ」

「あっ、それだったら、ちょうど人手が必要だったんです！　実は私、腕を怪我《けが》しちゃっていて、重たいものが持てなくてですね、窯所《かまどころ》までパンを焼きにいってくれる人がいたら嬉《うれ》しいなって思ってたんです！　アルバスさんはたしかご自身でパンを焼いていましたよね？」

グランホーの終地には領主の運営するおおきな窯所がある。街の住民はパン生地《きじ》を練って、そこへもっていき、パンを焼いて、自宅で消費するのがこの街での生活様式だ。あるいはこの街に限らず、もっと普遍《ふへん》的なものなのかもしれない。

1週間に一度ほどの間隔《かんかく》で、住民たちは窯所を利用する。1週間分のパンをまとめて焼いて、それをメインの食事とするのである。宿屋でもそのスタイルは変わらずで、ジュパンニとグドが2人で度々《たびたび》、パンを焼きにいってるのを目撃《もくげき》したことがある。

ちなみに最初の2週間ほどは俺も自分の分のパンは自分で焼いていた。この世界の住民のことを信用していなかったからだ。パン生地の作製については、前世で母親がパン作りを趣味《しゅみ》にしていたため、やたらと詳《くわ》しくなっており、その知識が生きた。もっともジュパンニにさまざまなパン作りの指南を受けはしたが。

「アルバスさんはパン作りの天才ですから、信用して任せられます！　どうか、この『へそ曲がりの宿』を助けてくだされればと！」

「わかった。請《う》け負おう」

「待てい、こんな殺人鬼をキッチンに入れることはわしは許さんぞ！」

「お父さんは黙《だま》ってて！」

「むぅ……」

娘の一声で黙らされる悲しき生物グド・ボランニ。ひとり娘とはこれほどまでに父親に優位性を持つものなのかと感心する。

宿の調理場で、パン生地を練る。パン作りで使うのは小麦粉、塩、水、酵母《こうぼ》である。前世では母親によく手伝わされたので、要領はわかっているつもりだった。だが、いかんせんこの世界では勝手が違う。オーブンもなければ、既製品《きせいひん》の小麦粉や、ドライイーストも存在しない。ゆえに、それらに置き換わる物をジュパンニに教えてもらった。頭のなかで「アレの代わりはこの全粒粉《ぜんりゅうふん》、アレの代わりは塩と水の種」などの置き換え作業と、それにともなうパン生地の発酵《はっこう》具合、膨《ふく》らみ具合、窯の調子、焼き加減の知識など、さまざまな経験値が蓄積《ちくせき》され、いまでは俺も立派に異世界でパン作りをできるようになったのだ。前世の知識と、今世の知識が融合《ゆうごう》した結果である。

そんなこんなで俺は生地をつくり、異世界で唯一信頼《ゆいいつしんらい》しているパンの師匠《ししょう》ジュパンニに「部屋のエルフを見張っててくれ」と頼み、公営の窯所でパンを焼き、黒いバゲットの山をへそ曲がりの宿に持ち帰った。これで1週間分の宿のパンが用意できた。

「殺人鬼のくせに料理の味は悪くない。いいパンを焼きよる」

グドは言いながらバゲットをちぎっては口に運ぶ。

「ありがとうございます、アルバスさん！」

「仕事だからな。報酬を」

「はい、どうぞ！　ちょっと少ないですけど」

「十分だ。助かる」

　1000シルクをお礼として受け取った。

「エルフはなんともなかったか」

「ええ、すやすや眠ってましたよ。でも、あの子、なんだかとっても痩せていて……」

「この殺人鬼は奴隷を買ってきたのじゃ」

「買ったわけじゃない。拾ったんだ」

「だとしたら、なおのことじゃ。奴隷など拾ってどうするつもりじゃ」

「あんたには関係ない」

　俺の恐るべきブルジョワ計画を話すわけにはいかない。あのエルフを売って金持ちになる。それは秘密裏《りすいこう》に遂行されるべき極秘《ごくひ》計画なのである。

◆　◆　◆　◆

　その晩になってようやくエルフが目を覚ました。

　俺は走って宿屋の1階へ赴き、ジュパンニに夕飯のスープを温めなおしてもらい、走って部屋へ戻る。部屋の前に来たら歩く。奴隷の主人として焦《あせ》っているところなぞ見せられない。

「あ……こわ、い、かおの、ひと……」

「起きたか。運のいいやつだ。ちょうど温かいスープがある。それとパンだ」

　俺はバスケットいっぱいに盛られた黒いバゲットをベッドの脇《わき》におく。

エルフはえらく驚《おどろ》いた顔をした。

「このパンをすべてお前にやる」

「こ、ん、なに……」

昼間、ジュパンニの依頼《いらい》で焼いたパンを幾ばくか買い取った。10本ほど。

「お前はいまから食べられなくなるまでこのパンを食す」

「……か、たい……」

パンにかじりつくが、いまだ苦戦している。ひと眠りしたくらいじゃまだ休息が足りないか。

「想定内だ。かしてみろ。こうやってパンを千切ってだな、スープに浸《ひた》すんだ。すると柔らかくなる。これなら食べられるだろう。しかも味が染《し》みて、美味《うま》くなるぞ」

スープというオプション込みであるならば、黒いパンでも食べられるはず。

「ちぎれ、ない……かたい……」

パンを千切る握力《あくりよく》すらない件について。どこまで弱っていやがる。衰弱死寸前《すいじやくし》の子猫のようだ。

「ええい、どこまでも世話のかかるやつだ。パンを寄越《よこ》せ。今からちいさく千切って、スープに浸して美味《おい》しくなったパンを口に詰め込んでやる」

「どうして、こんなしんせつに……」

「いま親切といったな？　もう許さん。お腹《なか》いっぱいになって気持ちよくさっさと寝てしまえ」

俺は怒《いか》りに震えそうになりながら、エルフを布団のなかに押しこんだ。

これは親切などではないのだ。やせ細ったエルフを肉付きよくして、商品価値を高めるための作戦にすぎない。だというのに、俺のことを親切などと……優しいのほかに、親切も禁句にしておかなければならないな。

　お腹いっぱいになったエルフは再び、眠りについた。

　すやすや眠る彼女を見やる。薄《うす》くて、細くて、力加減を間違《まちが》えれば折れてしまいそうなほど弱々しい。肉付き問題が解消されるには時間がかかる。

　こんな貧相《ひんそう》な身体では、いかにエルフだろうと買い手がつかないだろう。もっと栄養のある物を食べさせてあげたい。ん？　あげたい？　否《いな》、無理やり口に詰め込み、泣いて嫌がっても、家畜《かちく》のように太らせたいの間違いだった。危ない危ない。

　俺は冷酷で、計算高い男アルバス。利益の追求をしているのだ。俺の行動の一切合切《いっさいがっさい》はすべて利己的なものなのである。エルフを助けたい気持ちなど1ミリとてないのだ。

「元気のでる食べ物と言えば、やっぱり肉か」

　言ってはみたものの、肉を手に入れるのは大変なことだ。街の外れの家々は敷地のなかに豚《ぶた》を買っていて、そうした家はたびたび豚肉を売ってくれる。もっとも不定期で売りに出される肉をこちらの意思で購入《こうにゅう》することは難しい。この世界には冷蔵庫は存在しない。あらゆる食材は新鮮《しんせん》なうちにいただくのが鉄則だ。ゆえに肉もまた、豚を飼育している者や、森の近くの集落に住む者しかありつけるものではないのである。

　新鮮な肉は手に入らずとも、塩漬《しおづ》け肉などならあるいは手に入るかもしれない。干し肉や、燻製《くんせい》肉もだ。こうした加工したものは保存食の側面もある。市場へいけば買える。もっともパンより遥《はる》かに高いのだが……今の俺にそれを買う余裕《よゆう》はない。

　だが、考えてもみろ、アルバス。このエルフが売れれば10年はニート生活を送れるだけのシルクが手に入るのだぞ。豚を丸ごと買って、肉を好きな時に食べることもできるだろう。

ならばこれは先行投資と言える。俺の未来のブルジョワ生活のための投資だ。

エルフに美味しいお肉を食べさせてあげよう。お腹いっぱいにな。

◆　◆　◆　◆

エルフを拾った翌日。朝のうちにエルフをジュパンニに任せ、冒険者ギルドで登録を済ませ、晴れて猪等級《ボアランク》の冒険者としての身分を手に入れ、クエスト『野豚狩《が》り』を受注した。

俺の計略はこうだ。クエストとして肉の調達依頼をこなし、ギルドからは報酬を受け取り、生活費を稼ぎつつ、手に入れた肉の一部をへそ曲がりの宿に持ち帰り、エルフに食べさせるのである。こうすれば金を稼ぎながら、高級食材・豚肉を入手することができる。

完璧《かんぺき》な作戦である。

「野豚は森のなかでドングリをたくさん食べておおきくなっています！　体当たりされたら怪我するので気を付けてください！」

ギルドの受付嬢《うけつけじょう》にはそんなことを言われた。たしかに野生動物のなかには驚異《きょうい》的な身体能力をもつものも少なくないと聞く。例えば、ゴリラは握力は４００～５００kgあると言われているし、チーターは最大時速１００km出ると言われている。可愛いペンギンでさえ、もし翼《つばさ》で叩かれれば骨折は必須《ひっす》とされる筋力だ。ほかにも、ゾウ、カバ、ワニ……人間を上回る戦闘《せんとう》能力をもった生物は多い。野豚。つまりほとんどイノシシ。体当たりされたらさぞ痛かろう。

ましてや、この世界にはモンスターが存在していると話に聞いている。ニート生活して、安全な街中にいたので、今まで出くわしたことはないが……俺のいまいるこのグランホーの森林は、間違いなく自然とモンスターの領域である。いつ出会ってもおかしくはない。

「死んでたまるか。絶対に生きて帰る」

俺はグランホーの終地に来てからはじめて街を飛びだし、近郊《きんこう》の森――グランホーの森林にやってきた。街から800ｍほど離《はな》れた場所に森の入り口はある。

危険な生物がいるという情報を仕入れたうえで、改めて森に相対すると、不思議とここが危険な場所に思える。おかしな話だ。1カ月前には、この森を普通《ふつう》に歩いて出てきたというのに。

俺は覚悟《かくご》を決めて、野豚を求めて森のなかへと足を踏《ふ》み入れた。

クエスト目標は野豚一頭の狩猟《しゅりょう》。倒《たお》して、縛《しば》って、背負って持って帰る。

森に入って10分ほど経過した。宿屋においてきたエルフのことがやたらと気になってきた。

いや、大丈夫《だいじょうぶ》だ。部屋にはパンがまだたくさんあるし、お腹が空くことはないはずだ。宿屋の娘ジュパンニにも部屋には鍵をかけ誰も入れさせず、時折、様子をみてくれるようにと頼んでおいた。

「アルバスさん、あんなボロボロな子を助けてあげるなんて……私、感動しました……！」と、嫌な勘違いをされてしまったのは損失だが、許容範囲《はんい》としておこう。誤解は解けばいいのだから。

俺はポケットより懐中時計《かいちゅうどけい》を取りだす。金色のチェーンが付いた黄金の懐中時計だ。錆《さび》が浮《う》いている年季の入った品だが、手入れはされている。これの前の持ち主はわからないが、なかなかに几《き》帳面《ちょうめん》なやつだったに違いない。

1カ月前、俺が異世界転生を果たした日、古びた小屋の地下で、俺は3つのものを入手した。1

つ目は手紙。２つ目は当面の生活費。３つ目がこの黄金の懐中時計である。

時計の名前は『歪《ひず》みの時計』という。これに関する説明は手紙に同封《どうふう》されていた。その手紙のおかげで、俺は俺が魔法使い族であることを知ったし、その力の使い方も知った。

この時計は魔法使い族たちにとって重要な道具であり、魔法を使うためには欠かせないアイテムであるという。また同時に制約そのものでもある。

厳密に言えば魔法使いの制約というより、魔法使いの制約を計測する道具というべきだろうか。

この時計は０時または12時よりスタートし、魔法を１回使うごとに１時間分、長針が進む。

一周まわったら――つまり、12回魔法を使い、12時間経過したら終わりがくる。

魔法法則とはいわば、世界の法則を歪めることを意味する。歪みは度を過ぎれば修正される。修正とはすなわち魔法使いの存在が世界から抹消《まっしょう》されるということだ。

『歪みの時計』の長針は基本的に、１日経過することで約１時間巻き戻る。

手紙に同封されていた魔法と『歪みの時計』に関する説明は以上であった。

時計の蓋《ふた》を開き、文字盤《もじばん》に視線を落とす。時計の針は８時を示している。つまり８回分、歪みの負債《ふさい》が溜《た》まっている。

あと４回魔法を使ったら俺は規制と法則を歪めた罪を清算しなくてはいけなくなる。

「でかいな」

俺は森を探索《たんさく》し、１時間ほどさまよって、野生動物の山盛りのフンを見つけた。

こんなデカいうんこを安心してするということは、かなり肝《きも》の据《す》わった奴が近くにいるということだ。

フンのサイズから相手のおおよそのサイズ感を類推する。これは……もしや山の主レベルにでかいやつがいるかもしれない。

ふと、不思議な感覚に陥《おちい》った。この大自然の森のなかにいて、俺はまるで動揺《どうよう》していないのである。いつどこから野生の獣《けもの》が襲《おそ》ってくるともわからないというのに。

なのに、この奇妙《きみよう》に達観した感覚はなんだ。ある意味では慣れと言い換えることもできる。自分が要領をわかっているフィールドだから、そこで起こる現象に対して未知の恐怖《きようふ》ではなく、既知《きち》の安心をいだくかのような。さながら森の狩人《かりゆうど》である。木々に囲まれていることに安心感さえ覚える。もちろん、俺の前職は工事現場の監督《かんとく》なので、豊かな森には馴染みはないはずだ。

自分の記憶《きおく》や経歴にない謎由来の素養である。

考える。腕を組み、頭をひねり考える。なぜ俺が森慣れしているのか。

思考の末、俺は結論にたどり着く。これは手紙の主が用意してくれた『チート』というやつなのだろう。まったくもって説明は受けていないが、思えば、こうした不思議な能力がいくつか俺には備わっている。

1つ目。異世界の言語を普通に話せること。読み書きもできる。ゼロから習得するには骨の折れる能力だというのに、その手間が俺にはなかった。なんだかんだ一番役に立つ能力である。

2つ目。成人の姿。転生というからには、第二の人生がゼロからはじまるものと思っていたが、幼年期、少年期をすっ飛ばして、青年期の末期みたいな状態で異世界生活がスタートした。奴隷商人がいたり、モンスターがいたり、社会が未成熟だったり、病気に罹《かか》ったら一発アウトっぽかったり、さまざまな要素を複合的に考えれば、ちいさな子供が生きていくにはおよそ厳しい世界である。赤子ならなおさら。その意味では、大人の姿に転生できたのは嬉しい特典である。

３つ目。魔法が使えること。俺には魔法の知識がある。星と宇宙と魔法の関連性や、大地をめぐるエネルギー、『人祓いの魔法』がなぜ周囲の人間を退けることができるのか、符号の理由、その原理原則を語ることも可能だ。俺はただ魔法を使えるわけではない。理解して、知識という十分な理由付けのもとに扱えるのである。不思議な話だが。専攻《せんこう》したことのない学問に関して博士並みの知識があるような奇妙な感覚だが。

あげていけばキリがないが、とにかく俺にはやたら都合のいい状態が揃《そろ》っているのである。都合のいい諸素養、諸教養、諸才能に関しては、手紙の主が与えてくれたものと考えるのが自然だ。ゆえに俺は手紙の主を信じて直観で動く。この世界で信じられるのは俺に二度目の人生をプレゼントしてくれた手紙の主と、パンの師でありいつもお世話になっているジュパンニだけだ。

あった、デカい足跡《あしあと》を発見した。俺のなかに宿る森の狩人の臭覚《しゅうかく》が導いてくれた。

俺は足跡を追いかける。この先に野豚がいると確信していた。俺の意識と、知識と、感覚はからみあい、自分が求める存在のもとへ自動で向かえるようになっていた。

そして、見つけた。見上げるほどの高さの化け豚を。全長４ｍくらいある。

「思ったよりデカいな……」

俺は懐《ふところ》をまさぐり、もってきた短剣《たんけん》をとりだす。刃渡《はわた》り20㎝ほどの短剣だ。小振《こぶ》りで素人《しろうと》でも扱いやすい。武器もなしに森に入るのは危険だからと、冒険者ギルドの受付嬢の勧《すす》めで１日貸してもらっているのだ。もちろん有料である。

化け豚を見やる。次に短剣を見やる。ふむ。こんなちっぽけな得物では倒せそうにない。

緑深き森のなか、野豚界隈《かいわい》の重鎮《じゅうちん》はおおきなひづめでまえがきをする。土をごりごり鳴らし、いまにも突進《とっしん》してくる構えだ。というか、してきた。山のごとき巨躯《きょく》がズドンズドンっと勢いよく向かってくる。こいつを倒すには魔法を使うしかなさそうだ。

俺は短剣をポイっと放《ほう》り捨て、すぐさま突進の化け豚を迎え撃《う》った。

使うのは『銀霜《ぎんしも》の魔法』。俺が使えるなかで最大の攻撃《こうげき》力を誇《ほこ》る魔法だ。

胸の前でパンっと手を叩き合わせ、次に右手で地面を思いきり叩く。符号は成った。

樹々《きぎ》がざわめき、露《つゆ》に濡れた草たちに白霜がおりる。星の巡り合わせのもとに、魔法の力が作用した。周囲の気温がガクッと低下、一瞬《いっしゅん》にして熱という熱が奪われる。パキパキ、ィ、パキィ——空気が砕《くだ》け、割れ、悲鳴をあげた。俺の前方へ、地面から氷柱《つらら》が数十本一気に飛びだした。

一面の銀世界のなか、俺はそっと腰をあげて、真白い吐息《といき》を吐きだす。前方を見上げれば、カチンコチンに凍《い》てついた化け豚のオブジェがあった。無数の氷柱によって串刺《くしざ》し状態になり、周囲もろとも完全に凍結《とうけつ》している。

クエスト『野豚狩り』完了《かんりょう》である。

これも生きるためだ。悪く思うなよ、野豚の首領よ。

◆　◆　◆　◆

夕方、俺は無事にグランホーの森林を脱出し、冒険者ギルドへ帰還した。1日で森とグランホーの終地を往復できるのは俺にとって都合がいい。長く居を空けずに済む。

俺は瞬間冷凍《しゅんかんれいとう》された肉を大きな布で包んで、紐《ひも》でしっかり縛って持ち帰ってきた。量は40kg程度。これ以上は体力的に持って帰れなかった。

クエストカウンターの受付嬢は、見覚えのある人だった。今朝、俺の冒険者ギルド登録や、クエスト受注を担当してくれた人だ。名札を見るに名前はシュラ。真っ赤な髪と瞳、目鼻の整った顔立ち、挙動が激しく視界的にやかましい感じがあるが、そこに愛嬌《あいきょう》がある。

「はい、次の方どうぞ～……って、ひえ、殺される！　――って、殺人鬼の方ではないですか！」

受付嬢はひどく怯えてぴょんっと跳《は》ねて縮こまる。

どんな覚え方だ。どいつもこいつも揃って殺人鬼、殺人鬼って言いやがって。

「ひえ、お願いです、命だけは勘弁《かんべん》してください、まだやりたいことがたくさんあるんです、彼氏《かれし》つくって、一緒《いっしょ》におでかけして、一緒に村に帰ったら畑をふたりで耕して、元気な小麦を育ててパンを焼くんです……っ！」

「どうぞ好きなだけ焼いてくれ。俺はお前の命に興味はない」

「女、子供だろうと容赦しない顔しているのに……？」

どれだけ酷い人相なんだよ。いや、たしかに極悪人の顔をしているとは思うけど。

「クエスト『野豚狩り』の報告をしたいのだが」

「……へ？　あ、ぁぁ、もしかして、今朝のクエストの報告ですか……？　最初からそう言ってくれればいいのに」

有無《うむ》を言わさずに怯えだしたのは貴様だ。

「ちょっと待ってくださいね。ああ、アルバス・アーキントンさんで……公募《こうぼ》クエストの『野豚狩り』ですね。では、野豚のお肉とひづめをよろしくお願いします」

「ひづめだな。大丈夫だ、ちゃんと持って帰ってきてる」

「もしかして、豚のひづめと言いながら人間の手足を取り出すつもりですか……？」

「そんな嫌がらせがあってたまるか」

「あれれ？　これはなんですか？」

「野豚のひづめだが」

「だいぶデカいのですが……え？」

「たしかにあいつはデカかったな」

グランホーの森林で出会った野豚について話すと、受付嬢は大変に驚いた顔をしていた。どうにも、あの野豚は普通の野豚ではなかったらしい。あんな化け豚が平気で闊歩《かっぽ》しているのはちょっと考えにくいと、俺も薄々思ってはいた。本当によかった。あれが異世界でのモンスターの標準サイズだとか言われたら、もう二度と街から出られなくなっていたところだ。

「ふむふむ、話を聞くにただならぬ怪物《かいぶつ》の予感。もしかしたら、それはグランホーの森林に住むと言われる伝説の野豚かもしれません！」

「伝説の野豚か。名のある怪物だったということか」

「ええ、伝説の野豚なので……おそらくネームドモンスター『伝説の野豚』なのでしょう‼」

もうすこし頑張《がんば》ってほしかった。森の猪王とかなんか捻《ひね》れただろう。

「しかし、このお肉の状態、どうなっているのですか？　まるで巨人《きょじん》の霊峰《れいほう》の氷のようです」

「これは……魔法の道具で凍《こお》らせたんだ」

嘘《うそ》をつくのには理由がある。俺が魔法使い族であることを公《おおやけ》にはしたくないのである。だから、俺が魔法を使ったのではなく、道具由来ということにした。

魔法の力を隠《かく》すのは、俺の力が貴重だと思われるからだ。1カ月間、俺はニート生活をし、見聞を広めることに積極的だったと以前言ったが、その際に、興味を持って集めた情報がある。

それは魔法使い族に関する情報だ。俺は自分にチートが与えられたことは知っていたが、それがどれだけ稀少《きしょう》で、価値のあるものなのか知らなかった。そのため、魔法を行使するために、魔法に関する世の目線・常識を知る必要があったのである。

結果として俺は知った。世間では魔法使い族はずっと昔に失われたことになっていることを。

つまり、俺はもしかしたら世界最後の魔法使い族なのかもしれないのである。

だから俺の力は貴重なものだと判断できた。

味方になれば最大の貢献《こうけん》をし、敵になれば最悪の損失をもたらすことができる。

そんな存在を世が放っておいてくれるとは思えない。きっと干渉《かんしょう》してくる。王や貴族といった強権たちは、俺を支配下に置くか、あるいは敵になる前に抹殺《まっさつ》でもしたがるだろう。

俺は今世を誰かに台無しにされたくなどない。他人に気を使うのも、他人に従うのも、労働するのも、奉仕するのも、もう十分だ。前世で飽きるほどやった。

もう誰にも気を使わないし、従わないし、労働も可能な限りやらないし、奉仕もしない。権力者などと関《かか》わり合いになってたまるか。

ゆえに俺は嘘をつくのだ。俺が魔法使い族だと万が一にも悟《さと》られないように。

「はい、確かに野豚肉30kgの納品を確認《かくにん》しました。しかし、すごい手腕《しゅわん》ですね……『伝説の野豚』

を仕留めるなんて、並みの冒険者ではとても叶《かな》わない偉業《いぎょう》です！　殺人鬼さんがグランホーの終地を代表する冒険者になる日も近いかもしれませんね」

受付嬢はどこか期待を寄せるキラキラとした眼差《まなざ》しを送ってきた。俺はこの治安の悪い街の名を背負うほど働く気などまるでないのだが……まあ、期待するだけならタダというやつだな。

俺は受付嬢へ礼をいって、冒険者ギルドをあとにした。

へそ曲がりの宿へ向かう足取りは不思議とはやかった。あのエルフのことが気になって仕方がなかったのだ。ジュパンニにはパンをちいさく千切ってスープに浸して食べさせてあげるよう、ちゃんと指示はしてあるが、もしかしたら忘れているということもありえる。

今頃《いまごろ》、あのエルフはお腹を空かせているかもしれない。あるいはパンを無理に食べようとして顎《あご》が疲《つか》れてしまっているかもしれない。可哀想に。

そう考えると気が気でなかった。はやく帰らなければ。

◆　◆　◆　◆

「あ……おかえりなさい、アルバスさん！」

部屋に戻ると、ちょうどジュパンニがエルフにご飯を食べさせてあげているところだった。湯気の昇《のぼ》るスープに、バゲットを浸している。流石《さすが》だ。俺の話をちゃんと聞いてくれている。悪党しかいないような街で、こんな良い子に会えたのも手紙の主がくれたチートなのかもしれないな。

「助かる、ジュパンニ。さっそくだがメニューを追加だ。野豚を取ってきたぞ」

クエストで納品した分とは別途《べつと》、持ち帰ってきた分だ。

「野豚？　あの野豚ですか？　冒険者を頭でどついて、どつきまわすことで有名な豚さんだと聞きますが……わぁ！　本当にお肉が、それも新鮮なお肉が、こんなにたくさん！」

ジュパンニは目を爛々《らんらん》と輝《かがや》かせて、胸前で手を組む。神へ感謝しているかのようだ。

「お前とあの頑固おやじにも分けてやる」

「ええ!?　いただいてもいいんですか？　やっぱり、アルバスさんは良い人です」

「良い人だと？　ふざけるな、俺を馬鹿にするのも大概《たいがい》にしろ。いいか、これはただの先行投資だ。このエルフは将来おおきな金になる。お前たちは俺の秘密の計画を知ってしまっている。ゆえに、俺は計画をお前たちに邪魔されないように、今のうちにこうして賄賂《わいろ》を渡すことで手懐《てなず》けているだけにすぎないのだ」

「なんだか、よくわかりませんが、とりあえず良い人ってことですね！　ありがとうございます、大事に食べますね！　あっ、でも、私は腕を怪我しててお料理が……」

「ええい、そんなもの俺がやる。お前は黙って見ていろ」

俺は調理場に下りて、包丁を振るった。実は俺は調理系の能力も備えている。これは前世の経験ではない。手紙の主がくれたチートのひとつである。

新鮮な豚肉を切り、塩で味付けをし、フライパンでジュージューと焼く。肉の脂《あぶら》に、オリーブと塩とバジルを混ぜて、ネギ塩的な添え物をつくる。焼きたての豚肉に、添え物を組み合わせれば本日のディナー、豚バラバジル塩だれ～異世界風～の完成だ。

「いい匂いがするじゃないか。ジュパンニ、今日はなにか特別な祝い事でもあったかのう――」

寝ぼけじじいが調理場に入ってくる。

「じじいめ、俺だ」

「貴様、なぜ人の家の調理場でフライパンをふりふりしておる！」

「黙って食ってみるがいい、蒙味《もうまい》なじじいめ」

「貴様のつくった飯なぞ食えるか。ひと口だけじゃぞ」

いや、食うんかい。

「なぬ、この旨味《うまみ》は！　くっ、殺人鬼のくせに、料理の腕だけは、確かだな……！　くっ！」

宿屋の主人グドは悔《くや》しがりながら悦《よろこ》び、うなずきながら味わっていた。正直じゃないやつだ。ツンデレなのだろうか。おっさんのツンデレなどどこに需要《じゅよう》があるという。やれやれ。

化石のような属性のじじいを置いて、俺は料理を2階の部屋へもっていく。

「お肉を直接焼いて食べるんですね！　こんな食べ方があるなんて知りませんでした。普段《ふだん》はお肉といえば塩漬け肉か、干し肉ですし、たまに手に入ってもスープの具材に交ぜることしか知らないものでしたから」

ジュパンニにも満足いただけたようでなによりだ。やはり肉の威力《いりょく》は信頼できる。

「おいエルフ、お前でも食べられるようにちいさくしておいた。ゆっくり噛みしめてみろ」

「………おい、しい」

エルフは焼き肉を口に含《ふく》む。もぐもぐ、もぐもぐ。ハムスターみたいにちいさく口を動かした。と、その時、前触《まえぶ》れなく泣き出してしまった。

「美味いか、エルフ」

「わ、たし、は……ア、ルウ」

「？」

「なまえは、アルウ」

アルウ。もしかしてエルフと呼んでいたことが気に入らなかったのか？　ふむ、名前呼びか。まあいいか。別に減るもんでもあるまい。名があるなら呼んでやってもいいだろう。

「アルウ、美味しいか」

「……すごく、おいしい」

「それは上々。たくさん食べてお腹いっぱいになってしまえ」

その後、アルウはお腹いっぱいになるまで、温かいスープと、豚肉と、パンを頬張《ほおば》った。

食事が終わり、机のうえを散らかしたまま、アルウを寝かしつける。腹いっぱい食べてすぐに眠くなってしまうとは。なんだそのムーヴは。本当に仕方のないやつだ。

俺は金の勘定をするために立ちあがる。クエスト『野豚狩り』である程度、シルクを稼げたが、バジル塩をつくるために地味にいろいろ材料を夜市で買い込んでしまった。出費は少なくはなかった。また働かなくてはなるまい。

だが、いい。すべては先行投資だ。エルフの商品価値があがるのならば、目先のシルクなどはした金と割り切ることができるというものだ。

「……あ、の」

声に視線をやれば、掛け布団から目元だけ出したアルウがこちらを見つめていた。

「なんだ」

「…………………てを、手を、にぎって、ほしい」

「なんでだ。面倒くさい。絶対に嫌だ」

どうして俺がそんなことをしなくてはならないのだ。

「…………眠れない」

俺はアルウの手をそっと取る。ちいさく、骨が浮いた手だ。指は枯れ枝のよう。俺は壊れてしまわないようにそっと、そっと、慎重《しんちょう》にチカラをこめて握《にぎ》る。

「…………わたし、まだ、ねむれなくて、恐い、です」

「なにが恐い」

「また、だれかが、わたしを、連れて行って、遠くへ……」

「そんな心配は必要ない。お前は俺のものになった。誰にも奪わせはしない」

言うと、アルウはゆっくりと目を閉じた。すぅーすぅー。寝息《ねいき》が聞こえる。一瞬で寝落ちしたようだ。

思えば、いままで彼女は寝ていなかったのかもしれない。俺が手を握ってやることで、ようやく庇護《ひご》者を得た実感を得られたのか。なんて憐れな娘なのだ。

仕方ない。一緒にいてやるか。俺にもやることがあるが、手を握っていないと眠れないと言われては、こちらも無視はできない。なぜなら、彼女は俺の大事な財産だからであり、商品だからである。睡眠《すいみん》をおろそかにすれば、肌荒《はだあ》れはもちろん、日中の集中力は低下し、目の下にはクマさんだってできてしまうかもしれない。

そうなれば一大事、本来の市場価値より低く見られかねない。

「まったく世話のかかる」

そんなわけで一晩中、手を握ってやることにした。やれやれ。本当にやれやれだ。

翌日の昼までたっぷり15時間ほどアルウは眠った。

ぐっすりアルウがようやく目を覚ます。外はすっかり日が昇り明るくなっている。

「…………やさ、しい、ひと」

「アルバスと呼ぶといい。俺もお前のことはアルウと呼ぶんだからな」

「……アルバス、すごいなまえ」

すごい名前？

「それに、にてる」

「なにがだ」

「アルウ、と、アルバス……名前似てる、うれしい」

だからなんだ。普段ならそう言い返しただろうが、悪態が喉《のど》につっかえて出てこなかった。心がポカポカする感じがした。なんだというのだ、この気持ちは。

「こほん。今度こそぐっすり眠れたようだな」

「アルバス、手、もしかして、ずっと、握ってて、くれたの……？」

「当たり前だ。お前は俺にとって……大事な財産だからな」

俺がお前の手を離すことはない。なにがあってもな。

第二章　白パン投資とお風呂《ふろ》投資

流石《さすが》に座《すわ》りすぎて身体《からだ》がバキバキになってしまった。

まったく最悪な気分だ。どうしてこの俺《おれ》が奴隷《どれい》のためにこんな目に遭《あ》うのだ。

「アルバス、疲《つか》れてそう」

アルウはちょこんっとベッドの上でぺたん座りして、拳《こぶし》を握《にぎ》ると俺の両肩《りょうかた》へ打撃《だげき》を加え始めた。

「こうすると肩こりがとれる……って、おそわった」

これは肩たたきだと？　どうしてそんなことを。俺は冷徹《れいてつ》な奴隷の主人のはずなのに。

奴隷が俺に奉仕《ほうし》する必要などない。俺は頼《たの》んでもいない。

だのになぜアルウはこんなことを……いや、知っているはずだ。

アルウは心優《こころやさ》しい子供なのだろう。俺はその気持ちを理解することはできる。

それは俺の捨てたものだ。他者へ優しくあることは今でも素晴《すば》らしいことだと思う。感情では。

他方、優しさが素晴らしいというのが一種の洗脳であるとも、理性では結論をだしている。

アルウは子供だからわからないのだろう。それは愚《おろ》かなことだと。

「やめろ」

「……ご、ごめんんさい」

アルウはしょんぼりして俯《うつむ》いた。

途端《とたん》にこちらの気分まで重たくなった。そんな顔をするんじゃない。

「はあ」

深いため息がでた。俺はなにを拘《こだわ》っているのだろうか。アルウが優しく振《ふ》る舞《ま》うことと、俺がその在り方を選択《せんたく》しないことにはなんの関係もないというのに。

「ちょっと出かけてくる。朝ご飯はジュパンニに用意してもらえ。ゆっくり噛《か》んで食べるんだ」

「……はい、アルバス」

俺は身体をほぐしながら、外出の支度《したく》をする。

今日も冒険者《ぼうけんしゃ》ギルドへ向かう。生活に潤《うるお》いと余裕《よゆう》をもたせるため、もっと稼《かせ》がなくてはいけない。

伸《の》びをしながらへそ曲がりの宿を出る。

粗野《そや》な男たちが宿屋のまえでたむろしていた。

◆　◆　◆　◆

迷惑《めいわく》な連中だ。こんなところで集《つど》って青春されては、へそ曲がりの宿に客が寄り付かない。

俺には関係のない話だ。営業不振《ふしん》でグドが困窮《こんきゅう》しようと飯が美味《うま》くなるだけだ。

どうという話ではない。なにもやましい事はないし、関《かか》わりもない。

だったらスーッと通り過ぎればいいだけだ。君子危《あや》うきに近寄らずとな。

「シカトしてんじゃねえぞ。こっち向けえ‼」

声をかけられてしまった。こうなると無視は余計に刺激《しげき》することになるか。

ひとつため息をつき、俺はゆっくり振りかえる。

粗野な男3人組が、睨《にら》みを利《き》かせながら、草食動物の退路を塞《ふさ》ぐ肉食獣《にくしょくじゅう》のように、のそりのそりと俺の右手側と左手側を塞ぎながら包囲してくる。

「お前、うちの組織のモンに散々なことしてくれたようじゃあねえか」

3人組のリーダーっぽい男は、腰《こし》にさげた剣《けん》を抜《ぬ》き放つ。

汚《きたな》い指でピンっと刃《は》を弾《はじ》くと見た目に似合わない綺麗《きれい》な音が鳴る。

「覚悟《かくご》はできてるんだろうなぁ？」

「なんの話かまるで身に覚えがない。あんたらのお仲間なんか俺は知らない」

「嘘《うそ》つけや。2日前、馬車で隣町《となりまち》まで引きずられて殺されかけた野郎《やろう》だ‼　全身ひどい有り様でよお、そいつが言ったんだ『殺人鬼《さつじんき》みてえな人相のやつにおかしな術を使われた』ってな‼」

「あいつ生きてたのかよ」

「やっぱ知ってんじゃねえか。舐《な》めてるんじゃねえぞ。こっちこい‼」

「わかった。ついていこう」

「やけに大人しいな？　まあいい、賢明《けんめい》な判断ってやつだ、へへへ」

宿屋の前で事を起こすのもアレなので、大人しく同行することにした。

10分ほど睨まれ囲まれながら歩いたら、陰湿《いんしつ》な薄暗《うすぐら》い路地に差し掛《か》かった。

こいつらにとってはいつもの路地なのだろう。ここに来る足取りに迷いがなかった。

「てめえ、名前はなんていうんだ」

リーダーの男は踵《きびす》を返してふりかえり尋《たず》ねてくる。

「アルバス・アーキントン」

「アルバスだって？　どこにでもいそうな平凡《へいぼん》な名前しやがって」

「覚える必要はない。俺の名前がなんだろうと、お前たちとはここでお別れなんだ」

「あ？　てめえ一体なにを言って……」

俺はポケットから時計を取りだし、蓋《ふた》を開き、文字盤《もじばん》に視線を落とす。

「いまからお前たちを殺す。お前たちはおぞましい物を見ることになる」

「俺たちを殺すだと？」

男たちは顔を見合わせ、腹を抱《かか》えて笑いだした。おかしくて仕方がないようだ。

「ひっひっひ、あはははは、笑わせるなよ。この状況《じょうきょう》をちゃんと理解できてるのか？」

「そんな悪い顔してるんだ。さぞかし気合が入った悪党なんだろうよ。だがな、3人に囲まれて、それにここは俺たちの馴染《なじ》みの路地裏だ、助けを呼んでも誰《だれ》も来ないのは経験上知ってんだ」

「あーなんだっけ、アルバスくんよ、威勢《いせい》がいいのは結構だが、もうちっと立場を弁《わきま》えたほうがいい。俺たちはさ、もうこの場所で4人も殺してるんだよ。5番目の死体になりたかないだろう？」

俺はリーダーの男を指さす。

「5番目の死体はお前にしよう」

「この野郎、どうやら、今すぐに死にたいみてえだな！」

「俺たちはてめえみてえな気取った野郎だっていつもぶっ殺してんだ」

「できねえと思ってるんだったらわからせるまでよ‼」

「ああ、本当に愛すべきやつらだな」

「「「あ？」」」

「俺は悪いやつは好きなんだよ」

3人の男は呆《ほう》けた顔をする。

「ぶっ殺しても誰にも文句言われないからな」

右手で左頬《ひだりほお》を押《お》さえた。

神秘の論理が首をもたげ、宇宙の法則が呼応する。

「なにしてやがる、てめえ……？」

俺は頬からそっと手を離《はな》した。

符号《ふごう》は成った。『剥離《はくり》の魔法《まほう》』が作用し始める。

それは物体と物体を引き離す魔法だ。

壁《かべ》にかかったポスターを剥《は》がしたり、頑固《がんこ》な油汚《あぶらよご》れを除去したり。

いろいろなものをとにかく「剥がす」ことができる。便利な魔法である。

人間に使う場合はしばしば注意が必要である。

なぜならきっと辺り一面が汚《よご》れてしまうだろうから。

「うぐgア、あぎゃ、アcああ――――!?」

『剥離の魔法』の対象を人間とした場合、物を引き離す作用により、全身の皮膚《ひふ》を剥離させる。

その結末は、惨《むご》たらしく苦しみ死に絶えることである。

「あ、ぁああ、兄貴ぃぃい!?」

「一体なにが、なにが起こってんだァぁぁああ!?」

「いやなに。どうせならド派手にぶっ殺してやろうと思っただけさ」

そっちのほうが気持ちいい分、お得だ。

「ひぇえええええ⁉　兄貴が、兄貴が、こんな姿に……ッ」

「や、やべえ、やばすぎる、なんだ、こいつァ⁉　お前なんなんだよ⁉」

俺は時計をポケットにしまい、短剣《たんけん》を取りだし、動揺《どうよう》している悪党の脇腹《わきばら》をぶっ刺《さ》した。

そのまま捻《ひね》り、傷口を広げてダメージを最大化させると痛みに崩《くず》れ落ちた。

「うがあぁああ⁉　こいつなんの躊躇《ちゅうちょ》もなく、あ、ぼご、あが……っ」

「や、やめろおおお‼　イカれてるのかこいつ⁉」

「仲間思いだな。その優しさ、付け入られるんじゃないか」

腹の傷に悶《もだ》え苦しむ男が落とした剣を足ですくって手に取る。

程《ほど》よい重さの剣。仲間を助けるため斬《き》りかかってくるもうひとりへ向き直る。

「やってやる、ぶっ殺してやるぅぅ‼」

上段からまっすぐ振り下ろされる剣。こちらの刃上を滑《すべ》らせるようにして力を受けながす。

男の体勢がおおきく崩れたところへ、斬りあげる剣で肩口《かたぐち》からばっさり腕《うで》を落とす。

叫《さけ》ぶ暇《ひま》を与《あた》えず、斬り返して喉《のど》をシュっと開いてトドメを刺した。

「あぼ、gほ、ぼぼ、なん、なん、だ、て、てめえは……ア……ぁ」

「俺も知らん」

そう言って最後のひとり、先ほどから地面のうえで腹を押さえて苦しむ男の、その喉に剣を突《つ》き刺し墓標として、俺は路地裏の争いを終結させた。

◆　◆　◆　◆

どうにも俺という人間は剣の扱《あつか》いが上手《うま》い。

これは俺が自覚していない特異な能力のひとつだ。

前世ではもちろんのことだが、俺は剣を振ったことなどなかった。

剣に関わったことは、高校時代に体育の授業で剣道《けんどう》をした時くらいだ。

道着が暑くて臭《くさ》かったという記憶《きおく》しかない。それくらい剣の道に興味がなかった。

必然、この剣術《けんじゅつ》の技能は今世で手に入れたものということになる。

先ほども悪党に対して優位に立ち回れた点から、俺の戦闘《せんとう》能力は相当に高いと推測できる。

ゆえに俺はこの剣術の腕前《うでまえ》は、手紙の主が俺に与えてくれたチートのひとつだと結論づけた。

実はこの剣術にはずいぶんと助けられている。グランホーの終地はいわずもがな、恐《おそ》ろしく治安が悪く、1カ月も過ごしていれば、先ほどのように柄《がら》の悪い連中に絡《から》まれることもあった。

そういう時、短剣一本持っておくと、簡単に相手を制圧できた。

剣を握ると自然と身体が動くのだ。長年の経験から、身体に動きが染《し》みついているかのように。

この世界では命が軽い。モンスターの世界から隔離《かくり》された街のなかでさえ、喧嘩《けんか》で人の命が奪《うば》われる。みんな剣で武装してるから、いつでもムカつく奴をぶっ殺す準備ができているんだ。

1カ月過ごして、俺も異世界にすっかり適応した。

やられる前にやる。それがなによりも重要だと今はわかる。

中途半端《ちゅうとはんぱ》はいけない。報復の危険がある。敵ならば殺す。危害を加えてきそうなら殺す。

それがこのアナーキーな異世界の処世術なのである。

俺はシャツに撥《は》ねた返り血をそのままに冒険者ギルドへ足を運んだ。

この町じゃ流血沙汰《ざた》は珍《めずら》しくないので、シャツに血がついていようと、どこかで喧嘩をしてきたと思われる程度で済む。俺は殺人鬼だと思われてるので、これ以上印象が悪くなることもない。

もっとも全身血塗《ちまみ》れだと流石にそうはいかない。街を巡回《じゅんかい》している騎士《きし》に声を掛けられてしまうだろう。だから返り血はできるだけ浴びないように気を付けている。

「ひえ、また人を殺してきたんですね、殺人鬼さん……‼」

受付嬢《うけつけじょう》の反応にこっちがビビる。なぜ殺人がバレたのだ。俺のシャツにはちょっと血がついてるだけなのに。

「喧嘩をふっかけてきた雑魚《ざこ》をぶちのめした顔してます！」

正直な顔過ぎたか。いや、この反応はあれだな。いつものビビりだ。特定の殺人がばれたわけではない。紛《まぎ》らわしい反応するんじゃないよ、まったく。

「はぁ。いつものクエストを頼む」

「野豚《のぶた》ですね？　今日もよろしくお願いします、殺人鬼さん♪」

本日もまた野豚狩《が》りを行った。これが俺の日常。俺の平穏《へいおん》。

午後、お肉を冒険者ギルドに納品しつつ、へそ曲がりの宿にも補充《ほじゅう》し、生活資金を稼いだ。

現在の所持金は２５００シルクだ。なかなかの小金持ち気分である。

宿への帰り道、公営の竈所《かまどころ》のまえを通りかかった。

「パンが焼きあがったよ〜‼　焼きたての聖なるパンだよ〜‼」

聖なるパンだと？　興味を惹《ひ》かれ、近づいてみる。

たびたび見かける屈強《くっきょう》なパン屋の旦那《だんな》が、バゲットを売っていた。

一目見て違《ちが》いがわかった。白いのだ。白いパンを売っているのである。

なにを当たり前のことを言っているかと思われるかもしれないが、異世界においてパンと言えば黒いバゲットを示すことがほとんどだ。

黒いパンと白いパンには違いがある。

黒いパンは保存性に優《すぐ》れ、安い。硬《かた》く酸《す》っぱい味わいだが、慣れれば食べられる。

白いパンは保存性こそ黒いパンに劣《おと》り、値段は高いが、甘《あま》くてモチモチしている。美味い。

この白いパンこと聖なるパンは、前世で食されていたバゲットに近いものだ。

白いパンは値が張るので貴族や商人しか食べられない特権的な食べ物だとされている。

この1カ月、たびたびあしてパン屋の旦那が焼きたての白パンを売っている場面を見た。

だが、とても手が出なかった。シルクの乏《とぼ》しい俺では買う勇気がなかったのだ。

「パンをおくれ。お前さん」

金のありそうな商人がシルクをジャラっと渡《わた》して白いパンを買っていく。

以前の俺には収入源がなかった。今の俺にはある。シルクならまた稼げばいい。

俺はポケットの硬貨《こうか》を鷲掴《わしづか》みにして、パン屋の旦那のまえへ。

「はい、いらっしゃ……ひえ⁉　さ、殺人鬼⁉」

いや、あんたもかい。

「パンを貰《もら》おうか。シルクならある」

特別な理由があったわけじゃない。あったわけじゃないが……まあ、そのなんだ、今朝はアルウにすこしキツく当たってしまった。

奴隷の主人というのは、人望が大事だと思う。奴隷に嫌《きら》われてしまっては、いつ寝首《ねくび》を掻《か》かれるかわかったものではない。つまりアルウの機嫌《きげん》を損《そこ》ねることは俺自身に危険が及《およ》ぶ可能性があるということだ。すなわちアルウの機嫌を取ることは、俺の安全を確保することなのである。

「あいつ喜ぶかな」

白いパンが包まれた紙をしっかりと抱《だ》きしめる。

紙越《ご》しに伝わる温かさを感じながら、へそ曲がりの宿に帰った。

「アルバスだ、おかえり」

部屋に入るとアルウが席を立って、寄って来た。出迎《でむか》えてくれるのか……悪くない気分だ。

「今朝はごめんなさい……わたし、汚いのに、アルバスに、勝手にさわってしまい、ごめんなさい」

アルウはうつむき、床《ゆか》に頭をこすりつけるほど深く下げた。

俺がキツイ態度をとったのは、汚い自分が勝手に触《ふ》れたことを怒《おこ》っていると思っているのか。

なんてことなんだ。そんな罪悪感を抱《いだ》かせてしまうなんて、俺はなんて……。

「アルウ、お前に命令をする」

「っ」

「これを食べろ」

まだ温かい紙の包みを渡すと、アルウは訝《いぶか》しみながら包みをひろげ、目をまん丸に見開いた。

「まっしろ！」

わあっと驚《おどろ》いた顔をして瞳《ひとみ》をキラキラ輝《かがや》かせる。

なんだろう。胸がいっぱいな気持ちになる。なんだこの気分は？

「白いパンだ。それを腹に詰《つ》めこめ。これは命令だ」

「でも、これはお貴族さまのパン……すごく高くて、わたしなんかが……」

「貴様、俺の命令が聞けないと言うのか？」

「アルバス、やさしい」

「貴様、またそんな戯言《たわごと》を言うつもりか？　これが優しさだと？　阿呆《あほ》なことぬかすんじゃあない。これはすべて俺の利益のために行っているんだ。お前が美味いものを食べるたびに、お前の幸福度は上昇《じょうしょう》し、精神・肉体ともに状態が改善されるのだ。さらに美味い物は食欲が加速する。たくさん食べれば、やせ細った貧相《ひんそう》なお前の肉付きがよくなるだろう。そうして商品価値があがるのだ。俺は利己的な人間だ。優しいなどとは無縁《むえん》のな」

アルウはポカンとした顔で見上げてくる。

「アルバスは、利己的なひと」

「よろしい。さあ、食え。食ってお腹《なか》いっぱいになって満足してしまうがいい」

「お腹いっぱいで、満足こわい」

アルウはひとりで白いパンを食べ進める。

もうひとりでパンを千切って口に運ぶことができるようになったようだ。

「あーやれやれ、肩が凝《こ》った。凝って凝って仕方がない」

「……？」

肩をまわしながら俺はベッドに腰をおろした。

「……肩たたき」

しばし待つと、アルウは今朝のようにペタン座りして、ちいさく握り拳をつくって、とんとんとん、っと叩《たた》き始めてくれた。

別に命令したわけじゃない。勝手にやっているだけだ。

だが、今度は今朝のように拒絶《きょぜつ》はしなかった。

力は強くない。固まった筋肉がほぐれるわけでもない。

でも、不思議とこの肩たたきには癌《がん》にすら効く治癒《ちゆ》力がある気がした。

◆　◆　◆　◆

翌朝。

アルウの状態は最初に比べればずいぶんよくなった。

3日前と比べると、肉付きもよくなった気もする。

こけた頬はすこしだけ赤みがかり、くぼんだ目も色を取り戻《もど》しつつある。

十分な睡眠《すいみん》をとれたおかげだ。

「そろそろ、次のステップか」

「つぎの……？」

アルウはモグモグしながら見上げてくる。うちのアルウは可愛《かわい》い。

「次なる商品価値向上プランとしてアルウのひどい髪《かみ》をどうにかしようと思う」

「かみのけ?」

アルウを拾った時、彼女《かのじょ》は最悪の状態であった。すべてが最悪だ。

死の一歩手前、生物の尊厳が失われていた。

彼女は重篤《じゅうとく》な栄養失調だった。だからたくさん食べさせた。

次にたくさん寝《ね》てもらった。人間、回復するためにはぐっすり眠《ねむ》るのが一番だ。

おかげで死からは遠ざかったように思う。まだ油断できないが、急場はしのいだ。

次は生物としての尊厳を取り戻すフェイズだ。

というわけで、シラミだらけの髪を洗おうと思う。

もうひとつ重要なことがある。服装についてだ。

アルウは当初、ぼろ布をまとっていた。薄《うす》い、くたびれた布一枚だ。

今日まで緊急《きんきゅう》的な処置として俺のローブを着せていた。

ただローブは裸《はだか》のうえに着る物ではない。裸ローブは露出狂《ろしゅつきょう》の標準装備と変わらない。

彼女が着たい服を用意してあげたい。アルウは年頃《としごろ》の女の子なのだ。

「アルウ、歩けるか」

「……うん、あるけ、る」

アルウは俺の手を掴《つか》みながら立ちあがる。

これまでへそ曲がりの宿のなかだけが彼女の行動範囲《はんい》だったが、今日、その殻《から》を破る。

彼女には今から領主の屋敷《やしき》に行ってもらう。そこでお風呂に入るのだ。

汚れた身体を清めるのに温かいお風呂ほど適したものはない。

しかしながら、異世界においてお風呂というものは一般的《いっぱん》なものではない。

おおきな設備と専用の浴槽《よくそう》、水を贅沢《ぜいたく》に使い、水を焚《た》くための薪《まき》もふんだんに使う。とにかく金がかかる金持ちだけが嗜《たしな》む贅沢――それがお風呂なのである。

庶民《しょみん》は身体を拭《ふ》いて清潔を保つのが一般的だ。

俺が『綺麗になる魔法』とか使えたらよかったのだが、残念ながら魔法も万能《ばんのう》ではない。というか俺が万能じゃないと言うべきか。

きっとそういう魔法はあるのだろうが、俺がその魔法を使えないのである。

俺が使える魔法は手紙の主が与えてくれたいくつかの魔法だけなのだ。

「ここは……っ」

「お前の以前の主人、その貴族の家だ。この家の風呂を拝借する」

風呂は金持ちの家にしかない。どうせ入るなら一番立派なお風呂がいい。

そういうわけで一番立派なお風呂がありそうな領主の屋敷へやってきたわけだ。

腕をスッと持ちあげ、親指と中指を擦《こす》り合わせる。乾《かわ》いた音が響《ひび》いた。

符号は成った。『人祓《ひとはら》いの魔法』が作用しだす。

屋敷からすべての使用人、貴族、そのほかもろもろいなくなったことだろう。

俺はアルウの手を引いて門をくぐろうとする。

アルウは動かない。その場で固まり、首を横にちいさく振る。

「あのお方にみつか、ったら、なぐられる……‼」

アルウの身体中の痣《あざ》、それと腫《は》れた顔。赤いミミズ腫れ。

俺が回復の魔法でも使えればこの傷も治せたかもしれないのに……彼女の身に刻まれた痛ましい痕跡《こんせき》は、彼女が過ごした過酷《かこく》な日々をいまも克明《こくめい》に語る。

「安心しろ。もう屋敷には誰もいない」

「で、でも……っ」

俺はアルウのそばで膝《ひざ》を折る。目線の高さをあわせ、ひとつの決断をした。

「アルウ、お前は俺の大事な……資産だ。だれにも侵害《しんがい》させない。俺の誇《ほこ》り、俺の全霊《ぜんれい》、すべてをかけてお前を害するすべて、お前を苦しめるすべてから守る。俺にはそれができる」

懐《ふところ》から『歪《ひず》みの時計』を取りだす。

アルウの表情がみるみるうちに驚愕《きようがく》に染まっていく。

やはり彼女にも意味がわかるようだ。

黄金の懐中時計《かいちゆうどけい》。蓋には紋章《もんしよう》が彫《ほ》られている。魔法の力が宿るとされる魔法使《まほうつか》い族の紋章だ。

この紋様《もんよう》が彫られた黄金の懐中時計は御伽噺《おとぎばなし》にしか登場しないとされている。

もしそれを持っている者に出会ったのならば、その者は御伽の生き残りだ。

ずっと昔、魔法使い族はいなくなったが、彼《かれ》らの残した伝説の数々はいまもなお、生きる人々のなかで細々と語り継《つ》がれている。

黄金の懐中時計にまつわる話は、魔法使い族の伝説のなかでもとりわけ有名なものだ。

だからこれを見せれば、言葉より言いたいことが伝わると思った。

「そ、それはっ、魔法使いの時計？」

「本物だ。触《さわ》っていいぞ」

「うん‼」

アルウは目をキラキラさせて『歪みの時計』を手に持つ。

蓋を開けば、チクタクと時を巻き戻し続ける不思議な文字盤があらわれる。

「時計の針が、左回りに？」

「魔法使いが歪めた時間はこうやって巻き戻されていくんだ」

「すごい‼　あっ、それじゃあ、やっぱりアルバスは……」

アルウの手をぎゅっと握る。

「俺は魔法使いアルバス・アーキントン。お前には俺がついてる。もうなにも心配はいらない」

言って俺はアルウの手を引いた。彼女の足取りはさっきよりずっと軽くなっていた。

誰もいない豪邸《ごうてい》を散策し、ふかふかの絨毯《じゅうたん》が敷《し》き詰められた廊下《ろうか》を進む。

絵画や、高そうな壺《つぼ》が下品なほどに並べられた屋敷の奥《おく》で、大浴場を発見した。

流石は悪党とクズの町のなかでも、とりたてて黒い噂《うわさ》が絶えない腐敗《ふはい》の貴族だ。

汚い金で築き上げた城の風呂はとても立派なものだった。

「お風呂にいれてやろう。身体を綺麗にすることでお前の商品価値はさらにぐんっと高まる」

俺は袖《そで》をまくり、浴室を素足でペタペタと先行し、アルウをいざなう。

「アルバス、その……」

アルウは浴室へ入ろうとしない。どうしたのだろうか。

「すみません、恥《は》ずかしい、かもしれない……」

俺は愕然《がくぜん》とした。アルウといっしょにお風呂に入ろうとしていた、自分のデリカシーのなさに。

否《いな》、どちらかと言えば、アルウを見くびっていた自分を愚かに思った。

アルウを年頃の少女と認識《にんしき》していながら、その実、彼女をちいさな子供扱いしていたのだ。

俺の無意識下でアルウは手助けがないとなにもできない子だと、彼女を見くびっていたのだ。

「あぁ、そうだな……たしかにひとりでも大丈夫《だいじょうぶ》か。いや、まだわからないな。本当にひとりでお風呂に入れるのか？　髪もしっかり洗わないといけないんだぞ？」

「わたしは……子供じゃない、水浴びはしたことある。だいじょうぶ、ありがとう……」

そういえばアルウが何歳《なんさい》なのか俺は知らなかったな。見た目より大人なのだろうか。

思えば初日とか普通《ふつう》に服脱《ぬ》がしてたな。いや、あれは正当性がある。俺は悪くない。

◆　◆　◆　◆

アルウがお風呂に入っている間、俺は領主の屋敷内を散策していた。

目的はアルウが着るための女性物の服を探すことだ。

屋敷内はとても広く、グドの安宿が10個あっても到底《とうてい》及ばないほどだった。

扉《とびら》を開けては閉め、開けては閉め、根気強く探索《たんさく》したところ、女物の服がズラッと揃《そろ》えられたクローゼットを発見した。

「どんなものが趣味《しゅみ》にあうかわからないな」

前世の記憶から、男が女の服の趣味を決めつけるとよくない結末を招くのは自明だ。

なので、とりあえず選択肢《せんたくし》を広く取り、俺は何種類かの服を浴室へ運んだ。

一旦《いったん》その服を着てからこのクローゼットに連れてきて服を選んでもらえばいい。

「よし、こんなものか」

ミッションを完了《かんりょう》し、俺は浴室の扉を見つめる。

まだまだあがって来そうにない。

女の子の風呂は長いと言うが……ふむ、こちらもこちらで時間を潰《つぶ》すのがよさそうだ。

領主の家を漁《あさ》って金目の物をポケットに滑り込《こ》ませ、書庫の本を読み漁り、その過程で偶然《ぐうぜん》見つけた領主の犯罪に関わってそうな帳簿《ちょうぼ》を見つけ「ふむふむ」と眺《なが》めていたところで、「アルバス、もどった」と声が聞こえた。アルウのお風呂タイムが終了《しゅうりょう》したらしい。

2時間弱といったところか。俺が前世で上司に鬼詰《おにづ》めされていた最長タイムに匹敵《ひってき》する。

「ゆっくりできたようで嬉《うれ》しいよ」

声にふりかえると扉の前にアルウが立っていた。

思わず息を呑《の》んでいた。きっと素《す》っ頓狂《とんきょう》な顔もしていたと思う。

アルウは控《ひか》えめに言って綺麗であった。

湯気でポカポカしているせいか、頬は高揚《こうよう》し、白い肌《はだ》は清潔感がある。

緑色の髪には艶《つや》が宿り、滑《なめ》らかに肩に流れている。

以前まで不安に揺《ゆ》れていた翡翠《ひすい》の瞳にも、どことなく自信が窺《うかが》える。

ごく質素な仕立ての良い服が、起伏《きふく》の少ない華奢《きゃしゃ》な姿により儚《はかな》く可憐《かれん》に映《は》えていた。

「見違《みちが》えたな。すごく綺麗になった」

「綺麗だなんて、そんな、こと、ない……」

アルウは頬をうっすらと染め、うつむく。ハッと思い出したように手に持っていたローブを羽織った。俺が転生時に着ていたもので、アルウを保護してからは彼女に譲渡《じょうと》したものだ。

「そのローブもずいぶんくたびれてる。せっかくならこの屋敷で新調しよう。服なんていくらでもあるはずだ」

「ううん、これがいい」

アルウはちいさく首を横に振り、ローブの前を掻《か》き寄せた。

「安心、できる、アルバスの匂《にお》いに、つつまれる……」

言って彼女は痣と切り傷のある腕をマントの陰《かげ》に隠《かく》した。

フードもスポッと頭にかぶれば、彼女のちいさな身体は完全に布の下に隠れてしまった。

気にしているのは体の痣の数々だろうか。

顔にも腕にも脚《あし》にも打撲痕《だぼくこん》に切り傷。鞭《むち》で叩かれたような痕《あと》もある。

これが無ければアルウはより大きな自信を取り戻せるだろう。

回復の魔法。あるいは癒《い》やしの奇跡《きせき》。そういったチカラが俺にあれば解決できるのだがな。

どうにか覚えられないものだろうか。

第三章　屍《しかばね》の魔術師《まじゅつし》

アルウという娘《むすめ》は大変に素晴《すば》らしく美しく育つだろうと思われる。

というかすでに美しく育っている。うちのアルウは可愛《かわい》い。

その美しさは本来、おおきな自信になるべきものだ。誇《ほこ》るべきものだ。

だが、そうはなっていない。俺《おれ》の使っていた大人用ローブを羽織り、傷を気にしている素振《そぶ》りを見せる。彼女《かのじょ》は己《おのれ》の身体《からだ》に刻まれたそれらを疎《うと》ましく思っているのだろう。

彼女の身体の傷は古く、長年にわたり受け続けた暴力の痕跡《こんせき》を消し去るのは難しい。

もっとも普通《ふつう》の手段では難しい、という意味だ。

俺には手紙の主から授《さず》かった魔法《まほう》がある。このチカラなら彼女を治してやれるはずなのだ。

ただ勘違《かんちが》いされるのは気に喰《く》わない。俺は別に彼女のために行動をおこすのではない。

彼女の商品価値があがることは、すなわち将来的に懐《ふところ》に入るシルクの量が増大するということ。すべて俺のための行動だ。これは優《やさ》しさなどではないのだ。

「アルウは宿にいろ。寂《さび》しくなったらジュパンニにでも頼《たよ》るといい。良い奴《やつ》だ、すごく頼りになる。だが、宿屋の親父《おやじ》のグドには近づくな。あのじじいはいつも不機嫌《ふきげん》だ」

「アルバスは、どこに？」

「俺は仕事にいく。夜には帰る」

「わたしも、いっしょがいい」

「お前になにができる？　邪魔《じゃま》だからここにいろ。勝手に出歩いちゃだめだ。この町は変なのが多い。いいな、絶対に出歩くなよ。ぜーったいにだ」

よく言い聞かせて、俺は宿屋にアルウを送り届けた。

俺が求めるのは回復に関する魔法を学べる教科書だ。

情報収集のために、冒険者《ぼうけんしゃ》ギルドへと足を運んだ。ここは多くの情報が流れつく場所だ。

いつもの受付嬢《うけつけじょう》がせっせと仕事しているのを発見する。

「魔導書《まどう》が欲《ほ》しい。どこにいけば手に入る」

「ひええ！　また殺人鬼《さつじんき》さんが人を殺《あや》めた顔を‼」

いつまでも新鮮《しんせん》なリアクションしやがって。才能あるな。

「魔導書ですか？　そのようなクエストは特にないですね」

「依頼《いらい》じゃなくてもいいんだ。噂《うわさ》とかでも。古い魔導書であるほどいい。そう、例えば魔法使い族《まほうつか》が残したものとかだったら最高なんだ」

ずっと昔、魔法使い族は滅《ほろ》びた。

だが、神秘の学術体系が完全に失われたわけじゃない。

かつて魔法使い族はその叡智《えいち》からなる技《わざ》を他種族に授けたという。

それらは世に魔術師を誕生させ、魔法とは違《ちが》う魔術という神秘体系を生み出した。

これら諸神秘の知識を伝える本が魔導書と呼ばれる。

魔法に関して書かれた物は、最古の魔導書であり、すなわち魔法使い族が遺《のこ》した魔導書だ。

それはきっと俺の役に立つ。俺もまた魔法使い族なのだから。

「そういえば、偏屈《へんくつ》な魔術師が町のはずれにいらっしゃるらしいですね」

「偏屈な魔術師？」

「なんでもかなり偏屈な老人だそうで、家に近づいただけで物凄《ものすご》い剣幕《けんまく》で追い払《はら》ってくるそうです。何度か冒険者の方たちが不思議な術で追い払われたとか恐《こわ》がってました」

「近づくだけでか。交渉《こうしょう》は難航しそうだな」

「件《くだん》の屋敷《やしき》に侵入《しんにゅう》した冒険者の話によると、老人が大事そうに分厚い本を抱《かか》えていたのを見たとか。酔《よ》っぱらいのホラ吹《ふ》き話に混ざって聞こえてきた話なので信憑性《しんぴょうせい》はあやしいですけど」

「そうか。本当に助かった。そういう情報が欲しかったんだ」

俺は５００シルク硬貨《こうか》をカウンターに置いて冒険者ギルドをあとにした。

◆　◆　◆　◆

グランホーの終地の外れには『陰《かげ》の街』がある。暗く湿《しめ》っぽい寂れた区画だ。広大な霊園《れいえん》を挟《はさ》んで向こう側、まるでこの世とあの世の境目がそこにあるかのように、あちら側には活気がない。噂によればグランホーの終地という名前がつく前、英雄《えいゆう》グランホーがこの地で没《ぼっ》する以前に住んでいた住民たちがいるとかなんとか。

現在、グランホーの終地に住んでいる多くは、当時英雄グランホーとともにこの地に流れてきた彼《かれ》の軍に属する者たちなんだとか。だから、霊園を挟んで向こう側と、こちら側ではそもそも住んでいる人種が違うのである。街の雰囲気《ふんいき》が異なるのも当然か。

勝手に流れてきて、勝手に地名を変えて、まあ客観的に見れば迷惑《めいわく》な連中と言わざるを得ない。

陰の街を抜ける。石畳《いしだたみ》はどこもかしこも濡《ぬ》れていた。路地へ視線をやれば、排水溝《はいすいこう》からたちこめる蒸気の奥《おく》に、なにか恐《おそ》ろしい秘密が待っているような気がした。

グランホーの終地はお世辞にも住みやすい場所ではないが、この陰の街にいると最低の治安をもつ悪党の街でさえまだ居心地《いごこち》がよいと思い直すことができた。

本能的にここには長居したくない。そう感じるのだ。

陰湿《いんしつ》な通りを抜けると、街の外れにやってきた。

黒く曲がりくねった樹々《きぎ》のなか、怪《あや》しげな館が立っていた。

ここだな。受付嬢の言っていた偏屈な魔術師が住んでいるという屋敷は。

門は錆《さ》びついた鎖《くさり》でぐるぐる巻きにされ、施錠《せじょう》どころか完全封印《ふういん》されていた。

「入るな、と」

言葉より雄弁《ゆうべん》な侵入拒否《きょひ》だ。

周囲を見渡《みわた》したが、入り口は見当たらない。

俺はぐるぐる巻きの鎖につま先をひっかけ、門をよじ登り、ひょいっと越《こ》えて敷地《しきち》内へ。

枯《か》れた花壇《かだん》のならぶ死の庭園をゆっくりと歩いて玄関扉《げんかんとびら》までいく。

昼間なのに薄暗《うすぐら》い庭には、黒樹のうえからカラスの鳴き声が「カァーカァー」と木霊《こだま》する。

玄関にたどり着くなり重厚《じゅうこう》な扉をノックする。待てども扉が開くことはなかった。

もう一回ノックする。さらにもう一回。さらにさらにもう一回——あ、開いた。

俺の勝ちということでいいかな。

「むう」

不機嫌なうなり声とともに、幽鬼《ゆうき》のような老人が扉を半開きにして顔をのぞかせた。落ちくぼんだ瞳《ひとみ》に血色の悪い肌《はだ》、死神に肩《かた》を叩《たた》かれている。気力だけでこの世に縋《すが》り付いているのは一体何のためか。何が老人をそうさせるのか。

「あの門が見えんかったのか？　まさか乗り越えて入ってきたわけじゃあるまいな？」

老人は見た目に反しない、機嫌悪そうな声で言った。

「門が開かないんだ。仕方ないだろう」

「門が開かなかったら乗り越えていいのか？」

「正論はあんまり好きじゃない」

「おしゃべりは好きじゃない。だが、必要なら言ってやる。貴様はここにいるべきじゃない。わしは誰《だれ》にも会いたくないのじゃ。わしの時間を無駄《むだ》にするな。帰れ。後悔《こうかい》するまえにな」

「そうはいかないさ。こっちにも目的がある。ご老人、話だけでも」

「貴様の都合など知らない。どうしてわしが合わせてやらねばならんのだ」

「正論は好きじゃないと言っただろう」

「だったら帰れ」

「魔導書を持ってるんだって？　俺は魔導書を求めてここに来たんだ。すこしだけ目を通させてくれないか？　ちょっとでいいんだ」

強引《ごういん》に話を推《お》し進めると、老人の眉毛《まゆげ》がヒクッと動いた。

雰囲気が変わった。魔導書という単語にわずかな興味を惹《ひ》かれたか。

「おぬし、魔導の道を歩いているのか」

「ええ、いつか魔法使い族みたいに魔法を使いたいと思って励《はげ》んでいます」

「……ほう。魔法使い族みたいに、か。面白《おもしろ》い餓鬼《がき》だ。来い」

交渉は難航するかと思ったが、存外すんなり行ったな。

屋敷に通してもらえた。外観からもわかっていたが古い家のようだ。

壁《かべ》に備え付けられた燭台《しょくだい》や、天井《てんじょう》のシャンデリアなどの装飾《そうしょく》は立派なものだ。蜘蛛《くも》の巣が張っていて、埃《ほこり》が堆積《たいせき》していなければ、もっと立派に映《は》えるのだろうが。壁には絵が掛《か》けられている。女性の絵のようだが、顔の部分が刃物《はもの》で裂《さ》かれている。床《ゆか》は踏《ふ》みしめるたびに微妙《びみょう》に軋《きし》む。

不気味さという意味で質が高すぎる。

「なるほど、どうりで客人を通したくないわけだ」

「貴様は軽口が過ぎるな」

老人は不機嫌を重ねたが、不思議と俺を追い出すつもりはないようだった。しまった、つい本音を漏《も》らすとは。他人に遠慮《えんりょ》しないという人生命題を掲《かか》げるとしても、多少は口を慎《つつし》んだほうがいいだろう。

客間に通され、お茶を出される。

出されたお茶は黒く濁《にご》っていたので、匂《にお》いだけ嗅《か》いで飲むのは遠慮した。

「おぬし、名はなんという」

「アルバス・アーキントンだ。あんたは」

「平凡《へいぼん》な名前だのう。わしはクリカット。母クリスタリアと、父方の祖父ウェインカットからそれぞれ貰《もら》った名前だ。屍のクリカット、などとも以前は呼ばれていたな」

名前を名乗るだけなのに大層なことだ。老人は話がいちいち長い。

「屍というのは、魔術師としての二つ名のようなものか」

「そう思ってくれて構わない。おぬし、どこで魔導を習っている。その年齢《ねんれい》では、まだ半人前だろう。師匠《ししよう》はだれだ」

俺はわりと大人な年齢なはずだが、これでも魔術師界隈《かいわい》では半人前が当たり前なのだろうか。

「師匠の名前はわからない。会ったことはない」

手紙の主が俺にとっての師匠だ。嘘《うそ》はついていない。

「なにを馬鹿《ばか》なことを。そんなことがあるはずなかろう」

「申し訳ないが事実だ。この街ではじめて魔術師に会った。あんたにはいろいろと教えてもらいたい」

「神秘の智慧《ちえ》をやすやすと盗《ぬす》み出せるとでも？　失礼極《きわ》まりない奴め」

「いや、そういう意味じゃないんだが」

もしかして怒《おこ》らせてしまったか？　よくないな。どこに地雷《じらい》があるかわかったもんじゃない。

「おぬしの態度はさっきから魔導を舐《な》めているとしか思えん。だが、特別だ。わしの魔術を見せてやろうじゃあないか」

言って老人は立ちあがり、向こうへ行こうとし――立ち止まる。

「魔法使い族のようになりたいじゃと？　貴様のような、神秘のなんたるかも理解せぬ若造が？　ははははは、かはははは ッ！」

流れが変わったな。

「笑わせてくれるのう。これほどの身の程《ほど》知らず久々じゃ」

黙《もく》して見ているとクリカットはそっと振《ふ》りかえり、指輪をとりだして静かに嵌《は》めた。

手を前へ突《つ》きだすと不可視の力場が構築されたのを感じた。俺にはそう感じることができた。

あの指輪。魔力を帯びている。星と法則のチカラだ。規制を一時誤魔化《ごまか》す歪《ひず》みのチカラ。

客間の床木がベキベキと割れ、その下から土を纏《まと》った白影《はくえい》が湧《わ》いて出てくる。

カタカタと音を鳴らし、ひび割れた白骨の身体をもつ屍だ。

クリカットの召喚《しょうかん》したそれらはスケルトンと呼ばれるアンデッドだ。それは命なき怪物《かいぶつ》である。

「さて、この窮地《きゅうち》をどうする。白教《けん》の蒙昧《もうまい》な信仰《しんこう》でもおさめておるか?」

その数3体。それぞれが錆びた剣を手にし、不気味な猫背《ねこぜ》姿勢で一歩、また一歩と近づいてくる。

「偉大《いだい》なる魔法使いよ、この屍のクリカットがいま痴《し》れ者を制裁いたします。ご照覧ください」

俺はポケットから『歪みの時計』を取りだして蓋《ふた》を開く。

文字盤《もじばん》の歪み時間は7時を示している。猶予《ゆうよ》は5時間。十分に攻撃《こうげき》魔法を使える。

命なき怪物スケルトンたちが襲《おそ》ってくる。錆びた剣を重たそうに振り上げながら。

『歪みの時計』をポケットにしまう。

両手を胸の前で叩き合わせ、次に右手で床を思いきり叩いた。

符号《ふごう》は成った。『銀霜《ぎんしも》の魔法』が作用する。

――パキ、パキィ、イ、パキキ。

空気が悲鳴をあげて凍《い》てつき、急速に周囲の温度が低下した。

床下から数十本の氷柱《つらら》が波のように溢《あふ》れだし、スケルトンたちを呑《の》みこみ破砕《はさい》した。

屍のクリカットは目を丸くし、口をポカンと開いたまま固まった。

次第《しだい》に瞳孔《どうこう》は動揺《どうよう》に震《ふる》え、表情に恐怖《きょうふ》が滲《にじ》んでくる。

「ありえ、ないっ、あり、えない……っ、わしが、40年かけてたどり着いた、死霊《しりょう》魔術の奥義《おうぎ》が……

なんなんだ、その魔術の破壊《はかい》力は、お前、何者なのだ‼」

瞳を充血《じゅうけつ》させ、問いただしてくる。

「アルバス・アーキントン。魔法使いだ」

白い冷気をフゥーっと吐《は》き出しながら、俺は正直に答えた。

「魔法、使い？」

屍のクリカットは乾《かわ》いた笑《え》みを浮《う》かべる。

「魔法使いだと？　お前が、伝説の魔法使い族だとでも言うのか？」

「そうらしいな」

俺は肩をすくめる。厳密には俺自身もよくわかっていない。

俺が使っているものは魔法だと思っているが、もしかしたら魔法じゃないかもしれない。

魔法を使える者が魔法使い族なのか、魔法使い族だけが魔法を使えるのかもわからない。

もしかしたら魔法を使えるただの人間族かもしれない。

俺は異世界転生者だ。例外ならいくらでも当てはまりそうではある。

「お前の持っている魔導書をよこせ。屍のクリカット。そうすれば殺さないでおいてやる」

「ありえない、ありえない……わしの40年がこんなところで終わるなんて、そんなことあってはならないッ‼」

屍のクリカットは俺のほうを見ず、頭を抱えてぶつくさと独り言を繰《く》りかえす。

「……ッ、ぎざま殺してやるぅウ！」

言って、短剣《たんけん》を抜き、ヒステリックに叫《さけ》びながら斬《き》りかかってきた。

かわして腕《うで》を取り、壁に押《お》し付けて動きを止める。

「もう一度言う。魔導書をよこせ。命が惜《お》しいならな」

「嘘つきめッ‼　お前が本当に魔法使いならば、ありとあらゆる神秘の術を意のままに操《あやつ》れるはずだッ‼　わざわざ魔導書などに頼りはしないッ‼」

「こっちも訳ありなんだ。あと正論は嫌《きら》いだって言わなかったか？」

「うぎゃああ、あがりゃああ‼」

奇声《きせい》をあげながらクリカットは見た目より遥《はる》かに強い腕力《わんりょく》であばれてきた。

「わしを殺すわけにはいくまい。魔導書の場所を知っているのはわしだけだからなぁ‼」

「そういうこと言われると殺したくなるな」

枯れ枝のような腕なのに壁を擦《こす》ればへこませるほどのパワーがある。

腕を振り抜いた隙《すき》を見計らって、クリカットの細い手首を鷲掴《わしづか》みにし、暖炉《だんろ》へ放《ほう》り投げた。

煉瓦《れんが》造りの暖炉に背中からぶつかり、クリカットは床のうえに落下して動かなくなった。

近づいて頭を踏みつけトドメを刺《さ》そうとし……思いとどまり、近づいて脈を測った。

すでに死んでいる。壁にぶつかった際の衝撃《しょうげき》で頭を強く打ったようだ。

「また殺したか。命が軽いな」

魔導書を探そう。受付嬢の話から魔導書は分厚い本との話だった。身に着けてはいないと思ったが、まずはクリカットの遺体をチェックした。案の定、クリカット自身は持ってはいなかった。

ここからは地道な作業だ。屋敷を捜索《そうさく》しなければいけない。

面倒《めんどう》な仕事を残しやがって。

「しかし、あれが魔術というやつか」

床のうえに散らばった氷の破片《はへん》を見やる。

本物の魔術を見た感想は、想像とはすこし違う。俺が思ったよりも派手さに欠けた。

40年の研鑽《けんさん》を積んだとクリカットが言っていたことを思えば、やつは魔術師として成熟した段階にあり、相当な実力者だった――と考えることできる。

魔術師というものがよくわからない。魔術の系統、レベル、そうしたものの事例が少ない。

もっと魔術師という存在に会えれば所感が掴《つか》めるのだがな。まあ、考えても仕方がないか。

そののち、俺はクリカットの屋敷を片っ端《かたぱし》から調べ、魔導書を探した。

求めるのは魔法使い族が残した古い魔導書である。

クリカットの屋敷からは3冊の本が見つかった。

すべてカリグラフィーが用いられた一点物の本だった。ページは羊皮紙が使われている。

手作業で作本されたのだろうと思われる。作るのはえらく大変そうである。

異世界において本という物品は貴重なのかもしれない。

3冊のうち魔術に関するものが2冊。魔法に関するものが1冊あった。

魔法に関するものは見るからに古かった。分厚いハードカバーのおかげか、あるいは何らかの魔法が掛かっているおかげか、十分に読書に耐《た》える良好な状態であった。

幸運だったのは、魔法の魔導書は癒《い》やしに関する魔法について書かれた本だったことだ。

まさか求めていた魔法がすんなり手に入るとは思わなかった。ラッキーだ。

持ち帰り、習得しようか。と、その前に、質屋《しちや》に立ち寄ることにした。

魔術に関する魔導書2冊を売り払うためである。ついでにクリカットの家で見つけた指輪や、魔法の杖《つえ》、そのほかお金になりそうなものは適当に盗んできた。死人にはもう必要のないものだ。

質屋は俺の顔を見るなり、恐怖に震えあがったが、買い取りを拒否されることはなかった。

「しょ、少々、お待ちください……」

店主はそう言って、机のうえに並べられたさまざまな品々を手に取って、品定めをはじめる。

魔術の魔導書をぺらぺらめくって、眺《なが》める。紙の厚さなどを調べているようだ。

ただ、存外にすぐ顔をあげ、本の背表紙や、装丁《そうてい》の金具などに興味を移してしまった。

本はものの数分で机の端《はし》っこに追いやられ、店主の意識は指輪などに向いた。

「これは銀と鋼《はがね》ですね……嵌《はま》っている石は……なんだろう？」

言いながら首をかしげ、天秤《てんびん》を取り出して載《の》せる。反対側にはシルク硬貨を1枚、2枚、と載せていく。重さを測っているのか。

そうして鑑定《かんてい》を待つこと15分ほど。今回持ち込《こ》んだ品すべてあわせて、結果として5万シルクもの価値をつけてもらえた。

目を疑うような大金だった。これでずいぶんと俺のニート生活も捗《はかど》るというものだ。

ただ、ぼったくられたのか、ぼったくられていないのかはわからなかった。

そもそも俺には物の価値がわからない。金や銀などの貴金属でさえわからない。魔術の品々にかんしても、とてもじゃないが推測すらたたない。物の価値、その相場を身に付けるのは時間がかかる。

というわけで、直接問うことにした。店主の仕事が誠実か否《いな》かを。

「お前、俺を騙《だま》そうとしてるんじゃないだろうな」

言って、机越しに一歩近づく、店主はガタっと椅子《いす》を転がしながら、あとずさる。

「ひぇええ!! ま、まさか!! そんな訳がありません!!」

「これは魔導書だぞ。見ろ、すべてが手作り。そして内容は神秘の智慧を伝えているものだ。もっと値打ちがあるはずだ」

「いや、あの、その、まったく旦那《だんな》のおっしゃる通りなのですが、私の経験上まだ魔術師というものに会ったことがなくてですね。そうした魔導書や魔術に関する品は、私のような金銀財宝を扱《あつか》う者では、どれだけ価値のある物か測りかねるんですな。正直なところ、私にその魔導書を売るよりも、もっと西のほうに行って、魔術の専門家を探すのがいいかと」

とのことだった。話によれば魔術師という生き物は、存在こそ囁《ささや》かれているものの、実際はまこと珍《めずら》しい奴らなのだと言う。珍しい者たちにまつわる物品もまた珍しい品だ。つまるところ、あるべき所にあれば評価されるが、あるべき場所にたどり着く可能性が低いのである。

そんなことだから高い値段をつけて買い取るのは、売れない在庫を抱えるリスクを背負うだけなのだ。だから、確かにお宝としての格は認められるが、爆発《ばくはつ》的には値段は伸《の》びないのである。

質屋の親父は人柄《ひとがら》のよさから信頼《しんらい》できそうであった。話にも興味があったのでそのまま質屋の親父の話を聞いていると、どうにも魔術師になるためには、もとから巨大《きょだい》な才能が必要であり、そのうえで長きにわたる知の研鑽を積まなくてはならないのだと言う。

「伝説の魔法使い族が他種族に分け与《あた》えた魔力。物にできるのは一握《ひとにぎ》りだけなんですよ、旦那」

大変に勉強になった。魔術師に詳《くわ》しくない一般人《いっぱんじん》の視点を知れたのはおおきな成果だ。

「助かった」

500シルク硬貨を1枚渡《わた》してお礼をし、俺は質屋をあとにした。

へそ曲がりの宿に帰宅し、部屋に戻《もど》るとアルウが椅子に座《すわ》ってなにかをしていた。

フードを目深《まぶか》にかぶり、手元でごにょごにょと作業をしている。

黙々《もくもく》と超《ちょう》集中するちいさな背中には、声はかけづらい。

「…………………。あ、アルバス」

ようやく俺に気が付き、「いたのなら言って、ほしい」と、アルウは恥《は》ずかしげにつぶやいた。

心がポカポカする。ええい、やめろ、この感覚。

「こほん。なにをしているのか、教えてくれ」

「うん、これ。エルフ族のお守り」

アルウは手元を見せてくれた。

枯れ枝を繋《つな》ぎ合わせ、小石や小鳥の羽根を紐《ひも》で器用に留めた品だ。

繊細《せんさい》で、どこか寂しさを思わせる。自然のなかで朽《く》ちゆくもので作られているからだろうか。

ちいさなエルフの思いが込められていると思うと、不思議と温《ぬく》もりを感じた。

「へえ、綺麗《きれい》だな」

「それはチャームというもの」

アルウいわく、エルフ族はチャームと呼ばれる特別なお守りを作れるのだとか。

チャームは魔法のお守りで、所有者に加護をもたらしてくるのだとか。

「いいことだ。自分にできるベストを尽《つ》くせ。アルウは人間の世界では常に危険にさらされてるんだからな。身を守るためならお守りでもなんでも作るんだ」

「これは、アルバスの」

「俺の？　俺にくれるのか？」

「………うん。まだできてない、けど」

言ってアルウはうつむき、もにょもにょと作業を再開した。

思春期の娘に嫌われる父親が、久しぶりに話しかけられ、また悪口を言われるのかと思っていたら「今日、誕生日でしょ」と、そっけなくプレゼントを渡される。

なんだろうか。そんな気持ちになった。これは一体なんなのだ。

疑問を抱えながら俺は向かい側の椅子に腰《こし》かけ、魔導書を机に広げる。

表紙には『抱擁《ほうよう》の魔導書』と書いてある。

腰を据《す》えて、教科書を開く。勉強なんてずいぶん久しぶりだ。大学生以来だろうか。

アルウとふたり、静かな昼下がりを過ごす。

キコキコとアルウのチャーム作りの音だけが部屋に染《し》みいる。

こんな時間も悪くない。そう思った。

第四章　グランホーの大蛙《がえる》

徹夜《てつや》で魔導書《まどう》を読み込《こ》み、その術理と、宇宙との対話の仕方を学んだ。

必要なのは理解だ。星の読み方と、魔法《まほう》法則の原理原則への理解。法則の彼方《かなた》よりおとずれる現象への理解。巨大《きよだい》な深淵《しんえん》の底から吹《ふ》き上がる冷たい吐息《といき》と、空の彼方より降り注ぐ星の雨こそが魔《ま》法使《ほうつか》い族のあつかう神秘の源流に位置するのだと知らなくてはならない。

あまりに超《ちよう》常《じよう》的な論理で、魔法法則を論述する魔導書についていけるのか不安はあった。

だが、杞憂《きゆう》だった。というのも、俺《おれ》には魔導書の内容がすんなり呑《の》み込めたのだ。

非常にスムーズで、書かれていることすべてが必然であると納得《なつとく》もできた。

この感覚はなんというか……復習に近いような気がした。

大人になって小学校1年生で習う常用漢字を再学習しているような、あるいは足し算、引き算、掛《か》け算、割り算をイチから勉強し直すような——納得感と、当然感と、楽勝感。

そんなものだから、俺は魔導書をまったく詰《つ》まることなく読めたし、理解したし、納得した。

まことに奇《き》妙《みよう》だ。まるで俺の知らない俺がいるようだった。

実を言うと、この感覚は異世界に来てはじめて経験したものではない。

手紙の主が俺に与《あた》えたいくつかの魔法についても、同じような感覚があった。

なにせ魔法名と符号《ふごう》を覚えるだけで魔法を行使できるようになっていたんだ。

本来はこんな分厚い教科書で、論理の説明、知識の補填《ほてん》が行われなければならないはずなのに。

まあ、神的な存在が与えてくれたチートだと解釈《かいしゃく》すればそれまでなのだが。

とにもかくにも、俺は恐《おそ》るべき学習能力で、偉大《いだい》なる一族の軌跡《きせき》、その一端《いったん》を修めた。

徹夜続きの3日目。『抱擁《ほうよう》の魔法』をついに習得したのだ。

さて宿屋に帰ろう。俺は腰《こし》をあげてギルドの酒場、隅《すみ》っこの席を立った。

なぜ酒場で勉強しているのか。たいした理由ではない。

俺の前世の知識ゆえの気遣《きづか》いのようなものだ。自宅にずっといると家族にうっとうしがられる父親というのがSNSでホットな話題になったことがある。

アルウも年頃《としごろ》の女の子だ。俺のようなものが四六時中傍《そば》にいるのは好ましいとは言えない。

いや、別にアルウに嫌《きら》われたくないとかではない。嫌われたっていい。そんなこと気にしてなんかいない。本当だ。だって、やつは俺の資産にすぎないからだ。

だから、俺がこうして酒場で時間を潰《つぶ》しているのは、アルウに嫌われたくないという、彼女《かのじょ》に肩《かた》入《い》れした動機からではなく、あくまで「大事な資産に精神的な負担をかけて商品価値を低下させたくない」というクールで、利己的な、感情とか、優《やさ》しさとか一切関与《いっさいかんよ》しない動機からなのだ。

先日の一件で、俺の手元にはめちゃくちゃお金があるので、外でぶらぶらすることに関しては、なんの問題もなかった。街を練り歩き、店を渡《わた》り歩いても、存分に不労生活を行えるのだ。

懸念《けねん》があるとすれば、誰《だれ》かに魔法を勉強しているところを覗《のぞ》かれる心配があることだ。

ただ、さほど案ずることではない。俺は巷《ちまた》じゃ連続殺人鬼《さつじんき》とされているのだ。グランホーの終地で起こる殺人の半分は俺のせいにされているくらいだ。犯罪界のナポレオンかな。

そういうわけで誰もそばには近寄ってこない。絡《から》んでくるチンピラもこの数日ですっかりいなくなった。だから俺が熱心に読んでいる魔導書を覗き込む命知らずを気にする必要はないのだ。

酒場を出ると、外はすっかり暗くなっていた。

はやく宿屋に戻《もど》ろう。アルウが待っている。

「ようやく見つけたぞ」

宿に戻る道すがら声をかけられた。威圧《いあつ》する低い声だ。相手を怖気《おぞけ》させ、萎縮《いしゅく》させる声。

夜に溶《と》け込む暗い服装の男たちが道を塞《ふさ》いでいる。彼《かれ》らを無視して宿に戻ることはできない。

全部で6人いる。わらわらと。熱心なファンだろうか。きっとそうだろう。

「皮剝《かわは》ぎの殺人鬼アルバス・アーキントンとはお前のことだな」

「人違《ひとちが》いだな。さようなら。ごきげんよう」

横を通りすぎようとする。白いパンでも買って帰ろうかな。

「待てよ、てめえを始末しにいった弟分たちが帰ってこなかったんだ」

「そうか」

「そいつらよ、路地裏で死んでたんだよ。惨《むご》たらしくな。ひとりは全身の皮を剝がれていた。どんな方法であんな殺し方したのかすら見当がつかねえ酷《ひど》いありさまだった」

「お気の毒に」

男たちのリーダーが剣《けん》を抜《ぬ》いた。

「言葉は慎重《しんちょう》に選べよ、イカれた殺人鬼。お前の凶悪《きょうあく》な顔を見ていればわかるぜ。さぞ残虐《ざんぎゃく》非道な人生を送ってきたんだろう。女、子供だろうと容赦《ようしゃ》せず、殺してきた、そういう顔をしてる」

俺の顔が罪深すぎる件。

「腕《うで》も立つんだろうな。そうじゃねえと、そんな顔になるまで殺人を重ねられねえ」

もう顔のことはいいだろ。

「だが、この人数を相手にどうこうはできない。自分の立場をよく考えて、言葉は選べよ」

「帰っていいか。面倒《めんどう》くさいんだが」

場が一瞬《いっしゅん》、凍《こお》りつく。

「そうか……それがお前の返答か。わかった、いいだろう。もし泣いて詫《わ》びを入れるんなら俺も寛《かん》大《だい》に受け入れてやろうと思ったがよ……そういう態度じゃ仕方ねえな、イカれた殺人鬼が」

リーダーの悪党はぴゅーっと口笛を吹いた。夜のグランホーに寂《さび》しげに響《ひび》く。

建物の陰《かげ》から、わらわらと世紀末のチンピラみたいな野郎《やろう》どもが湧《わ》いてきた。

これで合計12人。前回より400％増量チンピラである。

有象無象《うぞうむぞう》がどれだけ増えたところで、さして脅威《きょうい》には感じない。

だが、今回は少し違《ちが》う。チンピラどもの中に存在感を放っているやつがいる。

そいつは静かに白刃《はくじん》を抜き放つ。たたずむだけの姿にも覇気《はき》が宿る。他とは違う。

素人《しろうと》ではない。剣客《けんかく》だ。俺と同《ほ》じく術理を知っている者の体重の置き方である。

「先生は、グランホーの大蛙が誇る用心棒のなかでもとびきり冷酷《れいこく》なお方さ‼」

ぺらぺら喋《しゃべ》りよる。ところで、いま組織名のようなものがチラッと聞こえたな。

「グランホーの大蛙？　それがお前たち頭悪そうな輩《やから》の仲良し会か？」

「ッ、馬鹿《ばか》が、余計なこと喋ってんじゃねえ、殺人鬼に情報を垂れ流すな」

「す、すまねえ兄貴‼」

素直《すなお》なやつらだな。わかりやすいにも程《ほど》がある。

感心していると——一閃《いっせん》。夜闇《よやみ》を剣が切り裂《さ》いた。

暗闇のなかで刃《やいば》が鈍《にぶ》く煌《きら》めき、艶《あで》やかな血を滴《したた》らせる。悪党の首がひとつポトンっと落ちた。

「どいてろ、邪魔《じゃま》だ、お前たち」

「ひえええ⁉　申し訳ございやせん‼」

チンピラたちは先生とやらにひどく怯《おび》え、腰を低くして下がっていく。

先生か。仲間の首を平気で落とすとはな。冷酷というのは本当らしい。

皮肉にも得意げに先生の冷徹《れいてつ》さを語っていたやつが生首になったことで証明された。

「俺は北風の剣の弟子《でし》、グラスリア。お前の首を貰《もら》い受ける」

いきなり来るのか。

「ちょっと話とかする猶予《ゆうよ》はないのか、先生とやら」

「必要はない。俺の雇《やと》い主はお前と交渉《こうしょう》することを望んでいるんじゃない」

「そうか」

ただぶっ殺してこい、というわけだ。

剣客は踏《ふ》みこみ、刃《は》を素早《すばや》く斬《き》り下げてきた。せっかちな奴《やつ》だ。

俺は後ろへ下がり奴の剣の間合いから逃《のが》れ、試合観戦をキメこんだ悪党の背後へまわり、首をへし折って、人形のように崩《くず》れ落ちる手から、錆《さび》の浮《う》いた剣を奪《うば》う。

「うひゃえええ⁉」

「なんだ、こいつの動きは⁉」

俺も知らん。でも、身体《からだ》が動くんだ。動きを覚えているというかな。

「強者か」

言って、剣客はチンピラごと俺をぶった斬ろうとしてきた。回避《かいひ》。

「や、やめてくだ――――」

チンピラの右肩《みぎかた》から剣が入り、袈裟懸《けさが》けにぶった斬られた。びくびくと震《ふる》えながら崩れ落ちる。

周囲のチンピラを巻き込みながら、剣閃《けんせん》は続く。みな剣客の冷徹さにおののいて、この場から逃《に》げ出そうとしている。

俺は逃がすつもりがないので、剣客を捌《さば》きながら、背中を斬りつけて致命傷《ちめいしょう》を負わせていく。

「だめだ、この野郎を殺さねえとだめなんだぁあ！」

半狂乱《はんきょうらん》で向かってくるチンピラは剣を抜き放った。

チンピラの刃をまず剣で受け止め、素手《すで》で剣の根元を掴《つか》んで押《お》さえる。

「ひぃ‼　こいつ剣を素手で⁉」

片手で剣を押さえたまま、片手で剣を突《つ》き、喉《のど》に穴を開けて息の根を止めた。

刃を止めた剣を持ち直し、逃げる背中に投擲《とうてき》、またひとり逃走者《とうそう》を仕留める。

すぐに振《ふ》り返る。剣客が大上段からの刃を叩《たた》き落としてきていた。俺の動きを隙《すき》と見たか。

それは悪手だろう。俺は斬撃《ざんげき》を受け流し、体勢が崩れた隙をついて流麗《りゅうれい》に腹をかっさばいた。

「ッ、……ッ」

「そんな力むなよ。わざと見せた隙にがっつきすぎだ」

俺は剣を振り、血のりを払《はら》う。ビシャっと鮮血《せんけつ》が飛び散り、石畳《いしだたみ》が赤く濡《ぬ》れた。

剣客はどくどくと溢《あふ》れ出る傷口を押さえ、膝《ひざ》をつき、剣を地面に突き立て杖《つえ》代わりにする。

「俺が、殺人鬼ごときに、後れを取るはずが、ない、この剣の腕前《うでまえ》、お前、いったい何者だ……」

「死人が知ってどうする」

両手でしっかりと握《にぎ》って剣を振り、剣客の喉をパカっと開き、永遠の静寂《せいじやく》へ落とした。

「う、うそだろ、て、てめえ、あの先生を‼」

「やばすぎる、なんなんだよ、この野郎は‼」

「最初に謝《あやま》ったやつの命だけは助けてやる」

「ひええ、すまねえ、俺たちが悪かったんだ‼」

「見逃《みのが》してくれぇえ、兄妹《きようだい》がいるんだ‼」

「病気の母ちゃんがいて、そのために仕方なく犯罪に‼」

残された悪党たちは次々と生きなくてはいけない理由を語りはじめた。

「俺が最初だった！」

「いいや、俺だ、俺が一番はやかった！」

「俺だ俺だ俺だ俺だ俺だ‼」

やかましい悪党どもを俺は続々と斬り伏《ふ》せた。

最後にひとりだけ残して、そいつだけは斬らない。

一応、悪党のなかじゃリーダーっぽかったやつだ。

「た、助けて、くれるのか……？」

「一番はやかったからな。それにお前には仕事を用意してある」

「な、何をさせる気なんだ。やめ、やめ――――んんぅん⁉」

きつく縛《しば》り上げ、猿轡《さるぐつわ》をし、そのうえで気絶させた。

奴隷《どれい》商人からはじまり、その後の3人組、そして今回は12人だと？

俺は俺が思っているより、面倒くさいやつを敵に回した可能性がある。

俺の名前も知っていたし、もしかしたら、アルウに危害が及《およ》ぶかもしれない。

それだけは許せない。なにがあってもアルウにだけは手を出させない。

グランホーの大蛙とか言ったか。この先、放っておいても良い事はなにもない。

今のうちに、こちらから対処するべきだ。

◆　◆　◆　◆

ちょっとごたついたが怪我《けが》なく宿屋に帰着した。

相変わらず不愛想《ぶあいそ》なグドと一言二言かわして、さっさと部屋に戻る。

アルウはベッドにちょこんっと座《すわ》っていた。

俺が帰ってくると顔をあげ、すこし表情を明るくした。

「おかえり、アルバス。……これ」

すくっと立ちあがり、渡してくるのは以前よりこしらえていたチャームだった。

数日掛けて試作を繰《く》りかえし、完成にこぎつけたらしい。

「『身代わりのチャーム』、アルバスやアルバスの大事な人が傷つくとき、効果がある」

身代わりのチャーム。聞く限り、お守りの範疇《はんちゅう》をでない代物《しろもの》だが、せっかくアルウが作ってくれたんだ、いただいておこう。

「ありがとう」

「…………うん、これしか、できない」

「十分だ」

チャームをさっそく胸ポケットに入れる。

もしかしたら撃《う》たれた時に弾《たま》を防いでくれるかもしれない。

まあ、銃《じゅう》で撃たれるシチュエーションがこの世界にあるかは怪《あや》しいが。

「アルウ、俺からもひとつ贈《おく》り物だ」

「……贈り物？」

俺はアルウの手を取る。小枝のように細い指、痩《や》せた薄《うす》い身体。

ローブをめくって腕を見やれば、そこにはいくつもの虐待《ぎゃくたい》の痕《あと》がある。

アルウは明確にそれを厭《いと》うようにサッと腕をひっこめた。

「『抱擁の魔法』というものを知っているか？」

俺が癒《い》やしの魔法があるとアルウに伝えると、アルウは目を爛々《らんらん》と輝《かがや》かせた。

翡翠《ひすい》の瞳《ひとみ》に鮮《あざ》やかに色が戻っていくのを見ると、俺も満足することができた。

あらゆる傷を治すことができる――古傷も新しい傷も――と知れば、希望を抱《いだ》いて当然だろう。

一点、気になるのは、この『抱擁の魔法』、特別な符号をもちいた魔法なのだ。

魔法は必ず、符号をつかって発動するようにできている。

『人祓《ひとはら》いの魔法』なら、指を鳴らす。

『錯乱《さくらん》の魔法』なら、対象の生物の眼《め》をじーっと見つめる。

『剥離《はくり》の魔法』なら、手で反対側のほっぺたを触《さわ》ってから離《はな》す。

『銀霜《ぎんしも》の魔法』なら、胸の前で手を叩き合わせ、次に地面を思いきり叩く。

そして、『抱擁の魔法』は抱擁しつつの一晩の同衾《どうきん》だ。

「…………いい、の？」

「それはこっちのセリフだと思うが」

年頃の女の子を抱きしめて眠《ねむ》るなんて、普通《ふつう》に嫌《いや》がられるだろう。

金を要求される事案である。

「わたしは、きたない。アルバス、に、そこまで、してもらうわけには」

「全身の傷がなくなればアルウの商品価値は跳《は》ね上がる。お前は美しい。まるで宝石のようだ。だからなんと言おうとも、俺はお前を抱きしめる。利益の追求のためにな」

言ってアルウをそっとベッドに押しこんだ。

布団《ふとん》をかけ、お腹《なか》にそっと手をまわした。

アルウは身動き一つせず、ずっと反対側へ顔を向けていた。

暗闇のなか奇妙な気分になった。そわそわする落ち着かない感じだ。リラックスできない。

なんなのか考えていると、思い当たる。これは緊張《きんちよう》だ。俺はアルウに緊張している？

思えば年の差こそあれど、女子との同衾は初めてだ。

学生時代はクラスの日陰者《ひかげもの》だったし、勉強に打ち込んで大学に行ったあとも、理工系だったものだから、毎日が忙《いそが》しくて、卒業後はもっと忙しくなって、それで死んで……俺の人生なんなの？

前世のことを思うと虚無感《きょむかん》が湧きだしそうになった。

アルウが腕のなかでもぞもぞし始めた。寝返《ねがえ》りを打っている。寝息も聞こえる。

ちゃんと熟睡《じゅくすい》できているようだ。緊張で寝られない可能性を気にしていたが杞憂だったか。

もう俺も寝よう。おやすみなさい。

「むにゃむにゃ、もう朝……？」

「起きたか、アルウ」

朝になった。結局、俺のほうは一睡《いっすい》もしなかった。虚無顔でずっとアルウの頭を撫《な》でてあげてたら、窓の外が明るくなって小鳥がちゅんちゅん鳴いていた。

アルウは寝ぼけまなこでこちらを見て、ハッとしてローブから腕をだした。

傷だらけだった彼女の皮膚《ひふ》はいまや赤子の肌《はだ》のようにとぅるとぅるだった。とぅるとぅる。

「本当に傷痕がっ、すごい、すごい‼」

「魔法は作用したようだ。よかったな、アルウ」

アルウはコトンっと体重を預けてきた。

寝ぼけているのか。邪魔くさいので振り払ってしまおうか。

「……ありがとう、アルバス」

言って後頭部をそれとなく擦《す》り擦りしてくるアルウ。うちの子は世界一可愛《かわい》い。

仕方がない。これくらいは許してやるか。

傷が治ったということは商品価値があがったということだ。俺の資産が増加したということだ。

実質、俺は資産家と言っても間違《まちが》いではないだろう。

我が計画は順調そのものだ。

しかし、ここでひとつの問題が発生した。ひとつ解決したらまたひとつ問題が浮《ふ》上《じょう》する。

この宿屋のベッド。久しぶりに使ったところ、めちゃ硬《かた》く感じたのである。

これでは大事なアルウが気持ちよく寝られているか心配だ。

もしかしたら寝心地《ねごこち》が悪いのに、無理して眠っているんじゃないだろうか。

俺はこの子に我慢《がまん》させているんじゃないだろうか。

もっと柔《やわ》らかいおふとぅんを見つける必要がある……急務である。

◆　◆　◆　◆

朝、俺は宿屋から離れた空き家へと向かった。

誰も住んでいない、人気《ひとけ》のない路地の家である。

「んんー‼　んぅんんー‼」

建て付けの悪い扉《とびら》を、ギギギっと押し開くと、床《ゆか》のうえに縛り付けられた男が転がっていた。

昨日、12人体制で俺を襲撃《しゅうげき》したチンピラ集団の唯一《ゆいいつ》の生き残りだ。

捕《と》らえた悪党をここに監禁《かんきん》しておいたのである。

悪党の猿轡を外して、口を開く許可を与える。

「さて、一晩考える時間を用意したわけだが、答えを聞かせてくれるか」

「教えるッ、ボスの居場所を教えるから、頼《たの》むから、俺の命だけはッ！」

「いいだろう。お前の命は助けてやる。昨晩だって謝《あやま》るのは一番はやかったもんな」

「た、助かった……ッ」

「はやく案内しろ。ボスとやらのところへ、『グランホーの大蛙』の隠《かく》れ家《が》へ」

グランホーの終地は大変に治安が悪い。治安が悪いということは、反秩序《はんちつじょ》側のチカラが強いということである。すなわち犯罪者どもが伸《の》び伸びしているというわけだ。

俺を襲《おそ》ったのは悪党の組織『グランホーの大蛙』だ。

組織名を冠《かん》したひとりのボスを中心に動く犯罪組織であり、気に喰《く》わないやつは簡単に始末し、ろくでもないクズを集めて勢力を拡大し続けているのだとか。

「こっちだ。こっちにアジトがある」

男を案内役に、活気づきだした通りを歩く。

たどり着いたのは商館であった。商館は商人たちの集《つど》う場所だ。商人ギルドによって運営される施設《しせつ》で、冒険者《ぼうけんしゃ》ギルドが街を行きかう冒険者を繋《つな》ぐように、町と町を行き来して品物を流通させる行商人たちを繋いでいるネットワークの中継地《ちゅうけいち》なのだ。

商館には宿泊《しゅくはく》施設、両替《りょうがえ》場、銀行、取引所、そのほかさまざまな役割がある。

どちらかと言えば秩序側のイメージが強い建物だ。こんなところに犯罪者の親玉がいるのか。

男がカウンターの裏へ顔パスで入ったのでそのあとに続いていく。

調理場で料理する男たちの間を抜けると、あやしげな裏通路にでた。

そこはとても静かで、商人たちの声が飛び交《か》う活気ある取引所の雰囲気《ふんいき》とは正反対だ。

「ここだ。この先が『グランホーの大蛙』の隠れ家になってんだ……」

想像していたよりデカそうな組織だな、と思いながら俺はさっそく乗り込むことにした。

「ま、待て、もしかしてあんたひとりで挑《いど》むつもりなのか？」

「止めるな。殺すぞ」

「とんでもない人数がいるんだぞ？　１００人は下らない、大所帯なんだ。流石《さすが》のあんたでも」

「黙《だま》ってついてこい」

「い、いやだ、案内はしただろ。俺の仕事はここまでだ！」

「お前の仕事は俺が決める」

男の髪《かみ》を掴んで壁《かべ》に顔面を叩きつけた。べきっ。鼻が折れ鼻血がだくだくと流れだす。

大人しくなったので、前を歩かせ、先に隠れ家へ入らせた。

男の背中越《ご》しに『歪《ひず》みの時計』をチラッと確認《かくにん》しておく。

歪み時間は7時を示していた。５時間の猶予がある。猶予はまだある。

男を先行させ、地下へ続く階段を下りる。突き当たりに黒い鉄扉《てつぴ》があり、その前に剃《そ》りこみをいれたいかつい髪形の屈強《くつきよう》な男が立っていた。門番か。

「ノッツの兄貴、こんにちは。鼻、大丈夫《だいじようぶ》ですか……？」

「へ、平気ら。ひんぱいするな」

「はぁ。そちらのお連れの方は？」

「こいつは……お客さまだ」

「……。ああ、なるほど」

表情の変化を見逃さない。門番の表情が一瞬固まった。緊張と興奮。

いまのは敵対者を示す隠語《いんご》かなにかだろうか。

黒い鉄扉が開かれ、それをくぐろうとする。俺が背中を見せた瞬間《しゅんかん》、門番は短剣《たんけん》をとりだした。

俺はふりかえり、門番の手首をねじ折り、武器を奪取《だっしゅ》、短剣で門番の喉を突き刺《さ》した。

「あぼ、ぼご、オボ……‼」

「うあわああ‼」

叫《さけ》び声。俺を案内した男のものではない。隠れ家のなかからだ。

たまたま通りかかった組織の者に見られてしまったようだ。

叫び声をあげた者は腰の剣へ手を伸ばす。

俺は門番の喉から短剣を抜いて投擲、スローイングナイフが命中し、剣を抜くまえに始末する。

「お、俺は、生かしてくれるんだよなぁ⁉」

「そこでじっとしてろ。逃げたら殺す」

「ひぇええ、じっとしてます、じっとしてますから……っ」

鼻血のでた鼻を押さえながら、泣き顔で男はしゃがみ込んだ。

騒《さわ》ぎを聞きつけてすぐに人が集まってくるだろう。俺の顔を見た者に逃げられると面倒だ。

右手のひらを、左手の手刀でトンッと叩く。

符号は成った。『閉域の魔法』は作用しはじめる。

現時点をもって、指定領域内にいる者は、指定領域外へ出ることはできなくなった。

今回指定したのは、この隠されたアジト全域だ。誰も逃げられなくなったということだ。

喉に短剣が刺さって死んだ男の剣を拝借し、アジト内の悪党どもを殺していった。

「あっちだ‼　侵入者《しんにゅう》は手練《てだ》れだぞ、集団で挑め！」

次々と向かってくる男たちは、暴力を生業《なりわい》としているためか、みな屈強で見た目の威圧感が強かった。だが、昨日の剣客並みの圧を持つ者はいなかった。

「なんだ、こいつぁあ⁉」

「化け物みてえな強さだ‼」

「無理だ、止められねえ！」

ひとりも生かさず、血の海を広げていく。俺の利益を損《そこ》なう可能性をすべて摘《つ》み取る。

制圧開始から10分後。

「地下酒場、いや、賭博《とばく》場か」

バーのような場所にたどり着いた。カウンターには酒瓶《さかびん》が並び、ホールの机にはトランプやら、サイコロやら、ゲームに使うための小道具やらが散らばっている。

「さっきから騒がしいと思えば、物騒《ぶっそう》な野郎が来やがったな」

賭博場の椅子《いす》のひとつに、筋骨隆々《りゅうりゅう》な上半身を晒《さら》す男が座っていた。

酒をぐいっとあおり、野蛮《やばん》な笑《え》みを浮かべ、カウンターに立てかけてある斧《おの》を手に取った。

「俺はこの大蛙に剣客として雇われてる。名はバリジャーノ。この戦斧《せんぷ》で女子供問わず50人は擦り潰してきた。てめえも今から擦り潰す」

剣客。そういえば、昨晩のチンピラも何人か剣客がいるという口ぶりだった気がする。

「筋肉モリモリマッチョマンの変態、遺言《ゆいごん》はもう考えたか」

「面白《おもしろ》い男だな。気に入った。お前はいたぶって殺してやる」

ズドンっと床が抜けそうなほど強く踏みこみ、下段から戦斧を振りあげてきた。

遅《おそ》い。俺は斧の刃を避《よ》けて、柄《え》の部分をすばやく踏みつけて斧の勢いを殺して止めた。

隙だらけの胴体《どうたい》を剣でぶったぎる。血潮が噴出《ふんしゅつ》し、大男は崩れ落ちた。

「お前……っ、なんて、使い手だ」

「寝てろ」

ひとりずつきっちりトドメを刺していき、合計で何十人かを斬り殺した。

振り返ってみると3人くらいなんとなく達者な剣客がいた気がする。

話に聞いていたグランホーの大蛙が誇る先生とやらだったのかもしれない。

もう死んだのでさほど重要なことではないが。

「あわあ⁉　な、なんでお前がここに⁉」

隠れ家を制圧するなか、包帯で顔を覆《おお》った男が、異様に俺に恐怖《きょうふ》を示した。

最初見た時はわからなかったが、ふと、アルウを攫《さら》おうとしていた人攫いだと気が付いた。

馬車に半日も引きずられたせいで全身包帯だらけだったのだ。

「お、お前、まさか俺を殺すために来たのか⁉」

「いいや、違うが」

包帯の男はホッと胸を撫でおろす。

「しかし、生きてたなんて可哀想《かわいそう》なやつだ」

「ふえ……？」

「あの時死んでいればよかったのにな」

俺は右手で左頬《ひだりほお》を押さえ、ゆっくりと離した。

符号は成った。『剥離の魔法』が作用する。

アルウを苦しめようとした罪、ここで清算させてもらおう。

苦痛の悲鳴が止《や》み、血塗《ちまみ》れの遺体をまたいでさらに最奥《さいおう》へと向かう。

最奥の部屋には、たいそうな机と椅子が置いてあった。ボスの部屋。そう呼ぶにふさわしい。

立派な机と椅子の奥《おく》、両開き扉が続いていた。人の気配がある。蹴《け》り開ける。

奥の部屋はベッドルームになっていた。キングサイズのベッドに裸体《らたい》の娼婦《しょうふ》たちがいて、驚《おどろ》いた顔を向けてきた。娼婦たちを抱《かか》えるのは図体《ずうたい》のひときわ大きい大男だ。

「ほう、驚いたな」

大男は起き上がり、サイドテーブルに傾《かたむ》けてあったデカい剣を手に取る。

娼婦たちは暴力の香《かお》りを敏感《びんかん》に察知したのか、焦燥《しょうそう》を顔ににじませ、俺と大男を交互《こうご》に見やる。

俺は出口をどいてやると、娼婦たちは落ちている服をまとめて足早に部屋を出ていった。

「まさかここまで来るとは思わなんだ」

「セキュリティが甘《あま》いようだ。見直すことをおススメする」

「そうしよう」

「素直だな」

「下々の忠告は受けるようにしているんだ。それが組織を生かす秘訣《ひけつ》さ」

「あんたがグランホーの大蛙の頭領か」

「そういうことになるな。『大蛙』のブルジアとは俺のことだ」

「名乗らなくていい。覚えるつもりはない」

「はは、生意気な野郎だ。のうお前、ひとつ聞きたいんだが、今日は先生たちが揃《そろ》っていたはずだが……ここまでどうやって来たんだ？　まさか組織の者をなぎ倒《たお》して来たわけではあるまい」

「どうだかな。あとで自分の眼でたしかめてみたらいい」

「気に喰わねえな、その澄《す》ました態度。いいだろう、お前を血祭りにあげてからゆっくりとセキュリティについて見直すとしようか」

大蛙はベッドから起き上がり、見た目に反して俊敏《しゅんびん》な足運びで斬りかかって来た。

俺の身の丈《たけ》ほどもある大剣が迫《せま》ってくる。大剣を剣で受ける。ずっしり重量感のある剣撃はガリガリと俺の剣と火花を散らした。まともに受ければ剣が壊《こわ》れるので、威力《いりょく》を受け流した。

大剣の先端《せんたん》は壁に勢いよくつっこんで深々と刺さった。

「その剣捌き、高段保有者かっ！」

大蛙は壁に刺さった大剣からは手を離した。

「待て、剣をおさめろ、俺が大声を出せば組織の者がみんな集まってくるぞ。お前はたしかに優《すぐ》れた剣術を持っているようだが、俺の組織は強大だ、全力をあげればお前を地の果てまでも追い詰《つ》められる」

大蛙は両手をあげて降参を示しながら、あとずさる。

「お前の勝ちだ。目的を言ってみろ。俺に直に会いに来た理由を教えてくれ」

剣で首を刎《は》ね飛ばし、大蛙の心臓に剣をつき刺し、手を柄から離す。

「これで用は済んだ」

頭を失《な》くしたデカい身体へそう言って、俺は部屋を出た。

ボスを始末し、構成員もひとり残らず殺した。

用事は終わった。

「あっ、えっと、その……」

隠れ家まで案内させた男と通路で会った。

折れた鼻を大事そうに押さえ、怯えた顔で尋ねてくる。

「俺は、殺さないで、くれるんだよな……？」

「そう言えばお前は生かすと言ったな」

「そ、そうそう、約束してくれたろ……？」

「あれは嘘《うそ》だ」

「…………え？」

俺は短剣で男の喉を突き刺し、引き抜き、心臓を刺しひねり、トドメを刺した。

全員死んだ。グランホーの大蛙はもういない。

これで俺とアルウの平穏《へいおん》は守られた。

◆　◆　◆　◆

ひと仕事終えたので、今日のメインミッションに取り掛かろうと思う。

うちの子、実は硬いベッドで不自由しているんじゃないか説を解決する。

そのためには、おふとぅんが必要だ。柔らかいおふとぅんだ。

まずは宿屋に設備に関してクレームをいれてみよう。

「ジュパンニ、あのベッドは硬すぎる。まるで石畳のようだ。あんな場所で眠るのなら岩のうえで寝た方がまだましだ」

「いきなりどうしたんですか、アルバスさん……⁉」

「アルウが健《すこ》やかな睡眠《すいみん》をとれていないかもしれん。あれでは深刻な健康被害《ひがい》も時間の問題だ」

「うぅ、あの殺人鬼と恐れられていたアルバスさんがすっかりアルウちゃんのパパみたいに……‼」

ええい、茶化しやがって。話にならない。不機嫌《ふきげん》だ。もうどっかに行ってやる。

「ああ、待ってください、アルバスさん、布団のことならお父さんに相談してみますから、そんなに拗《す》ねないでください、茶化した私が悪かったですから！」

「あの頑固《がんこ》じじいには期待はできないな」

俺の頼みをやつが聞くはずがない。

宿屋を飛びだし、俺は最高級のおふとぅん情報を求めて冒険者ギルドへ駆《か》けこんだ。

いつもの受付嬢《うけつけじょう》を発見する。

「殺人鬼さん、今日も殺人に精がでますね！」

そんな挨拶《あいさつ》は存在しない。

「柔らかいベッドはどこで手に入る？　情報はないのか」

「魔導書の次は柔らかいベッドですか……？」

「そうだ。世界で一番寝心地のいいベッドが必要だ」

「そんなことギルドで聞かれましても……」

ええい、ここも使えない。俺は冒険者ギルドを飛びだした。

手がかりが見つからない。どこに行けば最高級のおふとぅんが手に入るというのか。

俺はグランホーの終地を歩きまわった。そして、ある屋敷《やしき》のまえで足を止めた。

1週間ほど前、アルウを捨てた領主の屋敷である。

ここにはグランホーの終地をふくめた周辺地域と村々を治める領主が住んでいる。

すなわち権力者の住まいだ。3日に1回お風呂《ふろ》を拝借している家とも言い換《か》えることもできる。

思えばこの屋敷にあるベッドこそ最高級の寝具《しんぐ》なのではないだろうか。

少なくとも愛想のない親父《おやじ》の安宿よりも間違いなく良いベッドなはずだ。

パチン。指を鳴らす。乾《かわ》いた音が響き渡った。

符号は成った。『人祓いの魔法』が作用する。

領主の屋敷は無人になった。あまり使われてなさそうな客間でベッドを検分する。

ふかふかだ。身体が沈《しず》む感覚がある。これだ。これこそが最高級の布団だ。

掛け布団、敷《しき》布団を拝借して、領主の屋敷をあとにする。

拝借とはいえど返す予定はない。罪悪感はない。あるわけがない。俺は感情なき合理主義者だ。

アルウという奴隷のことを商品としか見ていないのもそのためだ。二度目の人生、俺は他人に優しさを見せたことは一度もないのだ。これからも見せる予定はない。

俺は俺の利益を追求するためなら、いくらでも他人を不幸にしてやる。

それが悪党を貶《おとし》めて不幸にし、受領する利益ならむしろ幸せでしかない。

布団を抱えてへそ曲がりの宿屋に戻ってきた。

「なにを何喰わぬ顔で帰ってきておる、おい、止まれ殺人鬼、なんなのじゃ、そのめちゃ高そうな白くて分厚い生地《きじ》の布団はッ！　どこから盗《ぬす》んできたんじゃ‼」

「領主の屋敷」

「トチ狂《くる》っておるのか⁉」

「やかましいな、グド。アルウの睡眠が損なわれることと領主の財を盗むこと。天秤《てんびん》にかければどちらが重要な事柄《ことがら》かわかるだろう。物事は優先順位が大事なんだ」

「いや、やっぱりなにかおかしいな‼」

グドの理解は得られなかったようだ。

「ん、その布団はなんだ？」

受付の後ろ、カウンターに見覚えのない布団が積みあがっている。

今朝はなかったものだ。

「これは……別になんでもないわい」

「それはお父さんがひとつ上の価格帯の宿屋の知り合いから譲《ゆず》ってもらったお布団ですよ」

「こら、ジュパンニ、余計なことを言うんじゃあないわい‼」

グドのやつ、もしかして俺が布団を欲《ほっ》していると聞いて動いてくれたのか？

「ええい、もうさっさと行ってしまえ。あのエルフの娘《むすめ》っ子、お前がいないとうろちょろうろちょろして仕方がないのじゃ」

グドは言って、カウンターの奥に引っ込んでしまった。

残されたジュパンニと目があう。

「いやはや、立派なお布団ですね‼　アルウちゃんのためにそこまでするなんて。アルバスさんは優しい方ですねえ」

「これは利益の追求に他ならない。俺は優しさでは動かない人間だ」

「ふむふむ、それじゃあどんな理屈《りくつ》でアルウちゃんの睡眠をそんなに追求するんです？」

「俺が良質な布団を提供することで、アルウは気持ちよく眠ることができる。すると、彼女の肌艶《つや》はよくなり、髪艶もよくなり、すやすや熟睡できる。熟睡できれば精神は安定し、疲弊《ひへい》し苦労した過去からくる摩耗《まもう》は癒やされ、彼女の幸福度は向上する。幸福度が向上すると、笑顔《えがお》が増える。笑顔が多いエルフは可愛い。なにより、うちのアルウは世界で一番きれいだ。綺麗《きれい》なアルウはさぞ、そう、それはもうさぞ高い商品価値を誇ることだろう」

証明完了《かんりょう》。やはり完璧《かんぺき》に冷徹に合理主義を貫《つらぬ》いていると言えるな。

「わかりました、通っていいですよ‼」

「うむ」

ジュパンニの許可を得て階段をのぼり、部屋に戻り、ベッドの布団をとりかえる。

「さあ、アルウ、寝ていいぞ」

「アルバス、まだお昼……」

「遠慮《えんりょ》するな。おおきな屋敷の客間から借りた布団だぞ。柔らかいぞ、暖かいぞ、ふかふかだぞ」

アルウは少し困った様子だったが、強く勧《すす》めると、観念して布団に身をすべりこませた。

「どうだ？　よく眠れそうか？」

「…………うん」

聞いたか？　うん、と言ったぞ。

アルウは布団を気に入ってくれたようだ。嬉《うれ》しい。

「よしよし、たくさん寝ていいぞ」

サラサラの髪をそっと撫でる。緑色の髪の隙間《すきま》、のぞく翡翠の瞳が美しい。

「お昼寝の時間だ。傷は治ったかもしれないが、アルウはきっと疲《つか》れてるに違いない」

「アルバス……」

「ん、どうした」

「また、魔法をかけてほしい、癒やしの……魔法」

「でも、もう傷は治ったんだろう？」

『抱擁の魔法』は対象の古傷も新しい傷も完治させる魔法だ。

アルウの身体はすでに綺麗になった。痛むところはなく、気になる傷痕もないはずだ。

「でも、なんかまだ痛い、かも……？　別に、ただ、いっしょにお昼寝、したい、とかじゃ、なくて、ほんとうにちょっと痛いかもしれない、痛くはないけど……」

アルウは頬を薄く染め、うつむきながら、歯切れ悪く言う。

魔法を使うか？　歪み時間が溜《た》まっていた時間がするが。

『歪みの時計』を見やる。文字盤《もじばん》の針は10時を示していた。

やはり歪み時間の負債《ふさい》が溜まっている。

手紙の主からの助言によれば、魔法は使えば使うほど、歪みの回復は緩《ゆる》やかになるそうだ。

また星の周期によっても回復に差が生じるとのこと。通常は1日1時間回復するところ、星の周期次第《しだい》では40分しか回復しないこともあるし、逆に1時間以上回復することもあるという。

要因が重なれば、針が巻き戻らない日もある。魔法の多用は身を亡《ほろ》ぼすことにつながる。

俺は午前中に犯罪組織をひとつ潰して『閉域の魔法』『剥離の魔法』『人祓いの魔法』と3つも魔法を使っている。次に使えば1日4つ。明らかに使いすぎだ。

「ごめん、やっぱり嘘……実は傷は治ってる」

俺が思案していると、アルウが申し訳なさそうに自白した。

「アルバス、あったかいから、いっしょにお昼寝したかっただけ、です……」

なんだ。そんなことだったのか。

「よし、お昼寝するか」

ふかふかのベッド、アルウとふたり並んでコロンっと寝転《ねころ》ぶ。

「快適だな」

「アルバスと一緒《いっしょ》だともっと快適」

「お前の身体は冷たいな。もっと肉をつけるべきだ」

「アルバスはあったかい」

体温はタダだ。無料。減るもんじゃないのでくれてやろう。

好きなだけ持っていくといい。

昼下がりの陽光のなか、俺とアルウは柔らかいベッドでお昼寝をする。

その時間はとても呑気《のんき》なもので、言葉にできない満足感を与えてくれた。

幕間《まくあい》　桜ト血の騎士《きし》隊

俺《おれ》の異世界ニート生活は盤石《ばんじやく》な構えを取りつつある。

先日、屍《しかばね》のクリカットを葬《ほうむ》り入手した魔導《まどう》書や魔法の指輪を売り払《はら》ったおかげだ。あの収入のおかげで、俺の資産――自由に使えるシルク――は大きく増加した。

ただ、残念なことに、シルクは使えば減るのだ。悲しい、いつまでもニートはできない。

前世でもう十分働いたというのに、異世界生活でさえ労働から逃《のが》れることはできないのだ。

労働から逃《に》げ切るためには……美しいエルフを奴隷《どれい》として売り払うくらいしないといけない。

第二の人生の命題は可能な限り労働しないこと。他人に気を使わないこと。

このふたつを達成するために膨大《ぼうだい》なシルクを手に入れるまで、俺は定期的に働くことにした。

労働というのは長期間働かないと、仕事に復帰するのが億劫《おっくう》になるものだ。

前世での教訓から、俺はシルクが尽《つ》きてから行動を起こすのではなく、余裕《よゆう》があるうちでも定期的に貯金を追加することにしたのである。

そういうわけで、俺は今日も冒険者《ぼうけんしゃ》ギルドに足を運んだ。

「今朝も早いですね、殺人鬼《さつじんき》さん。いえ、それとも『野豚狩《のぶたが》りの王』とお呼びしましょうか？」

いつもの受付嬢《うけつけじょう》が得意げな顔に、ジト目をして迎《むか》えてくれた。

「なんだその変な二つ名は」

「先日のアルバスさんが持ち帰った『伝説の野豚』のひづめがあまりに立派なものでしたから、ギルドの2階のロフトに飾《かざ》ったんですよ。ロフトにはパーティ用の会議机が並んでいますから、きっとみんなの眼《め》につくだろうと思いまして」

下から2階を見上げる。ここからは飾りのひづめは見えない。

「『桜ト血の騎士隊』の皆《みな》さんが、ちょうど『伝説の野豚』のひづめを飾った日に訪《おとず》れまして、興味を抱《いだ》いてくださったのです！」

「ふーん」

「あれ？　その顔、もしかしてあんまりピンと来てませんか？」

「ピンと来るもなにも今初めて聞いたな」

「あの姫《ひめ》騎士さまたちをご存じないんです⁉」

受付嬢は博識そうに指を立て説明してくれた。

『桜ト血の騎士隊』は鷲獅子等級《グリフオンランク》の冒険者たちからなる著名なパーティだという。

ちなみに鷲獅子等級というのはかなり高位の冒険者等級だ。

等級は下から、猪等級《ボアランク》、狼等級《ウルフランク》、熊等級《ベアランク》、石像等級《ゴーレムランク》、そして鷲獅子等級と続く。

遠い。俺が平社員なら、『桜ト血の騎士隊』は役員クラスというわけか。俺が施工《せこう》管理で現場に立ってるときにクーラーの効いた涼《すず》しい部屋でデスクワークしてるくらい差があるわけだ。

出会えばつい気を使ってしまいそうだ。ポロっと敬語がでそうだ。嫌《いや》だな。

その起源は遥《はる》か北方、血の貴族に仕える血の騎士にあるという。

血の貴族は魔術師《まじゆつし》として知られ、特殊《とくしゆ》な技《わざ》を持ち、その歴史はとても古く、何世代も前から氷雪吹《ふ》き荒《あ》れる山間《やまあい》の古城から領地を見守っているとされている。

『桜ト血の騎士隊』は故郷を遠く離《はな》れ、血の貴族の威光《いこう》を広めるために活動しているそうだ。

驚《おどろ》くべきは女性しかいないパーティであること。可憐《かれん》で、華《はな》やかで、強く、気高い。荒《あら》くれ者が集《つど》うギルドでの最後のオアシス、紅一点、姫騎士隊……受付嬢いわく、そんな存在らしい。

「美少女しかいないものですから、彼女《かのじょ》たちは男性冒険者には憧《あこが》れの的で、女性冒険者には夢女子が大量発生しているんです‼」

そんな大スターみたいな人たちがいるのか。てか、異世界にも夢女子って発生するんだな。

「私はサインを6枚も持ってるんですよ！」

お前が夢女子だったんかい。

「そんな姫騎士さまがあの立派なひづめを見て『このひづめを狩った方は野豚狩りの王に違《ちが》いない』と大変面白《おもしろ》がっていたのですよ」

「それで二つ名が広がったと」

まわりを見やれば「やつが野豚狩りの王だ」「殺人鬼野郎《やろう》、野豚まで殺戮《さつりく》してるらしい」「血が出ればなんでもいいんだとよ……」と、あらぬ噂《うわさ》が飛び交《か》っている。

「はあ、まあいい。とりあえず、野豚クエストを貰《もら》おうか」

ということでクエスト『野豚狩り』をいつものように受けて、俺は森へでかけた。

豚肉の需要《じゅよう》がなくなることはない。だから『野豚狩り』はいつもギルドに貼《は》ってある。

安定した豚肉の供給が求められているということであり、人間が豚肉を愛する限り、この仕事はなくならないということだ。

俺には冒険者として名を売るという意欲がない。

なので、日々の生活費を稼《かせ》ぎつつ、適度に社会貢献《こうけん》してる気分になれて、買えば値が張る豚肉を無料でアルウに食べさせることができる野豚狩りは、俺にとっての天職なのだ。

より難しいクエストは受けられるし、等級をあげるためのクエストも受けられるが、そうはしない。

俺が今回の人生で成し遂《と》げたい目標は、一生懸命《いっしょうけんめい》働いて出世することではない。

ただ前世で十分に働いて、十分に気を使った分、今世は可能な限り働かず、気を使わず、平穏《へいおん》に自由に生きたい。だから、わざわざモンスターと戦って、命の危険に飛び込《こ》むつもりはない。

「シュート。っしゃ、命中」

グランホーの森林で、本日も野豚を1匹《ぴき》仕留めた。

得物として使っているのは先日、野豚狩りのために買ったショートボウである。

以前はちゃちな短剣《たんけん》一本という貧相《ひんそう》な装備だったが、いまの俺には自由に使えるシルクがあるので、装備に投資をしたのである。ショートボウ。これはなかなかに便利なものだ。

武器屋の店主には「難しいからおすすめはしないぜ」と言われた。だが、店で試《ため》しに弓を構えた時にわかったのだ。俺には弓を扱《あつか》える技量があると。

前世では矢など射《う》ったことがない。だから、きっとまた手紙の主が俺のためにこっそり用意してくれたチートが発動したのだと思う。

おかげで扱いが難しいらしいショートボウで20ｍ先の野豚を仕留められる。

俺の狩りは格段に進化した。

「びゅー」

樹々《きぎ》の間、頭上を鳥が優雅《ゆうが》に飛んでいく。

「流石《さすが》に飛ぶ鳥には当てられないかな」

疑問に思い、豚肉をリュックに詰《つ》めて、ショートボウで狙《ねら》いをつける。木々の間を羽を休めながら飛ぶ鳥がいた。弦《つる》を引き絞《しぼ》り、よく狙い、射ってみた——当たった。

「あっ、本当に当たった」

自分でも当たると思ってなかったので、ちょっと驚きだ。

「手紙の主さんよ、ずいぶんと多芸多才の魔法使《まほうつか》いにしてくれたんだな」

なんでもできるというのは気分がいいものだが……なんというかチート過ぎやしないだろうか。

「お前もしっかり食べてやる」

落ちた鳥を素手《すで》で掴《つか》んで、プラプラさせながらグランホーの終地への帰路についた。

昼下がり、ギルドへ獲物《えもの》を提出してクエスト報告を完了《かんりょう》した。

豚肉を納品し、余った分は持ち帰る。本日は豚だけでなく、鳥も一羽手に入った。

アルウのやつ、きっと驚くだろう。鳥なんて食べたことないはずだ。

「シルクがあるから香辛料《こうしんりょう》を買うか。それで、ボイルして、ハーブで揉《も》んで柔《やわ》らかくして、サラダチキンみたいにしてやれば、あるいは食べやすいか？」

「殺人鬼さん、なにをぶつくさ言っているんです？」

「なんでもない。こっちのことだ。これで納品は完了だよな。それじゃあな」

「あ、ちょっと待ってください、殺人鬼さん！　よいしょっと、こちらをどうぞ‼」

「これは……？」

「殺人鬼さんが昇級《しょうきゅう》条件をクリアしたので狼等級に昇級させておきましたよ‼」

ええい、余計なことを。

「ふふん、お礼は結構ですとも。なにせ『野豚狩りの王』であらせられるアルバスさんですからね。これくらいの特別待遇《たいぐう》はしてもいいでしょう♪」

得意げに鼻の下をこする受付嬢。善意でやってくれたんだよな。うーん、仕方ないか。

ひとつ等級があがったところで何が変わるわけでもあるまい。平社員が係長になっただけだ。

「助かった。ありがとうな。でも、次回からは自分でやるから気は使わないでいいぞ」

さあ、はやく帰ろう。アルウが待っている。

◆　◆　◆　◆

サクラ・ベルクは冒険者である。

熟達の剣術家であり、怪物《かいぶつ》を狩るための技《わざ》に優《すぐ》れ、恐《おそ》れに立ち向かうことができる。

由緒《ゆいしょ》ただしい血筋に生まれ、幼少より作法を厳しく仕込まれた彼女の所作は、一挙手一投足が流麗《りゅうれい》で、どの場面を切りとっても美しい。

端整《たんせい》な顔立ちを持ち、寒冷な血を故郷に持つためか肌《はだ》は雪のように白い。珍《めずら》しき桃色《ももいろ》の頭髪《とうはつ》をなびかせて街を歩けば、道行く男子の眼をすべからく引いた。

いまは故郷を遠く離れ、志を同じくする女子らとともに、彼女の仕える血の貴族——退廃《たいはい》を囁《ささや》かれるアーティハイムの威光はいまも健在だと伝えるために、星巡《ほしめぐ》りの地を旅しているところだ。

「久しぶりのグランホーの終地ですね。相変わらずの終わりっぷり」

サクラは街に入るなり、路地裏に白骨化した遺体を発見し、肩《かた》をすくめた。

「隊長、尻尾触《しっぽさわ》られそうになりました」

「斬《き》ってよし！」

「ひええ、お助けぇぇ‼」

ズシャ。血の尾《お》を引いて腕《うで》が宙を舞《ま》った。男は崩《くず》れ落ち、苦痛に悶《もだ》えた。

サクラは隊員の尊厳を大事に考える。仲間に優《やさ》しく、敵には苛烈《かれつ》に制裁を加える。

彼女のやり方はたびたびトラブルを招くが、グランホーの終地では合法だ。ゆえに、問題はない。

「馬鹿《ばか》なやつだ、ありゃ騎士隊だろうが」

「あの面《つら》の女どもに手を出そうものなら、腕の一本は覚悟《かくご》しろって昔から言われてるのにな」

「命があるだけ慈悲《じひ》ってもんだ」

通りを歩くサクラたちと、そこへちょっかいを掛《か》けた愚《おろ》か者。

一部始終を見ていた街の人間たちは、さもありなんといった風に顔を背《そむ》けた。

サクラたち――高名なる鷲獅子等級の『桜ト血の騎士隊』を知らない方が悪いのだ。

「以前に来たのはもう3カ月も前でしたか。はやいものですね」

「このところはグランホーへの運搬《うんぱん》クエストもなかったしね」

(私たち『桜ト血の騎士隊』の使命は血の貴族さまの威光を広めること。この辺境の地での名声は十分に獲得《かくとく》していると言える。そろそろ土地を移動してもいい頃合《ころあ》いですね)

サクラは今回の来訪が、グランホーの終地を訪れる最後の機会になることを予感していた。

一行は冒険者ギルドへ足を運び、なにか適当なクエストはないかを物色した。いくつかのクエストを見繕《みつくろ》い、受付嬢にサインをあげて、ロフトのパーティ用テーブルを借りると、グランホーの終地でどのように過ごすか、どのようなスケジュールでクエストに臨《のぞ》むかの会議をはじめた。

「あの大きなやつ……ひづめかな」

ロフトに登るなり、メンバーのひとり、フードを深くかぶった背の低い少女がつぶやく。

サクラは振《ふ》り返り「まあ！」っと声をおおきくした。

「なんて立派なひづめなの！　一体どれほど大きな野豚さんを倒《たお》したというのでしょうか。きっと10年ではきかないたいへん長生きの野豚の首領のものに違いありませんね」

「お嬢様《じょうさま》はあのひづめがお気に召《め》しましたか」

紫《むらさき》髪を肩に流した年長の副隊長が、サクラに尋ねた。

「ええ、とっても。なんだかとっても懐《なつ》かしい気分になりませんか？」

「そうですかね？　――――あぁ、たしかに。懐かしいかもしれませんね」

副隊長はひづめをじーっと見つめ、サクラの言葉の意味を悟《さと》った。

「あんな大きなひづめを見ると思い出してしまいますね。アルバス様が『野豚狩りの王』とうたわれるほど大変に野豚が好きだったことを。大きな野豚を丸ごと持ち帰ってきた日々を」

「……そうですね。あのお方はいつも野豚を獲《と》ってきては、見事な腕前《うでまえ》で美味な料理をつくり、痩《や》せた子供たちに恐《こわ》い顔をしてたらふく食べさせていましたね。強く、聡明《そうめい》で、優しいお方でした」

サクラは遠い目をした。ありし旅の日々を思い出し、そして白い頬《ほほ》を一筋の雫《しずく》がこぼれる。

（あんな最期《さいご》を迎えるなんて……ぐすん、本当に惜《お》しい方を亡《な》くしました。でも、きっとあの方のことです。もしかしたら、今もどこかでひっそりと旅をしていて、弱き者の味方でいるのかもしれないです。私たちの前からいまは姿を消しているだけで……）

サクラはそう考えるとすこしは気が楽になるのだった。

第五章　病と辺境の村

異世界生活にだいぶ慣れてきた。生計も安定し、仕事もあり、未来も明るい。
第二の俺《おれ》の人生はすべてが順調にまわりだしているのだ。
だが、順調じゃないこともある。それどころか緊急《きんきゅう》事態がただいま発生している。
うちのアルウがたまに咳《せき》をしていることがあるのだ。
押《お》し殺すような咳だ。我慢《がまん》しているが苦しいのだろう。今日はさらに頻度《ひんど》が増えた。
「アルウ、どこか調子が悪いのか？」
「うんん、大丈夫《だいじょうぶ》……なんでも、ない、きっとただの風邪《かぜ》」
言って、彼女《かのじょ》はフードを深くかぶる。またコホコホ。咳まで可愛《かわい》い。
隠《かく》してるが俺にはわかる。うちのアルウは重篤《じゅうとく》な病に侵《おか》されている。
健気《けなげ》なアルウのことだ。主人である俺に迷惑《めいわく》をかけまいとしているに違《ちが》いない。
このままアルウの咳がひどくなったら、そのうち血を吐《は》きだすんじゃなかろうか。
そしたら、みるみるうちにゲッソリと痩《や》せていってしまうんじゃないか。
治療が困難な病とかだったらどうしよう。病を治す魔法《まほう》は知らない。
ともすれば、この世界の薬学に頼《たよ》るほかない。
大変だ。これは大変なことだ。俺は冷や汗《あせ》がでてきて、恐怖《きょうふ》に奥歯《おくば》が鳴りそうになる。
彼女を失いたくない。その感情が俺を突《つ》き動かした。

「待っていろ、必ず助けてやる」

「アルバス……？」

宿屋を飛びだし、冒険者《ぼうけんしゃ》ギルドの受付嬢《うけつけじょう》に聞き込《こ》みをし、薬屋の場所を教えてもらう。

全速力で駆《か》け、さっそく薬屋へとやってきた。

なんとなく薬局のクリーンなイメージを持っていたが、期待は裏切られてしまった。

さびれたぼろ小屋。普通《ふつう》に生きていればまず立ち入ろうとは思わない怪《あや》しげな建物だ。

埃《ほこり》をかぶった薄汚《うすぎたな》いショーウィンドウには見たこともない植物が飾《かざ》られ、店先の虫食った看板にはかろうじて読める文字で『ゲーチルの霊薬店《れいやく》』と書かれていた。

店内には客がいた。ひとりの男だ。悪そうな顔つきをしている。

冒険者だろうか。緑色の液体が入った瓶《びん》を眺《なが》めている。

目が合う。ビクッとされ、すぐに視線を逸《そ》らされた。相変わらずの威嚇《いかく》性能だな、俺。

カウンターへ向かう。鼻をツンと突く劇物の臭《にお》いが気になる。

良薬は口に苦しともいう。この異臭《いしゅう》を信じよう。机を3回ノックする。

「いらっしゃいませ」

のれんを手でかき分けて、奥から少女が出て来た。俺の顔を見るなり、一瞬《いっしゅん》固まる。

赤い髪《かみ》にそばかすの浮《う》いている素朴《そぼく》な顔立ちの少女だ。一度見たら忘れないような顔である。

まだ若く高校生くらいの年頃《としごろ》に見える。看板から察するに店長の名はゲーチルだ。彼女がゲーチルなのだろうか。

「ここが薬屋であっているか。効き目の強い薬を探してるんだ」

「ク、クスリですか？　幻覚《げんかく》作用を持つ薬物ならそちらの棚《たな》に……」

「違う、そうじゃない。俺が欲《ほ》しいのは病気を治す薬だ」

「あぁ、普通の薬草をお求めでしたか」

薬違いである。しかし、幻覚作用を持つ草も置いてあるのか。それって危ない代物《しろもの》では？

そこら辺の法整備とかされてる雰囲気《ふんいき》はないから、薬屋が取り扱《あつか》っていてもおかしくはないか？

「どんな病気も治す万能《ばんのう》の秘薬とかがいい。飲めばたちまち元気になれるやつだ」

「はぁ。しかし、そういったものは御伽噺《おとぎばなし》のなかだけだと思いますが……一応、一般《いっぱん》的な諸病気に通用する『抗《こう》病霊薬』という霊薬があります。切り傷や、噛《か》み傷などの外傷には効果はない霊薬です。品質で値段は変わりまして、『普通の抗病霊薬』で5000シルク、『良質の抗病霊薬』で1万シルク、『最高級の抗病霊薬』で3万5000シルクとなってます」

少女はそう言ってお品書きを見せてくる。それと同時に1本の瓶をコトンとカウンターに置いた。コルク栓《せん》がされた透明度《とうめいど》の低い硝子《ガラス》瓶は、鮮《あざ》やかな青色の液体で満たされている。

これが『抗病霊薬』か。ドロッとしていてあんまり美味《おい》しそうではないな。

等級によってかなり値段が異なる。どれにしたものか……てか、薬めちゃ高くね。

「良い商売してるな。ぼったくろうっていう気じゃあないだろうな？」

「ひえぇ！　そ、そんな眼《め》しないでくださいよ……っ、お店で扱っている霊薬は、錬金術《れんきんじゅつ》にもとづいて作られた、魔力《まりょく》の宿った代物なのですよ、相応《そうおう》の値段がつくものです、ふぇぇ」

少女は頭を押さえながら、早口でまくしたてた。

高度な専門技能の産物であることは違いない。それに背に腹は代えられない。

「まあいいだろう。それじゃあ最高級の抗病霊薬を貰《もら》おうか」

「あの、一応伝えておきますが、最高級の抗病霊薬が必要な病気は多くはないですよ。最高級はヒュドラの毒や、悪魔《あくま》族の死にまつわる病、黒血病や、水銀病などに対応するための霊薬ですから」

「最高級がいい。うちの子には必要だ」

アルウは今こうしている間も苦しんでいるんだ。とにかく一番いいお薬を届けてあげたい。

「多くの病気は普通の抗病霊薬で十分です。効果がなかったら良質な抗病霊薬を使うのであって」

「いいから、はやく最高級を持ってくるんだ。そばかすガール」

「そ、そばかすガール……わかりました、在庫を確認《かくにん》してきます」

ようやく少女は踵《きびす》を返し、カウンター奥へ戻《もど》っていこうとし――ハッとして叫《さけ》んだ。

「こらー‼　泥棒《どろぼう》‼」

俺を見ながら言うので一瞬ビビったが、よく見ると、視線は俺の背後を見ていた。

ガバっと振《ふ》り返る。扉《とびら》を押し開けて走り去っていく男の姿があった。

手には緑の液体で満たされた瓶を握《にぎ》っていた。シルクを支払《しはら》った感じはなかった。

間違いなく現行犯。でも、俺にやつを追いかける義理はない。俺は居合わせた客なのだ。

俺が損得勘定《かんじょう》だけで動くクールガイだというのは有名な話。安っぽい正義に突き動かされない。

万引き犯を捕《つか》まえるメリットは。なし。

万引き犯を捕まえるデメリットは。走って息切れする。

ほらな。俺には動機がない。だから動かない。

「あぁ‼　消費期限が新しい良質な治癒《ちゆ》霊薬が！　あれを作るのにおばあちゃんは日夜立って作業

し、腰《こし》を痛めてまで完成させたのに……‼　あぁぁ‼」

少女は泣きながら、カウンターから身を乗り出して追いかけようとする。

ここで俺は考える。俺がこのまま追いかけなかったら、本当に我《わ》が不利益はゼロかを。

この店員の少女はあの万引き犯を追いかけるだろう。もしかしたら、少女は犯人を追いかけることに夢中になって、疲《つか》れ果ててしまうかもしれない。いや疲れていなくても同じだ。

彼女が万引き犯に追いついて、それでどうする。大人の男から取り返せるのか、霊薬を。

この辺境の町グランホーの終地は治安がとても悪い。

犯人の冒険者に反撃《はんげき》されたら、少女は酷《ひど》い目にあうかもしれない。

そうなれば、彼女は心に傷を負い、勤労意欲を失い、もう薬を売ることをやめてしまうかも。

　そうなると、うちのアルゥの病気が治らないかもしれない。

　可能性を紡《つむ》いでいくと……っ、なんということだ。俺の利益が脅《おびや》かされているだと。

助ける理由ができてしまった。

「ええい、俺のまえで万引きなんていい度胸をしているな」

「ふえ⁉」

「邪魔《じゃま》だ、どいていろ、そばかす」

駆けだし、少女を追い越《こ》して、万引き犯に迫《せま》る。意外と足が速いやつだ。常習犯か？

逃走《とうそう》者の近くを屈強《くっきょう》な大工が大縄《おおなわ》を背負って通りかかった。それを見てピンときた。

「借りるぞ」

手を2回素早く叩《たた》き合わせた。

符号《ふごう》は成った。『縄縛《なわしば》りの魔法』が作用する。

大工が背負っていた大縄が意思を持ったように動きだすと、万引き犯の脚《あし》にからみついた。

「うあああ⁉　な、なんだ⁉」

万引き犯が派手にすっころぶ。

2本ほど治癒霊薬がぽーんっと宙へ吹《ふ》っ飛ぶ。あれだけで数万シルク相当の霊薬か。

「――霊薬よ、来い」

宙を舞《ま》う霊薬たちへ手を伸《の》ばす。

符号は成った。今度は『勅命《ちょくめい》の魔法』が発動した。

言葉で「～よ、～しろ」と唱えることで物を動かすことができる魔法だ。

動かす対象が大きいほどに歪《ひず》み時間を消耗《しょうもう》する。逆に対象が小さければ消耗は抑《おさ》えられる。

手元に小瓶たちが滑《すべ》り込むように宙を舞ってきた。不自然すぎないようにキャッチする。

盗《ぬす》まれた治癒霊薬たちは無事だ。ゲーチルの霊薬店の損失は回避《かいひ》できた。

一方、万引き犯は未《いま》だ大縄に絡《から》まって動けずにいた。

「覚悟《かくご》はできてるか」

「ひええ、ま、待ってくれ、俺には病気の家族がいて――」

「嘘《うそ》は嫌《きら》いだ」

短剣《たんけん》をとりだし、悪党の手の甲《こう》に突き刺《さ》した。

「うぐぁあ‼　い、いでえええ‼　痛ぃい‼」

短剣を抜《ぬ》き、小指と薬指を切り落とす。

「ひぎぃあああ、あああぁぁあああ‼」

「次は殺す。死にたいと思うような苦痛を与《あた》えながら」

「あが、おぉが、あぁ、じゅみまぜん、申し訳ありまぜん……もうしまぜえ‼」

万引き犯は血塗《ちまみ》れの傷口を押さえ、涙《なみだ》を流しながら逃《に》げ去っていった。

この通りは人が多い。公衆の面前では流石《さすが》にぶっ殺すのも考える。

「あの……すみません、助けていただいて。霊薬まで取り返していただいて」

そばかすの少女がぺこりと頭をさげてくる。息は軽く切れて、頬《ほほ》は赤くなっている。

「でも、指を落とすのはやりすぎだったのでは」

「俺の故郷ではこうやって落とし前をつけるんだ」

「か、変わった風習があるんですね……。ところで、さっき霊薬があなたのほうへ飛んでいったように見えたのですけど」

「気のせいだろう。その霊薬は空を飛ぶ魔法が施《ほどこ》されているわけでもあるまい」

「まあ、そうですが……」

「たまたまこっちに放《ほう》り投げてくれたんだ」

言って、治癒霊薬をそばかすの少女へ手渡《てわた》した。

「割れずにすみましたね。本当にありがとうございます」

「俺の利益のためにやったことだ。気にするな」

店に戻ると、そばかすの少女はごく好意的な態度で「すぐに在庫を調べます‼ ごゆるりとお待ちください‼」と言って、最高級の抗病霊薬を用意してくれることになった。

「すみません……」

「意気揚々《ようよう》と奥へ引っ込んだ割には浮かない顔で戻ってきたな」

「いえ、その……最高級の抗病霊薬は作ってなかったようで……効果は間違いなく強いですし、並の病気ならその場で癒《い》やしてしまうほどなのですが、なかなか買い手がつかないものですから。霊薬は古くなったら腐《くさ》らせてしまうだけなので、需要《じゅよう》のあるものしか、作り置きはしないんです」

「なるほど。では、いま俺という買い手がいる。作ってくれ。調合まで待てる」

「実は材料がなくてですね、調合もできないんです」

「なんだって？」

これはとんでもないことだ。うちのアルウに病死しろと言うのか。

「ひぇえ‼　そんな恐《こわ》い顔しないでください……‼」

「してない。元からこういう顔だ」

「いえ、ちょっと恐くなってますよっ、怒《おこ》ってるんじゃあ……？」

「怒っていない」

「本当ですか？　命だけは助けてくれますか？」

「うだうだ言ってないで、さっさと薬の材料を集めてこい。ぶっ殺すぞ」

「ひぇえぇ‼　やっぱり怒ってますよね⁉」

おっといかんいかん。この顔でぶっ殺すは冗談《じょうだん》じゃ済まないんだった。

「じ、実は、最高級の抗病霊薬に必要な材料はグランホーの森林でも、奥地でしか手に入らなくて‼

そのためにはモンスターから守ってくれる人を雇《やと》ったり、遠出したりと、段取りが必要でして。だから、今すぐにというのは難しいといいますか……!!」

今すぐは作れないと。嘘をつかず、勇気をもって事実を話してくれたか。俺も報《むく》いよう。

「まあ、落ち着けよ。意外と思うかもしれないが、俺はこう見えて荒事《あらごと》は得意なんだ」

「見たまんまですけど……」

「森での材料の採集、助力が必要なら手伝ってやらないこともない」

というわけで、少女を脅してすぐに冒険者ギルドへ依頼《いらい》を出させ、指名依頼でアルバス・アーキントンを指名させ、薬草採集の護衛という名目で雇わせた。

薬屋での一件からものの3時間ほどで、すべての準備は済ませた。

あとは俺の準備だ。宿屋で遠出の支度《したく》を済ませる。

「アルバス、どっか行くの？」

「ちょっと森へな。クエストだ」

「わたしも、いく」

「だめだ。まだまだ体力がないんだ。森まで歩けるわけがない」

「……歩けるもん」

「だめだ。というか病気だろう。絶対に外へは出さない。絶対にだ」

頬を膨《ふく》らませ毛布にくるまるアルウ。ふてくされてそっぽを向かれてしまった。

病人のアルウを外に出して、もしものことがあったら俺はグランホーの終地を血塗れになって捜《さが》しまわり、悪そうな顔した野郎《やろう》どもを片っ端《かたぱし》から斬《き》り捨てなくてはならない。

この町は変なのが多い。宿屋にも変なじじいがいるが、あれはまだ信用できる変なじじいだ。

ここが一番安全だ。ここにいてほしい。わかってくれ。お前が大事だから言ってるんだ。

「行ってくる」

「…………いってらっしゃい、アルバス」

毛布からちょこっと顔をだして、アルウは渋々《しぶしぶ》見送ってくれた。

アルウの「いってらっしゃい」を貰うと力が湧《わ》いてきた。

◆　◆　◆　◆

グランホーの森林へ向かうため、ゲーチルの霊薬店に戻ってきた。

店のまえには馬車が止まっていた。荷台を見やると、おおきな網籠《あみかご》が6つ載《の》っかっている。

そばかすの少女が荷台の網籠を確認しているところへ声をかけた。

「こちらの準備は済んでいます」

「俺も大丈夫だ。して、どこまで行く。1日じゃ戻ってこられないとかさっきは言っていたが」

「森の向こう側に村があります。月に1回そこに行って薬草を採集するんです。村から入った森には土地勘《とちかん》があるので、不慣れな場所より、ずっと安全に迅速《じんそく》に作業も進みますからね。今回はちょっと間隔《かんかく》が早めですけど、緊急事態ということで、一緒《いっしょ》にいつもの仕入れもしちゃおうと思って」

どうせ行くならってことか。なるほど。効率的だ。

「今日はよろしくお願いします。えぇと……お名前は？」

「アルバス・アーキントンだ」

「高貴なお名前ですね」

「そうか。たびたび平凡《へいぼん》な名前だと言われるけどな」

「あぁ、まあ平凡でもありますが。有名な名前なので、それだけたくさんの子に付けられるのも必然かと」

「有名な名前？」

「ええ。御伽噺だかなんだかに出てくる登場人物の名前で……あっ、紐《ひも》が外れてる」

少女は網籠の紐を結び直す。

「とにかく早々に出発しましょう。ずいぶん遅《おそ》い時間の出発です。遅くなって日が落ちれば、街道《かいどう》とて危なくなりますから」

危なくなる。この世界の危なくなるはガチで危なそうだ。

「ところでそばかす、名前はなんていう」

「え？　あぁ、私はヤクといいます」

「なるほど。じゃあ、やはりさっきチラッと言っていたおばあちゃんがゲーチルか」

俺は店の虫食った看板を見ながら言った。

「そしてお前がヤクか」

「いい名前でしょう？」

「薬を作るためだけに生まれて来たような名前だな」

「いや、そうなんですけど、言い方！」

「さっさと行こう」

俺たちはグランホーの終地を早々に出発した。

向かうはレバル村という森のすぐ近くに拓《ひら》かれた人里だ。

御者台《ぎょしゃ》で馬の手綱《たづな》を握るヤクの横、周囲へ視線をやりながら村に着くのを待つ。

怪しい影《かげ》があれば、持参したこのショートボウで射殺してくれる。

「そう言えば、アルバスさんっておひとりなんですか？」

1時間ほど馬車に揺《ゆ》られていると、ヤクはおもむろに口を開いた。

「そうだが。なにか文句あるのか」

「ひぇええ、なんですぐに恐い顔するんですか！」

「してないだろ」

「してます！」

「してないだろ」

「アルバスさん、顔が殺人鬼《さつじんき》みたいですから仲間が集まらないんですね」

「勝手な推測はやめてもらおうか。俺は好きでソロを選んでるんだ」

仲間などを持つとろくなことがないに決まっている。

ろくでもないことその一、人間関係に気を使う。

ろくでもないことその二、身近に人がいると魔法を自由に使えない。

ろくでもないことその三、情が芽生えるリスクがある。

特にその三は注意が必要だ。情の芽生えは、優《やさ》しさの芽生えでもある。

優しさは付け入る隙《すき》を生む。自己の利益を損《そこ》なうことと同義だ。

優しさは呪《のろ》いだ。俺は忘れていない。だから仲間などもたないのだ。そんなものは必要ない。

「ん。その緑の持ってきたのか」

ヤクのカバンが半開きになっていたので、つい中身が視界に入った。

カバンの中には先ほど万引き犯が盗もうとしていた緑の液体で満たされた瓶が収まっている。

「治癒霊薬は冒険には欠かせないアイテムですからね。あらゆる外傷に効果を発揮しますから、もっていて役に立たないことはないんですよ」

いわゆる回復薬ってことだろうか。もっとも需要があり、もっとも汎用性《はんよう》があると。

「まあ、この普通の治癒霊薬でも、4000シルクの値段がするので並の冒険者では使えないのですけど」

4000シルク？　治癒霊薬1個で白パンが何個買えるんだよ。

クエストで稼《かせ》いでも、一回野豚《のぶた》に撥《は》ねられたら給与《きゅうよ》吹っ飛ぶのか。冒険者稼業《かぎょう》、世知辛《せちがら》いな。

「ぼったくってるのか」

「また人聞きの悪いことを！　正当な商売していますって！」

治癒霊薬の需要が高い一方で、どうしても作製にはコストが掛《か》かるとのことだった。

大量の薬草が必要であり、手間暇《ひま》がかかり、高度な錬金術師のみがそれを行えるそうだ。

「高くても重宝されている。それも盗みを働いてでも手に入れようと思うほどに。それがたしかな価値があることの何よりの証明です」

「ふん、まあたしかに」

気が付いたらセールストークされていた。結果、ちょっと俺も治癒霊薬が欲しくなった。

俺も、もしもの時のために1本くらい忍《しの》ばせておいたほうがいいだろうか。

「見えてきましたね。何事もなくて本当によかったです」

昼下がり、馬車はレバル村に到着《とうちゃく》した。

俺は村の外観を見た瞬間《しゅんかん》に、この村には住めないなと確信した。

主にセキュリティ面で不安だらけだったのである。

豊かな緑の森にモンスターなる存在がいることはすでに確定した事実だ。俺が先日討伐《とうばつ》した『伝説の野豚』よろしく、この世界には常軌《じょうき》を逸《いっ》したバケモノが棲《す》んでいる。

そんな恐《おそ》るべき大自然の領域から、わずか50ｍほどしか離《はな》れていない地点にレバル村はあるのだ。

それも50ｍの高い壁《かべ》があって人類の生存領域が確保されてるわけでもない。

モンスターの領域と村を隔《へだ》てているのは、足をあげて跨《また》げば越《こ》えられそうな簡素な柵《さく》だけだ。

一体全体どうすればあんな頼りない柵に、モンスターの侵入《しんにゅう》を阻止《そし》する力があるというのか。

辺境での暮らしに戦々恐々《きょうきょう》してると、ヤクを出迎《でむか》えるばあさんがいた。

「おや、ヤクちゃん、今月はちょっと来るのが早いねえ」

「えへへ、実はこの人に脅されて、あ、間違えた、珍《めずら》しい薬を注文されて」

その間違いは致命《ちめい》的すぎるだろうが。

「うあああ⁉　な、なんだい、その殺人鬼みたいなやつは⁉」

大変に誤解を招きながらも、なんとか俺がまともな人間であることを説明し、村人を説得し、採集作業へと移るべく、準備をしていく。

馬車を止め、網籠をおろし、村人たちに挨拶《あいさつ》をする。付き合いのあるヤクはともかく、俺は挨拶をする必要などないので馬車を見張っておく。馬とか荷車とかは、大事な資産だろうからな。

ヤクが戻ってくれば採集作業開始だ。

網籠を背負い森へ足を踏《ふ》み入れる。俺とヤク以外にも、レバル村から大人の男と女の子たちがお手伝いとして4人ほど網籠を背負って、付いてきてくれた。

「彼《かれ》らは無償《むしょう》で働いてくれるのか？」

「いつも手伝ってもらってるんです。うちとレバル村はおばあちゃんの頃《ころ》からの付き合いなんで」

恐るべきブラック労働だ。給料もでないのにこんな獣道《けものみち》を歩いて草取りさせられるとは。

「あれ？　でも、今日はいつものメンバーじゃないですね……エリーちゃんはどうしたんですか？」

ヤクが尋《たず》ねると女の子たちのひとりが神妙《しんみょう》な顔で俺の方を見てくる。

大人の男は「こら、変なことお願いするんじゃないぞ」と女の子がなにか言う前からたしなめる。

なんだ。この女の子、俺になにか要求があるのか？

「おじさん、顔、恐いね」

要求じゃなかった。ただの顔の感想だった。

「こら、な、なんてこと……すみません、子供が言ったことです。どうか見逃《みのが》してください」

失言したら斬られるとでも思ってるビビり方だ。

「別になにもしない。なんとも思ってない」

「寛容《かんよう》なお心遣《こころづか》い、ありがとうございます」

大人の男はヤクのほうへ向き直り、気まずそうに口を開いた。

「エリーは酷いけがを負ってしまったんだよ。すこし前にモンスターの群れが村に来てね」

モンスター？　出たな、モンスター。やっぱり村のセキュリティに問題があったようだな。

今回の俺の仕事は、そのモンスターからヤクを守ることだ。

だが、いざとなると恐いな。本当に人を襲《おそ》うようだし……なるべく関《かか》わりたくはない。

殺されたら二度目の人生が台無しだ。前世の分まで生を謳歌《おうか》するまで死んでたまるか。

「おじさん‼」

ん？　女の子たちが群がってきて……みんなで服の裾《すそ》をひっぱっているぞ？

「ねえねえ、冒険者さん‼」

冒険者なのか殺し屋なのかはっきりさせろ。

「モンスターを倒《たお》してよ‼　冒険者で殺し屋なら倒せるでしょ‼」

「エリーお姉ちゃんすごく綺麗《きれい》だったのに、怪我《けが》のせいでとっても落ちこんでるの。可哀想《かわいそう》なの」

「殺し屋で冒険者さん、お願いします！」

子供たちは鼻水垂らして泣きながらローブに引っ付いてくる。

先日、新調したばかりの外套《がいとう》なのでやめてもらいたい。

「やめなさい、冒険者さんなんて雇える訳ないだろ……っ」

男は女の子たちを引き剥《は》がそうとする。

「その通りだ。お前たちは俺を雇うだけの金を用意できない。野豚狩《が》りならまだしも、モンスターの討伐依頼は高くつく。だからひっつくな。しっしっ、離れろ離れろ」

「で、でも！　お願いだよ、殺し屋で殺し屋さん！　お姉ちゃん、とっても綺麗だったのに顔を殴《なぐ》られちゃって……ぐすん、ひどいよ、こんなの……‼」

「寄るな寄るな。俺はいま草を取るので忙《いそが》しいんだ」

まったく何の得があって俺が面倒《めんどう》なモンスター討伐などせにゃならんのだ。

ガキめが。駄々《だだ》をこねれば言う事を聞いてくれると思うな。

俺は損得勘定で動く、冷徹《れいてつ》なるクールガイなのだ。

情などに流されると思うなよ？

◆　◆　◆　◆

森での採集作業が終わり、レバル村へ戻ってきた。

作業は順調そのもので、人数の助けもあってかすぐに網籠いっぱいの薬草が手に入った。

最高級の抗病霊薬に使うための素材もしっかりと採集済みだ。

「では、モンスター討伐をしてくださるということですか⁉」

「報酬《ほうしゅう》はいただくがな。絶対だぞ」

なんだかんだで、俺はモンスター討伐依頼を受けてしまっていた。

いや、しまっていた、では語弊《ごへい》があるな。これではまるで俺が村人の押しに屈《くっ》して、不本意ながらに、労働を強《し》いられているみたいじゃあないか。

俺がモンスターを討伐するのはレバル村のためではない。

すべては俺の利益のためなのである。

ちいさなガキどもに説得されている最中に思った。俺はモンスターと戦ったことが無いと。

モンスターが蔓延《はびこ》る異世界で生きていく以上、きっといつかモンスターと対峙《たいじ》する時はくる。

人間以外との戦闘《せんとう》経験があるのとないのでは、生死を左右するほど結末が違ってくる。

だから、野豚以外にも経験を積んでおいた方が後学のためだろうと、結論をだしたのだ。

つまり俺がモンスターを討伐するのは、れっきとした自己投資にすぎないのである。

同情したとか、押しに負けたとか、優しさとボランティア精神だとかじゃ断じてないのだ。

だから、村人どもよ、そんなキラキラした目で見てくるんじゃあない。

ええい、うっとうしい奴《やっ》らめ。

「ありがとう！　殺し屋で殺人鬼さん！」

「殺人鬼で殺人鬼さん、がんばってね‼」

このクソガキどもめ。

「もう暗くなってきた。さっさと家に帰ったらどうだ、ちびすけども」

女の子たちを追い払《はら》って家に帰す。姿がなくなったらため息が自然と溢《あふ》れでた。

「どうして俺がこんな面倒くさいことをしなくてはならんのだ」

「でも、モンスター討伐を受けてくれたんですよね？」

ヤクが網籠の中身を仕分けしながら訊《き》いてくる。

「自己投資のいい機会だからな」

「アルバスさんって実は優しいのですね！」

「優しいだと？　ぶち殺すぞ、このそばかす女」

優しいは俺のもっとも嫌いな言葉だ。優しさじゃなくて自己投資と言ってるだろうが。

「薬草はもう十分に足りてるんだろう？　なら、さっさとグランホーの終地へ帰って抗病霊薬をつくったらどうだ。そのほうが効率がいい」

「嫌《いや》ですよ。もう暗くなってしまいますし、こんな夜道を私一人で帰っては野盗《やとう》に襲われてしまいます。それにモンスターに襲われた時に私ひとりじゃどうにもできませんもん」

今晩はすっかり暗くなってしまったので、モンスター討伐は明日行うことになった。

へそ曲がりの宿のジュパンニには、俺が帰らなかった場合、アルウの手を握ってあげるように伝えておいたので、きっとすやすや眠《ねむ》ってくれるとは思うが……やはり、1日以上、あの子のもとを離れるとどっと不安が増してくる。はやく帰りたい。

「では、また明日。おやすみなさい、アルバスさん」

ヤクは付き合いのある友人の家に泊《と》まるらしいので一旦《いったん》別れた。

俺は村長宅に招かれているので、そちらへと足を運んだ。

村長の家では歓迎《かんげい》の催《もよお》しが開かれた。豪華《ごうか》な料理でもてなされ、肉入りのスープまで出た。

肉がふんだんに入っているところを見ると、かなりの気合の入れようだ。

俺がモンスター討伐を引き受けたから精いっぱいの感謝を示してくれているのだろう。

言外にこうしたおもてなし以外には報酬を用意できないという意味でもあるのだが。

「こんなことしかできませんが……」

「飯は美味《うま》かった。薄味だが俺は好きだ。あんたの奥さんは料理上手だな」

「恐縮《きようしゆく》です……!!」

今夜は奥の客間を使わせてくれるとのことだった。

村長の家だけあって、部屋が何室か備えられているらしい。

客間の反対側、閉ざされた扉の先に人の気配を感じた。この家にはもうひとりいるようだ。

「向こうの部屋は？」

「え？　あぁ……あっちは娘《むすめ》が寝《ね》ております」

夫人は憂《うれ》いを宿した顔で答えた。

「娘がいたのか。そういえば夕飯に顔をだしてなかったようだな。あんな豪華な食事だったのに」

「その……私たちの娘は、それはとても美人で、村一番を自負しているのですが」

隙を与えてしまった。いきなり娘自慢《じまん》がはじまった。

「お話は聞いていらっしゃるでしょう？　先日、レバル村はオーガ一味に襲われてしまいまして、その際、私たちの娘は酷い目に遭《あ》わされたのです……その時に顔を殴られてしまったのです」

オーガに殴られる。言葉の意味よりもきっと重いのだろう。

「治癒霊薬では治らないんですか。高価とは聞いてますが、付き合いがあるなら手に入るでしょう」

鮮やかな緑の液体のあの霊薬は、非常に高価だとヤクが言っていた。

高位の冒険者にしか手が出せない代物を、この村が買えるとは思えないが、まあ、アイテムを手に入れるためには必ずしもシルクを払う必要はない。俺のような冷徹な合理主義者ならばまだしも、あのそばかす女なら、頼《たの》みこめば「いいですよ‼　どうぞ使ってください‼」くらい言いそうだ。

「ヤクにはすでに融通《ゆうずう》してもらってます。厚意《こうい》で用意してくれた霊薬が何本かありましたから、それを使って……しかし、傷は残ってしまって。以来、娘はずっとこもりきりなのです」

治らない傷というわけか。俺は肘《ひじ》を抱《だ》き、思案し、思惑《おもわく》を言葉にした。

「その娘さん、一晩抱かせてくれますか」

「はあ、娘を抱かせて…………はッ⁉」

俺は閉ざされた扉に手を伸ばした。慌《あわ》てて村長と夫人が止めに入ってくる。

「ちょ、ちょっと困ります！　冒険者さま‼」

「なにを考えているのですか⁉　娘は傷心なのですよ‼」

夫人が「おめえぶっ殺すぞ⁉」という形相で睨《にら》みつけてくる。

「私たちの娘はまだ男を知らぬ生娘《きむすめ》なのです。なにとぞ、お考えなおしください」

村長は妻をなだめつつ、片手で俺を制止しようと必死だ。

村長とその妻へ、俺はできるだけ凶悪《きょうあく》な顔をつくって告げることにした。

「俺は明日、命を懸《か》けてモンスターに挑《いど》む。まともな報酬を用意できない村を助けてやるんだぞ。村一番の美人くらい抱かせてもらわなきゃ割に合わないだろう」

「そ、そんな……」

「こんな最低な人だったなんて！　顔つき通りの悪人ではないですか！」

突き飛ばしてくる夫人。それを止めるのは村長だ。

「……わかりました。すこし娘と話をしてきます」

「あなた⁉　なにを言っているのですか⁉」

「お前は黙《だま》っていなさい。アルバス様の言うとおりだ。私たちに冒険者を雇うお金がないなか、彼は残ってくださった。その厚意に報いなくてはいけない」

「でも、それじゃあ、エリーは……エリーのことはどうなるの？」

「私はひとりの子の親であると同時に、村を治める長《おさ》だ。すまない」

「そんな‼」

村長と夫人はしばらく口論をしていた。

話がまとまったあと、村長は閉ざされた部屋にそっと入り、夫人は娘の不幸を嘆《なげ》き、泣きながら居間に突っ伏《ぷ》していた。俺を包丁で刺すのをなんとか思いとどまってくれていた。

俺はというと突っ伏す夫人の目に付かない場所で壁に背を預けていた。

優しい人と思われるのが癪《しやく》でつい出来心で言ってみたんだが、存外、こたえるものだな。

村長が娘と話をつけたらしく「どうぞ、娘も了承《りようしよう》してくれました」と俺を閉ざされた部屋のなかにいれてくれた。

「ひぇ」

暗い部屋のなか、揺れる灯芯《とうしん》の明かりが、ベッドに座す少女を浮かびあがらせていた。

年若い娘が緊張《きんちよう》した面持《おもも》ちで、ビクッと震《ふる》えた。怯《おび》えた声がちいさく漏《も》れる。

表情からすでに「この殺人鬼みたいな人に抱かれるの⁉　冗談でしょ⁉」と伝わってくる。

「お前がエリーか。なるほど。酷い顔だな」

「……そう思うなら……こんな娘を抱く必要はないのではないですか……」

エリーはうつむいて暗い顔でつぶやいた。

「いいや、だからこそ必要だろう」

「物好きな方ですね」

エリーは無表情で服を脱《ぬ》ごうとする。

「落ち着け。脱ぐ必要はない」

「……？　えっと、その、経験がないもので、なにか間違えていましたか？」

「いいや、たぶんその意味ではあってる」

「ですよね。致《いた》すためには脱がないと」

「しかし、必ずしも最初から脱ぐ必要はないんじゃないか」

って、なんの話をしてんだ。そんなことを話すためにこの部屋に来たんじゃない。

「俺はお前に奇跡《きせき》を届けに来た」

「奇跡？　あなたは白教の高名な聖職者だとでも？」

「高名な聖職者なら奇跡を扱えるのか」

「……そういう風な話を聞いたことがあります。実際はどうか知りませんが」

「そうか。なら、俺は高名な聖職者だ」

「とてもそういう風には見えませんが」

「まあいい。横になれ。俺は奇跡を使える。一晩抱っこした人間の傷を癒やすことができるんだ」

「そんなことできる訳ないではないですか……からかっているのならやめてください……」

「嘘じゃない。賭《か》けてもいい」

「……いいですよ」

「奇跡が起こったのなら部屋をでて、また親に元気な姿を見せろ」

「治せなかったら？」

「治せなかったら、お前を本当の意味で抱く。セックスという意味でな」

「全然、賭けになってないんですけど。もういいです、期待なんかしてませんから」

◆　◆　◆　◆

朝、目覚めると、あの殺人鬼みたいな冒険者が身支度を整えて部屋をでようとしていた。

一晩、私はあの凶悪な男の腕《うで》のなかにいた。不思議と優しさを感じる抱擁《ほうよう》だった。

驚《おどろ》くべきは本当に手を出してこなかったこと。訳のわからないことを言いながらも、結局のところ若い娘である私を使うことが目的だと思っていたのに。

まあ、でも、不思議ではないかもしれない。私の顔はあの忌《い》まわしいモンスターによって半分潰《つぶ》され、見るに堪《た》えないのだから。たとえどんな物好きな男でも、私などもう好意を抱《いだ》ける対象ではないのだろう。殺人鬼だって、きっと冷やかしに来ただけなのだ。

「おはようございます、しっかり眠れましたか」

「起きたのか。俺はもう行く。約束通り、部屋からでて元気な姿を見せてやれよ」

言って、殺人鬼はさっさとでて行こうとする。

「待ってください、それってどういう意味ですか？」

殺人鬼がこっちをまじまじと見てくる。吟味《ぎんみ》するような視線。嫌だ、私を見ないで。

恐怖と悔《くや》しさ、恥《は》ずかしさ、いろいろな感情が渦巻《うずま》いて、身体《からだ》が震えだす。

「なるほど。確かに村一番の美人というだけある。結構、可愛いんじゃないか」

殺人鬼は言って、後ろ手に扉を閉めていってしまった。

彼が昨晩言っていた訳のわからないことを思いだす。そして謎《なぞ》の賭けのことも。

自分の顔に手で触《ふ》れる。指先に伝わる感触《かんしょく》に違和《いわ》感があった。

「まさか」

私は急いで鏡に近寄った。

「そんな、嘘……っ‼」

奇跡は起こったのだ。

「エリー‼　エリー‼　大丈夫⁉　さっき、あの殺人鬼が『ぐへへ、あんたの娘さん、なかなか可愛い顔してたぜ！』って笑っていたわ、一体なにをされたの⁉」

「エリー、すまない。わかってくれ、これも村のためなんだ……」

お母さんが部屋に飛び込んでくる。お父さんも重たい足取りで入ってくる。

ふたりとも入り口で足をとめ、私を見て、目を丸くした。

それはもう笑っちゃうくらいに素《す》っ頓狂《とんきょう》な顔だった。

◆　◆　◆　◆

朝、広場に、男たちが集《つど》っていた。

畑仕事で鍛《きた》えられた肉体で農具を手にする男たちが大多数で、弓を持つ鋭《するど》い目つきの狩人《かりゅうど》が数名、剣《けん》をひっさげた者も数名いるようだ。

「レバル村の全戦力だ。アルバスさん、あんたを頼りにしていいんだよな？」

それはこっちのセリフなんだが。そんだけの人数がいればモンスターの1匹《ぴき》や2匹なんとかなるんじゃねえのかな。ならないのか？　ならないから俺が雇われてるのか。

しかし、だとすると一体どんなバケモノと戦わされるのか俄然《がぜん》、緊張してきたな。

村の男たちとともにレバル村を出発し、森に足を踏み入れた。ここからはモンスターの領域だ。

俺はショートボウを担《かつ》ぎつつ、ヤクにも武器を貸してもらった。

戦いの流れ次第《しだい》では、矢をつがえて狙《ねら》っている暇がないかもしれない。

彼女が護身用に使っているという直剣で、長さは80㎝ほどで、剣身は傷だらけ、あまり手入れがされていない切れ味のよくないものだ。

それでも剣は剣だ。命を預けるには値《あたい》する。

ぞろぞろとみんなで獣道を歩くと、狩人の男——自警団のリーダー——が地面を指さした。

「見てください、アルバスさん」

「大きな足跡《あしあと》だ。足跡が深い。ずいぶん重たそうだ。それに樹《き》を押したのか根っこが盛り上がってる。この土のえぐれかた。まだ土が柔《やわ》らかい。近くにいるのかもしれない」

「流石は冒険者ですね。痕跡《こんせき》の追い方を知ってる」

なんで知ってるんだ、俺。いや、これもきっと手紙の主のくれたチートかな。

「以前、村の警備隊が遭遇《そうぐう》したのもこの近くだったんです」

「注意しろ。この先は気を引き締《し》めていくべきだ」

痕跡を追いかけると、洞窟《どうくつ》の入り口にたどり着いた。

岩陰《いわかげ》から顔をのぞかせ窺《うかが》うと、周囲に奇妙《きみょう》な生物がいるのが目に入る。

体形は人とほぼ同じ、ただし背丈《せたけ》が小さい。腰丈ほどの大きさしかない。赤茶けた汚《きたな》らしい肌《はだ》をしていて、歪《いびつ》な牙《きば》が、閉じ切らない口から飛び出している。布を身体に巻き付け、手にはちいさな木の棒や、石、農具を持っているものまでいる。

「ゴブリンがたむろしてますね。あそこが根城で間違いないようです」

ゴブリン。本物だ。きめえな。

「どうしてやつらの住処《すみか》までわかったんだ、あんた？」

「怪物《かいぶつ》退治に慣れてるんだな。森で獲物《えもの》を追いかける方法を熟知してるんだ」

「流石は恐い顔しているだけある。追い詰《つ》めて殺すのに人間も怪物も関係ないってことか」

勝手な推測と称賛《しょうさん》が村人たちのあいだに広まっていく。

「やつらが村を襲ったのか」

「間違いありません。農具を持ってるやつがいるでしょう？　あれは村から盗まれたものですよ」

では、やつらが先に手を出したことになるな。ぶっ殺すことになんの躊躇《ためら》いもいらないわけだ。

敵を観察する。ゴブリン。ちいさい。弱そうだ。

俺には達者な観察眼がある。敵対者が俺の脅威《きょうい》になるか否《いな》か、なんとなくわかる。

相手が人間の場合、脅威を感じることはない。『伝説の野豚』と対峙した時は、すこし怖《こわ》い感じがあった。よくわからないものは怖いのだ。

『伝説の野豚』が動物なのか、怪物なのか、分類することにさして興味はないが、あの野豚を比較《ひかく》対象とした場合、洞窟のまえにいるゴブリンは雑魚《ざこ》っぽく感じられた。

「目に見えているのより、一団はずっと大規模です」

「どれくらいいる」

「30匹か、それ以上」

「多いな」

「村のすぐそばまで来た時は、村の男たち総出で迎《むか》え討《う》ちましたが、あまりの数に対処しきれず、多くの被害者《ひがいしゃ》がでてしまったんです。厄介《やっかい》なやつもいまして……あ、いました、オークです」

豚鼻のでっぷり太ったやつが出てきた。大人の男よりも体格で勝《まさ》るサイズ感だ。

「ゴブリンよりずっと厄介でして、集団で囲まないとまず相手になりません。お気をつけて」

狩人いわく、オークとゴブリンは共生関係にあるらしい。1匹のオークを群れのボスとして、ゴブリンたちが従僕《じゅうぼく》として従い、縄張《なわば》りをつくる。チカラを蓄《たくわ》えたら、他種族のメスを穢《けが》すために近くの村を襲うそうだ。主に人間の村を。オークやゴブリンに攫《さら》われたら悲惨《ひさん》だとか。やつらは数多《あまた》いる怪物のなかでも、特に嫌われていて、百害あって一利なしの生命なのだという。

「いくぞ」

狩人は合図とともに矢を放った。俺もそれに続く。

飛翔《ひしょう》する矢が連続してそれぞれのゴブリンに命中し、4匹が手傷を負い、2匹が即死《そくし》した。

「うおおおおおぉぉお‼」

「ゴブリンどもをぶっ殺せぇぇ‼」

「村を襲ったことを後悔《こうかい》させてやる‼」

雄叫《おたけ》びをあげ、村人たちは各々《おのおの》の得物を振りかぶりながら駆け、ゴブリンをぶっ叩いた。怨嗟《えんさ》と怒《いか》りのこもった攻撃《こうげき》に、次々とちいさい怪物たちは薙《な》ぎ倒されていく。

「あぎゃ、おぎゃ、うぎゃあ！」

洞窟から次々とゴブリンが溢れだしてきた。

10匹、20匹、30匹……待てよ、事前情報より多いな。

それに豚鼻の醜《みにく》いオークも、1匹どころか、3匹くらいいるじゃないか。

「複数の群れがおなじ穴倉を住処にしていたのか⁉」

「ま、まずい、この数‼」

「怯《ひる》むな、殺されたやつのことを思い出せ、こいつらは仇《かたき》だ！」

「1匹残らず殺してやる‼」

凄《すご》いことになってきた。

「アルバスさん、矢はやめてください、仲間にあたります！」

「え？　あぁ」

気にせずパスパス放っていたが、もう狩人のみんなも武器を近接用に持ち替《か》えていた。剣や鉈《なた》や手斧《ておの》や棍棒《こんぼう》などだ。白兵戦がはじまれば誤射の危険がでるから、矢は射ってはだめなのか。

俺も剣に持ち替え、突撃《とつげき》する。向かう先は村人たちがてこずっているオークのもとだ。

道中、剣の届く範囲《はんい》にゴブリンがいたので斬りつける。

真っ二つに両断できた。人間の身体よりずっと手ごたえが少ない。

「どいてろ、そいつは俺がやる」

「っ、冒険者、来てくれたのか‼」

村人たちを追い越して、オークの間合いへ一気に駆け込んだ。

オークは棍棒を振り下ろしてくる。重たそうだな。それを喰《く》らう訳にはいかない。

棍棒を軽くいなして、オークの体勢を崩《くず》させ、武器をもつ腕を斬りつけた。

肩口《かたぐち》が綺麗な断面をさらして大量の血が溢れだした。

「ウボォオ、ガァア‼」

やかましい声をあげる頭を斬り飛ばす。死んだか。

デカくて視覚的に恐いが、なんということない。なんの術理もない。脅威はない。

「オーガだぁああ‼」

誰《だれ》かが叫んだ。洞窟からのそっと巨大《きょだい》な影が出てくる。

そいつだけサイズ感が違った。身長３ｍほど。粗《あら》い布を身に着け、丸太を握っている。

「そうか、複数のオークが同じ巣穴にいたのは、オーガというリーダーがいたからなんだ‼」

狩人は真実にたどり着き、ハッとしていた。

平社員ゴブリン、係長オーク、課長オーガ……ってことか。あいつがこの群れのボスだ。

「くっ‼　やっぱり、こいつはけた違いだ‼」

「攪乱《かくらん》するんだ。あの丸太に潰されたらぺちゃんこにされるぞ‼」

「どいてろ」

「あっ、冒険者、無闇《むやみ》に突っ込むな‼」

「叩かれただけでも死んじまうぞ⁉」

「オゴロォォオオ‼」

太い丸太が横薙ぎに払われる。ガードレールをかっこよく飛び越えるみたいに回避し、回避ざまにオーガの手首を斬りつける。血が噴出《ふんしゅつ》し、手から力が抜け、丸太があらぬ方向へふっ飛んでいき、オークとゴブリンたちに命中した。ラッキー。

苦しむオーガの膝《ひざ》を踏みつけ、曲がった肘を経由して、肩《かた》まで素早《すばや》く駆けあがり、踏みやすい丈夫な肩からおおきく跳躍《ちょうやく》、真上から全体重をかけてオーガの首裏へ刃先《はさき》を突き刺した。

オーガはうめき、暴れるが、急速に勢いを失い、膝から崩れ落ちた。

倒れる巨体に潰されないように、要領よく剣を抜いて、オーガから飛び退《の》く。

「す、すげえええ⁉」

「なんだ、いまの動きはッ‼」

「とんでもねえ、これが冒険者のちからか」

「いや、冒険者でもあんな動きするやついるかな……？」

「っ、待て、そいつまだ動いてるぞ⁉」

オーガの身体がまだ立っていた。首裏から脊髄《せきずい》を断《た》ったと思ったのだが。

「高い生命力だな。首を落とさないと死なないか」

「ウ、ウガァア、ァア‼」

オーガが両拳《こぶし》を怒りに任せて叩きつけてきたので、回避し、地面にめりこんだ拳を踏んづけ、腕を駆けあがり、冷蔵庫みたいな肩からおおきく跳躍、先ほどは首裏を刺したが、今度は体重を乗せて、首裏から刃を叩きつけた。重たい手ごたえ。綺麗な断面を晒《さら》し、首がじゅるりと滑り落ちた。

驚異《きょうい》的なことに、オーガは首を失ってもなおバランスを崩さなかった。

腕がのっそりと伸びてくる。先ほどより緩慢《かんまん》だが、たしかにまだ生きている。

頭部切断。確実な致命傷《ちめいしょう》だ。それでも死なない。なんて生命力だ。

俺は剣をチカラ一杯《いっぱい》に水平に振り抜いた。それまでとは違う暴力の一撃《いちげき》だ。

凄《すさ》まじい怪力《かいりき》でふりまわされた鋼剣はオーガの分厚い筋肉と脂肪《しぼう》を割り、脊髄を断ち、胴体《どうたい》を水平に両断した。

刃が切り抜けた瞬間、剣は半ばからへし折れた。力に耐《た》えきれなかったようだ。

「「「なにぃぃぃいいい!?」」」

村人たちから驚愕《きょうがく》の声が響《ひび》きわたった。

巨体が転がる。酷い臭《にお》いと臓物がこぼれだした。

さしものオーガでも真っ二つにされれば死に絶えるようだ。

「あんなやわっこい剣でオーガの巨体を両断にするなんて」

「化け物はあの冒険者のほうだったか」

「信じられん……」

はじめてのモンスター討伐。上手《うま》くいったほうだな。

ゴブリン、オーク、オーガ。ここら辺は俺の脅威にはならないとわかった。

これでひとつ不安は消えた。心の平穏《へいおん》が少しだけ進んだ。

「残党を狩《か》るぞ。逃がしたら新しい群れをつくる。殺し尽《つ》くそう」

俺は村人から武器をふんだくり、残りのゴブリンとオークも掃討《そうとう》した。

◆　◆　◆　◆

モンスターの群れ討伐を終えて、レバル村に帰る頃には、太陽が空高く昇《のぼ》っていた。

村人たちは全身血塗れの俺を見るなり悲鳴をあげ、畏怖《いふ》の眼差《まなざ》しを向けてきた。

返り血とともに、殺人鬼の箔《はく》が付きすぎてしまったか。

「うわあ」

「なんだその目はそばかす女」

「いや、なんでもないです」

「すこし待ってろ。昼過ぎには出発する。夜にはグランホーの終地に帰れるだろう。村長の家に風《ふ》呂《ろ》があるって話だから、浴びさせてくれ」

「それはいいですけど、そんな血塗れで馬車に乗られてもちょっと、て感じなので。ところで、私の剣はどうしたんですか」

「折れた。弁償《べんしょう》はする」

天寿《てんじゅ》を全《まっと》うした剣の残骸《ざんがい》をヤクに見せた。

「はぁ、まあいいですよ。レバル村は私にとっても大事な場所なので、そこを守ってくださったアルバスさんは恩人ですから。それにエリーのこともありますしね」

「何のことだかな」

「聞きましたよ、奇跡を起こしたって。アルバスさん、もしかして都で神殿《しんでん》務めをしていた聖職者さんだったりします？」

「どうだかな。すこし待っていてくれるか。すぐ戻る」

レバル村の大勝利に皆《みな》がお祭り騒《さわ》ぎするなか、俺はこっそり村長の家にやってきた。

この村の真ん中には川が通っている。小川というほどのちいさな川には、上流から清らかな水が運ばれてきており、この村の家々ではそれを溜《た》め、薪《まき》で湯を沸《わ》かしているとのこと。

森と川の遠い街では、お風呂をつくるのは苦労だ。

町の庶民《しょみん》にはできない、辺境の村ならではの贅沢《ぜいたく》がここにはある。

羨《うらや》ましいので、使わせてもらうことにした。村長夫妻に頼んだら快諾《かいだく》してくれた。

「アルバス様、娘のこと本当に、本当に、ありがとうございました」

「モンスター討伐もお疲れ様です。さあさあ、どうぞこちらへ」

とてもにこやかだ。夫人にいたっては昨晩のねめつける表情が嘘のようだ。

「アルバス様がお帰りになるのを心待ちにしておりました。昨晩はお風呂に興味をもたれていたので、準備は済んでおりますよ」

なんと段取りがいいのだろうか。ありがたい。

案内されて家裏に通されると、簡易な柵で囲まれた川に面した露天《ろてん》風呂があった。

肩まで湯船に浸《つ》かる。細胞《さいぼう》の隅々《すみずみ》まで染《し》みわたる。はあ、やはり風呂は良いな。

数日に1回、アルウと俺は領主の家で大浴場を勝手に使わせてもらっているが、露天風呂はまた格別な風情《ふぜい》がある。川と森、平原、畑と羊、すべてが視界内にある。

こんな清水の流れる地に住めば毎日お風呂に入れるだろうか。将来は田舎《いなか》暮らしも視野に入れてもいいかもな。森も近いし。野豚も獲《と》れるし。路地裏に死体は転がってないし。

でも、森が近いってことはモンスターも近いってことだ。ここら辺はトレードオフの関係か。

「アルバス様」

「ん、誰だ、いま風呂に入ってい――おッ⁉」

ビクッとして肩を震わせたのは、背後に少女が立っていたからだ。

村長夫妻の娘エリーである。布で裸体《らたい》を隠しながら、心もとなげにしている。

頬を薄《うす》く染め、潤《うる》んだ眼差しで見てきていた。いったい何が狙いだ。

「な、なんのつもりだ」

「その、お身体を清めさせていただこうと……」

「そんなキャラじゃなかったろ。もっと尖《とが》ってたじゃないか」

「あなたのことを誤解していたんですよ。いいですから、大人しく背中を流させてください」

エリーが狭《せま》い風呂に入り込んでくる。お湯が溢れ、こぼれていく。

俺の背後に彼女がいる。白い手が伸びてきた。腰をまわして、俺の身体のまえへ。

心臓の鼓動《こどう》がはやくなる。まったくの想定外が起こってる。勘弁《かんべん》してくれ。俺は童貞《どうてい》なんだ‼

「お、お、お小遣《こづか》い稼ぎのつもりか？　ふん、わ、悪いがシルクは持ってきていないぞ」

自分よりひとまわりも年下の少女にいいようにされている。情けねぇ……。

「だから、こんなことされてもシルクは払えない」

「まさか……お金が欲しいわけじゃないです」

「それじゃあなんで」

「賭けをしたじゃないですか」

昨晩の賭けのことか？　俺がエリーの顔の傷を治せたら両親に元気な姿を見せる。治せなかったら……あぁ、そうか。そういえば俺が言ったんだったな。

「だが、あれは俺が顔を治せなかったらの場合だろう？」

「細かいことはいいのですよ。アルバス様、どうか私を貰ってくれませんか？」

「ぐいぐい来るな⁉」

「アルバス様は、顔は恐いですけど、とても優しいお方です。あなたのような方にならーー」

「だから、ぐいぐい来るんじゃない……‼」

エリーは身体を密着させてきた。いろいろと柔らかい。いったいどうなってしまうんだ、俺。

◆　◆　◆　◆

ヤクのもとへ戻り、荷物を確認して、グランホーの終地へ戻ることになった。

「なんだか楽しそうですね、アルバスさん」

「あぁ、風呂が気持ちよかったんだ」

「お風呂ですか。あったかいお湯に浸かるなんてさぞ気持ちがいいんでしょうねぇ」

「そうだな。あれはすごいものだった……」

網籠はすでに積んである。やり残したことはない。

「アルバスさん、本当に見事な戦いでした」

「どこであのような剣術を？」

「そのお体のどこにあのような怪力が秘《ひ》められているのですか？」

去る前に、村の男たちからは熱心に質問をされた。

俺がお風呂でいろいろされてる間、討伐に参加した者たちが話を誇張《こちょう》して流布《るふ》していたらしい。

おかげで俺はレバル村を救った英雄《えいゆう》扱いだ。持ち上げられるのは嫌な気分じゃない。でも、熱心に聞かれても俺から話せることはさほど多くはなかった。

剣術も先ほど使った怪力の秘密も、すべてはチート。貰いものなのだから。

だが、はぐらかすのにも限界がある。なので多少、手ほどきはした。

木剣を手に何人かと打ち合い、デモンストレーション的に「こう打たれたら、こう」「こう来たら、こう」みたいな感じで剣術指南した。教師としては三流もいいとこだ。

「アルバス様は感覚派の天才剣士であるな」

「他人に説明できないところも、またセンス１００％という感じで憧《あこが》れる」

レバル村の英雄という格が強すぎて、どうやっても好意的にとらえられた。

「殺し屋で殺人鬼さん、ありがとうございます！」

「殺人鬼で殺人鬼さん、お姉ちゃんを助けてくれてありがとう‼」

村の女の子たちからはエリーを囲みながら順番にお礼を言われた。

花飾りをプレゼントしてくれたので、仕方なく受け取った。

別に全然嬉《うれ》しくはない。本当に全然なんともない。

だが、貸しをつくりたくはなかったので黙って、頭をぽんぽん撫《な》でておいた。

レバル村での1日は存外、悪くはなかった。報酬は少なかったが……いや、大きかったか。うん。

俺の見聞もひろがった。蛮族《ばんぞく》と戦い、俺は俺が思った以上に実力を備えているとわかった。

ゴブリンには流石に勝てると思っていたが、オークやオーガがあんなに簡単に斬れるとは思わなかった。俺が強いのか、やつらが弱かったのか。

「アルバス様、どうかお元気で‼」

「また必ずいらしてください‼」

「本当にありがとうございました！」

村人たちに見送られ、俺とヤクはレバル村をあとにした。

◆　◆　◆　◆

初めての遠出を終え、グランホーの終地に帰ってきた。

「ありがとうございます、アルバスさん。おかげで貴重な薬草がたくさん集まりましたよ」

「仕事だからな」

「『この薬草はどうだ？　こっちはどうだ？』って熱心に働いてくれて、すごく助かりました」

「仕事だからな」

「あれ？　でも、仕事は護衛だけでは？」

「喋《しゃべ》ってないで、さっさと最高級の抗病霊薬を調合しろ、このそばかす女」

ヤクは「はーい」とこっちを見透《みす》かしたように言って、ゲーチルの霊薬店に網籠を運びこむ。

俺も網籠を運びこむのを手伝い、そののち冒険者ギルドに報告に行った。

「ひぇええ、1日来ないと思って油断してたらお昼過ぎに殺人鬼さんが……‼」

「そんな驚いてて疲れないのか。とにかくクエスト達成の報告を」

いつもの受付嬢が「ふぇえ、恐いよぉ」と、涙目になりながら手続きをしてくれた。

「レバル村の近郊《きんこう》でオーガというモンスターを倒したんだが。あれは強いモンスターなのか」

依頼報告が終わったあと、俺は受付嬢に尋ねた。

モンスターの強さの感覚を掴《つか》んでおきたいと思ったからだ。

「オーガは非常に強力なモンスターですよ。殺人鬼さん、オーガを倒せるなんて流石ですね！」

「やはりアレは強い部類か。まあそうだよな。首を落としても動いてたし」

「へ？　首を落としても生きてたんです？」

「ああ。動いてた。胴体を真っ二つにしたらようやく死んだ」

「そんな‼　そこまでしぶといなんて、よほど強力だったのか、いや、流石に首を落とされれば死にますし……きっと特殊《とくしゅ》な個体だったのですね……ん？　待ってください、殺人鬼さんがオーガの胴体を真っ二つにしたんですか？」

戦慄《せんりつ》した声音《こわね》で尋ねてきたので「ああ」と短く答えた。

「どんな怪力ですか……⁉」

「そのことは一旦置いておこう」

「置いておけませんよ⁉」

「とにかく、あのオーガは特殊な個体だったということか。通常の個体はもっと弱いと？」

「ええ、まぁ。そういうことになるかな、と」

そうか。ならば安心だ。あの個体でもさして苦労はしなかった。

「特殊な個体というのは度々《たびたび》いるものなのか？」

「そんな度々はいないと思いますが。きっと名のある伝説の個体だったに違いありません！」

「伝説の個体、か」

「はい、伝説のオーガなので……ネームドモンスター『伝説のオーガ』と名付けましょう！」

だと思った。でしょうねの極《きわ》み。

てか、死んだ後にいつも名付けてるな。『伝説の野豚』の時も思ったけどさ。

「それより殺人鬼さん、怪力について――」

「そのことは置いておこう」

「頑《かたく》なですね⁉」

特殊個体は珍しい。通常個体があれより弱い。それさえわかればいい。

モンスターに対する見聞はある程度増えたかな。

冒険者ギルドをあとにし、霊薬店へと戻る途中《とちゅう》、見かけない馬車が通りにいるのを発見した。

「なにをしているんだ。見かけない顔だな」

「ひ、ひえええ⁉」

話を聞くと旅の行商人とのこと。ここで出店を開いているらしい。

なにか面白《おもしろ》いものがあるか期待して見てみる。

「す、すす、すみません‼　ひ、ひえええ、わ、わざとじゃあないんですよ？　まさかショバ代が必要だとは思わなくて……!!　命だけは勘弁してください!!」

　取り立てのヤクザかな。ここは別に俺のシマではないのだが。

「安心しろ。善良なる市民だ」

「またまた、御冗《ご》談を。命の大切さをわかってない顔しているのに」

「善良なる市民だって言ってるのが信じられないのか？　ぶっ殺すぞ」

「ひやぇああ!?　お助けを!!」

　ちょっとふざけると即《そく》事案になってしまう。迷惑そうなので、立ち去ってやることにする。

「さあどうぞ、お好きな物を持っていってください……!!」

　命のかわりに品物を差し出してきたので、品物を吟味し、本を1冊いただくことにした。

　いいものを手に入れた満足感とともに、霊薬店に戻ってくる。

「もう戻ってきたんですか、アルバスさん」

「霊薬を受け取りに来たんだ」

「まさか、そんなすぐにはできませんよ。まだ、しばらく時間が掛かります」

　最短でも3～4時間は掛かるとのこと。

「それくらいならいい。ここで待とう」

　カウンターで待たせてもらえることになった。

　腰を落ち着けて、さきほど行商人からカツアゲもとい贈与《ぞうよ》された本を開く。

　かび臭《くさ》い古本で、タイトルは『魔術《まじゅつ》の諸歴史　初版』である。

　俺はクールで、合理主義者として知られるが、同時に慎重《しんちょう》な男としても知られている。

安定を選択《せんたく》しがちな性格上、前世では過酷《かこく》な仕事から逃げられなかったくらいだ。

異世界は未知に溢れている。治安の死んでる街、実際に死体のある夜の闇《やみ》、モンスターに冒険者、知らない土地、文化、文明、人種、そして魔法や魔術、霊薬などのさまざまな神秘たち。

ありとあらゆる知識が必要だ。俺はこの世界のことを知らなすぎるからだ。

こと魔術まわりの知識についてはぜひ修めておきたいと前々から思っていた。

魔法をより理解するためにも、魔術体系の可能性を探《さぐ》るという意味でも興味があった。

『魔術の諸歴史　初版』の内容は、魔術の起こりから、発展の経緯《けいい》、著名な魔術師に関するものだった。広く浅い知識の網羅《もうら》。社会の授業で浅く世界史をやってるような感じだった。

目新しい情報は魔法使《まほうつか》い族についての世の認識《にんしき》があげられる。

「魔法暦600年前後、魔法使い族は姿を隠したと言われている。諸族を率いて長い巨人戦争を戦い抜いたが、多くの命が失われるなかで、魔法使い族もまた多くが命を落としたともされている。今もどこかで生きているのか、滅《ほろ》んでしまったのか。魔法使い族が諸族を残してどうなったのかについては現在もさまざまな調査が行われている……か」

魔法使い族が、ずっと昔にいなくなったのは知っていたが、原因はよくわかっていなかった。

巨人戦争。おおきな戦争だったようだ。諸族を率いて戦い抜いたとあるが、それはつまり、魔法使い族が諸族とやらのリーダー的な存在だったということだろうか。

背表紙を確認する。発行年を探したところ『魔法暦625年』となっていた。

この本の歴史観は625年の視点で、600年前後のことを振り返っていることがわかる。

当時の著者ですらだいぶフワフワした認識だ。魔法使い族の最後については詳《くわ》しいことは伝わっておらず、もうどこにもいないということだけが、共通認識なのだろう。そのことを踏まえると、現在では魔法使い族に関して詳しく知る者がいないのもうなずける。

今日でも姿を現していないということは、巨人戦争で戦死したと考えるのが濃厚《のうこう》なのだろう。とすれば、やはり俺は最後の魔法使い族なのかもしれない。

『魔術の諸歴史　初版』には、魔術体系に関しても載っていた。

魔術とは魔法使い族の弟子《でし》たちが興《おこ》した学問であり、人間の身で魔法使い族のもつ神秘の技《わざ》と叡《えい》智《ち》に近づこうとする試みなのだそうだ。

魔術には『時間』と呼ばれる段階が定められている。

第一時間魔術からはじまり、第十二時間魔術で究極に至ると言われている。

ただ、後半――第五時間魔術以降――に関しては、実際に魔法使い族が生きていた時代に使われていたもので、現代――著書執筆《しっぴつ》当時――で実際に存在しているのか定《さだ》かじゃない、とのこと。

魔法使い族がいなくなった現在、もしかしたら、第五時間～第十二時間の魔術を使える者は滅多《めった》におらず、すでに廃《すた》れてしまっているのかもしれない。

気になるのが、究極に近づくにつれ時間の数字がおおきくなるのなら、魔法使い族が使う魔法は時間的にはいくつ相当なのだろうか、というもの。

魔術というものは、魔法使いの技を目指したものだから、低いことはないと思いたい。

魔法使い族なのに第一時間魔術しか使えないんすか……って感じになったら地味にショックだ。

ほかにも屍《しかばね》のクリカットのことも気になる。奴自身ではなく、奴の魔術だ。40年修行《しゅぎょう》したとか言ってたわりには、凄い技を使ってこなかったが、あれは何時間相当の魔術だったのだろうか。

自分が神秘の使い手としてどれくらいの位置にいるのか理解することは重要なことだ。それによっては振《ふ》る舞《ま》い方は変わってくるのだから。

魔法魔術の知識に興味が湧いてきた。神秘の分野に関しては積極的に情報収集していこう。

「最高級の抗病霊薬ができましたよ」

本を読み終わる頃、ちょうど向こうの仕事も終わった。

「助かる。値段は3万5000シルクだったか。大丈夫だ、払える」

「お代はいりません。アルバスさんにはお世話になりましたから」

「いいのか？」

「はい、おばあちゃんもアルバスさんのことは認めてくれてましてね。あ、おばあちゃん」

カウンターの奥から腰の曲がった老婆《ろうば》が顔をのぞかせた。

汚《よご》れたエプロンは、緑色に染まっている。普段《ふだん》から薬草を扱っているためだろう。

この婆《ばあ》さんがヤクの祖母ゲーチルだろう。

「ふむ、あんたがアルバスかい。本当に殺人鬼みたいな顔だねえ」

「いきなり失礼な婆《ばばあ》め。老い先短い命をもっと短くしたいのか」

「そいつは勘弁願いたいねえ」

ばばあは「カカッ」っと愉快《ゆかい》に笑う。くしゃっと皺《しわ》が深くなるのがちょっと面白い。

「孫が世話になったみたいだね。ほら、こいつはおまけだ」

言って、ゲーチル婆は紙包みを渡《わた》してくる。チラっと中身をのぞけば琥珀色《こはくいろ》の石が入っていた。

「なんだこれは」

「べっこう飴《あめ》という貴族の食べ物さ。聞いたよ、子供がいるんだろう？　食べさせておやり」

貴族の食べ物だと？　べっこう飴……お前、異世界じゃずいぶん出世したんだな。

「甘味《かんみ》か。ありがたくいただいておこう」

最高級の抗病霊薬とべっこう飴をポケットにいれ、霊薬店をあとにした。

◆　◆　◆　◆

へそ曲がりの宿の玄関《げんかん》を開けるなり、受付で暇そうにしているグドと目が合った。

「ほう、1日も留守にするとは珍しいのう、アルバス」

「うちのアルウに変なことしてないだろうな、じじい」

「娘より若い子に手をだすわけなかろうて。無用な心配をするんじゃないわい」

「アルウはどうしてる」

「あのエルフならジュパンニがずっと一緒じゃ。遊び相手が見つかって楽しそうじゃ」

「そうか、アルウが退屈《たいくつ》していなくてよかった」

「ジュパンニが楽しいそうなんじゃ」

「いや、そっちが構ってもらってる側か」

部屋へ戻ると、ジュパンニとアルウが紙とペンで作業をしていた。

ジュパンニが椅子《いす》に座し、その股《もも》の間にアルウのちいさな身体が収まっている。まるで姉と妹だ。

「あ。帰ってきた」

アルウが駆け寄ってきて、ボフっと抱き着いてくる。胸がキュッとする。抱きしめ返したい。

「アルバス、どこ行ってたの？　どうして、帰ってこなかったの？」

あう、あう。胸がキュッとする。さっきとは違う感じでキュッとする。

「別に俺が一緒にいる理由もないだろう」

「アルバスといっしょがいい。寂《さび》しかった」

「……悪かった。だが、お前のためなんだ。さあ、これを飲むんだ」

最高級の抗病霊薬をとりだす。ジュパンニが不思議そうな顔をする。

「それは一体なんですか？　綺麗な液体が入ってますけど」

「霊薬だ。病気に効く」

「これが伝え聞く霊薬ですか。すごい、はじめて見ました」

すごい値が張ると聞いたし、冒険者でもない庶民は目にしたこともないのか。

「この最高級の抗病霊薬ならば一撃で病を治すことができる。アルウ、さあ飲むんだ」

「アルバスさん、それ最高級の霊薬ですか⁉　アルウちゃん、重篤な病気なんですか⁉」

「そうだ。アルウは謎の病に侵されている。連日、苦しそうに咳をしていたのが証拠《しょうこ》だ」

「え？　まさかそのために貴族しか手に入れられない最高級の霊薬を？」

ジュパンニは悶《もだ》えるような眼差しを送ってきた。一体なんだと言うんだ。

「もう無理です。こんな過保護な人、見たことありませんっ‼　なんのつもりですか‼」

「俺が過保護だと？　馬鹿《ばか》なことを言うんじゃない」

「だって、ただの風邪のために最高級の霊薬を買ってるんですよ⁉　これを過保護と言わずしてなん言いますか‼」

「風邪、じゃないかもしれないだろうが」

「実はアルウちゃん、昨日のお昼に風邪薬飲んで、いまはすっかり元気になってます」

え？　もう体調よくなってるの？　まさか俺のはやとちりだったとでも言うの？

くっ、しかし、それを認めるわけにはいかない。

認めれば俺が優しい人みたいになってしまうではないか。

「ふぅん、そんなこと知っていた」

「え？　そうなんですか？　それじゃあ、なぜ最高級の霊薬を？」

ジュパンニはジト目で、口元にささやかな笑《え》みを浮かべ、尋ねてくる。

「俺は奴隷《どれい》エルフに誰が主人なのかをわからせるため、あえてこの超《ちょう》苦い薬をもってきたんだ。これを無理やり飲ませることで、アルウは自分が奴隷だということをいまいちど認識するだろう？」

「ははぁん、そう来ましたか。ならば、アルウちゃん」

ジュパンニはアルウになにやら耳打ちをする。アルウは「わかった、そうする」と納得《なっとく》顔になる。

「アルウは奴隷です」

「そ、そうだ。お前は俺の奴隷だ。それがわかったのなら、この苦い薬を飲む必要はなくなったな。よし、これはいつか重篤な病に罹《かか》った時のためにとっておこう。さあ、ジュパンニ、部屋を出ていけ。もう俺が戻ったからには看病は必要ない」

「それはできませんね」

「なんだと？」

「アルウちゃんはいまお勉強中なんです」

「人間語、勉強してるの。わたしは、読み書きできないから」

異世界には沢山《たくさん》の種族が生きている。それぞれが知性を持ち、文化を持っている。

人間族、荒野《こうや》族、ドワーフ族、エルフ族、獣《けもの》族、獣人《じゅうじん》族、狼《おおかみ》族、猫《ねこ》族、魚人族——とにかくいろいろな種がいるようだ。そういう種族たちはその種族間で共通言語を利用することが多い。

別の種族と関わりを持つ者だけが、ほかの言語を学ぶ機会を得る。

アルウは人間族の言葉を話せるが、人間語の文字を理解することはできないようだ。

「そうだ、アルバスさんがお勉強を教えてあげたらどうですか？」

「俺が？　ふざけるなよ。誰がそんな面倒くさいことするものか」

俺が勉強を教えた場合のデメリット。なし。

俺が勉強を教えた場合のメリット。時間を奪《うば》われる。

冷徹なるクールガイである俺は、無駄《むだ》な労働も、無駄な出費も、無駄な時間も大嫌いだ。

しかし、ふと考える。人間語の読み書きができるエルフは、商品価値があがるかもしれない。

そうすればアルウは世界で一番可愛いだけでなく、賢《かしこ》くもなる。最強だ。アルウ最強。

「ええい、そんな教え方じゃだめだ、ここからは俺が教える。ジュパンニ、貴様は下がっていろ」

「はぅ、アルバスさんがどこまでも娘のために尽くすパパのように……邪魔しちゃだめですね」

その晩、遅くまで俺たちは机に向かった。

「べっこう飴、食べるか？　甘《あま》くて美味しいぞ」

「アルバスと、半分こする」

「俺はいらない。好きなだけ食べろ。全部食べろ。お腹《なか》いっぱい食べろ」

アルウは笑《え》みというものを浮かべない。笑うことが苦手なのだ。

だが、黙々《もくもく》とべっこう飴を口に運ぶアルウは心なしか頬が緩《ゆる》んでいるようだった。

そろそろ灯芯《とうしん》が一本燃え尽きそうだ。寝るにはよい時間だろう。

「アルバスと、長くいっしょにいられる、嬉しい」

アルウはぎこちなく言う。表情は相変わらず硬《かた》いが、喜んでいるのはわかる。

しかして、一緒にいるだけで嬉しい……か。

単純なエルフだ。だが、これは使える習性だ。幸福度があがれば心身ともに健康となる。

不健康なエルフより、健康なエルフのほうが商品価値が高まる。

うん。となれば、ずっと一緒にいてやらねばなるまい。利益の追求のためにな。

「今日はもう寝るぞ。手を握っておいてやるから、はやく寝ろ。いっぱい寝て、元気になるんだぞ」

「けほけほ。わたしはすこし調子悪い、かもしれない。すごく寒気がする。アルバスがいっしょにお布団《ふとん》で眠ると温かくてよく眠れる気がする……」

「ええい、仕方ないやつめ」

アルウが弱音を吐くので、仕方なく、本当に仕方なく一緒に寝てやることにした。

まだまだ痩せていて、弱っちい娘なのだ。ぽっくり逝《い》ってしまったら、俺のこれまでの投資がパーになってしまう。だから、本当に仕方なく抱きしめてやるのだ。

やれやれ、本当に手間のかかる子だ。

幕間《まくあい》　猟犬《りようけん》のコンクルーヴェン

「この街も変わらないな」

グランホーの終地、先住の者たちが住まう陰《かげ》の街に見慣れない男がいた。

黒いマントに身を包んだ整った顔立ちの男だ。鋭《するど》い目つきは近づく者を威嚇《いかく》し、話しかけることを躊躇《ちゆうちよ》させる。首元から頬《ほほ》を通り目元に伸《の》びる刺青《いれずみ》は、彼《かれ》が魔術師《まじゆつし》のなかでも、異端《いたん》に数えられる暗い都市の教えを受けていることの証《あかし》であった。

男の名は猟犬のコンクルーヴェン。かつてこの地で師とともに研鑽《けんさん》し、いまは道を分かつ者だ。

コンクルーヴェンは鴉《からす》が鳴く魔術師の館のまえで、鎖《くさり》で封印《ふういん》された門を見上げる。

「あの人らしいな」

鎖を足場に門を乗り越《こ》え、敷地《しきち》へ侵入《しんにゆう》した。

「俺《おれ》がくれば気が付くだろうに。10年ぶりに帰ってきたのに出迎《でむか》えてくれないのか」

コンクルーヴェンは言いながらも、師に成果を見せようとわくわくしていた。

秘匿《ひとく》都市の出身者に出会い、死霊《しりよう》魔術に関する教えを受けた。

自分のいまの実力を見れば、師も見直してくれるだろう。そう思い、長旅をして故郷に戻《もど》った。

だが、ついぞ再会は叶《かな》わなかった。なぜならコンクルーヴェンは踏《ふ》み入れた怪《あや》しげな屋敷《やしき》のなかで、彼の古い師・屍《しかばね》のクリカットの遺体を発見したからだ。

コンクルーヴェンは震《ふる》える手で冷たくなった師の遺体へ手を伸ばす。

（スケルトンの3体同時使役《しえき》。第三時間魔術にたどり着いた天才が……）

遺体の指、そこに嵌《は》められていた指輪がなかった。魔術の触媒《しょくばい》であり、死に関する魔術を強化する働きのあった大変に貴重な魔術のアイテムだった。昔からクリカットが肌身離《はだみはな》さず嵌めていたのをコンクルーヴェンは覚えていた。だから、ピンときた。指輪は盗《ぬす》まれたのだと。

（この街のちんけな悪党にやられる師ではない。英雄《えいゆう》級の実力者でもなければ、後れを取ることもないはずだ。いるはずだ。この街に、我《わ》が師を殺《あや》めることのできる者が）

納得《なっとく》はした。だが、許しはしなかった。

「お疲《つか》れさまでです、我が師よ。必ずやこの猟犬のコンクルーヴェンが愚者《ぐしゃ》を狩《か》りましょう」

コンクルーヴェンは報復を決意した。

第六章　天才の死霊魔術《しりょうまじゅつ》

アルウは子供の頃《ころ》のことをよく覚えていない。

過酷《かこく》な経験のせいで記憶《きおく》が壊《こわ》れたからだ。

気が付けばすでに人間の世界で飼われていた。

妖精《ようせい》のような危《あや》うい儚《はかな》さ、ピンと立った耳、白い肌《はだ》。

エルフという種族が世界のどこかにはいて、自分はその種族の出身である。

そのことはわかっていた。だが、実際に自分とおなじエルフを見たことはなかった。

奴隷《どれい》商のもとでは、日がな一日、暗い大きな牢屋《ろうや》に閉じ込《こ》められていた。

牢屋のなかには、ほかにもたくさんの奴隷が交ざっていた。

「こいつ、エルフだ。森の耳長族だ」

ほかの奴隷たちはアルウがエルフだとわかるなり、なにかにつけて彼女《かのじょ》を虐待《ぎゃくたい》した。配られる硬《かた》くて不味《まず》いパンも奪《うば》われ、渡《わた》さないと頑《かたく》なになれば殴《なぐ》られた。

アルウはすぐに個別のちいさな牢屋に移された。

今度は奴隷商人から弄《もてあそ》ばれた。

「商品の具合は事前にたしかめておかねばならぬ」

好きに触《さわ》られた。自分がなにをされているのかよくわかっていなかったが、ただただ不快だった。

アルウはいつか森に戻《もど》れると希望を持っていた。

性的な嗜好《しこう》に使われても、暴力性の捌《は》け口にされても、人間じゃないからと尊厳を冒《おか》されても、きっと大丈夫《だいじょうぶ》だと、耐《た》えて耐えて耐え抜《ぬ》いた。

ある時、貴族がアルウを買った。貴族に飼われるのは幸運だ。

言うことさえ聞いていれば生活の質は保障される。綺麗《きれい》な屋敷《やしき》でまともな生活が待っている。

しかし、アルウのそんな淡《あわ》い希望は打ち砕《くだ》かれた。

彼女を買った貴族は一般《いっぱん》的ではなく、加虐趣味《かぎゃくしゅみ》の持ち主だったのだ。

貴族の変態的な趣向《しゅこう》はどんどん加速していき、アルウはやがて痩《や》せ細り、心身は疲弊《ひへい》しきった。

元来、アルウは希望を捨てず、いつか苦痛が終わることを信じ、生き抜くことを諦《あきら》めなかった。

しかし、人の悪意に触《ふ》れつづけ、いよいよ心が折れてしまった。

最後には彼女に飽《あ》きた貴族に捨てられた。

その頃には、はやく死にたいと思うようになっていた。

そんな時、アルバス・アーキントンが彼女の手を優《やさ》しく握《にぎ》った。

温かい人だと思った。外見は近寄りがたいが、本質は違《ちが》うものだと感じた。

アルバスと時間を過ごすうちに、自分の予感は正しかったと確信するようになった。

ずっと恐《こわ》い顔をしていて、言動も人を馬鹿《ばか》にしたり、貶《おとし》めたりするようなことばかりだが、その実、優しさに溢《あふ》れている。さんざん悪意に触れてきたアルウだからこそ、完全に理解していた。

本人のまえでこのことを言うのは恥《は》ずかしいし、言っても嫌《いや》がられてしまうため、アルウは口にすることはなくなった。それでも常々、アルバスに感謝していた。

アルウをさらに驚《おどろ》かせたのは、アルバスが伝説の魔法使《まほうつか》い族の生き残りだということであった。

アルウはおおきな尊敬の念を抱《いだ》いた。

エルフは魔法使い族と交流をもっていた伝説があった。

魔法使い族が伝えた神秘が、エルフにチャームをつくる技《わざ》を見出《みいだ》させたのだ。

自分にできる恩返しを考えた末、アルウは真心を込めてチャームを編んだ。

なんとか恩義に報《むく》いたいと思っていた。

アルウは1日を宿屋で過ごす。人気《ひとけ》のない寂《さび》れた宿屋だ。

宿泊人《しゅくはく》は常連のアルバスを除けばおらず、旅人がたまに泊《と》まっていくくらいだ。

宿屋の主人のグドもまた恐《おそ》ろしく無愛想《ぶあいそ》であるが、悪い人ではなかった。

その娘《むすめ》のジュパンニは恐ろしく愛想が良く、当然、良い人であった。

自分は恵《めぐ》まれている。恵まれすぎている。

無力で、守られるばかりで、与《あた》えられる現状への不安が募《つの》っていく。

だから、アルウはアルバスにべっこう飴《あめ》を貰《もら》った翌日、行動を起こした。

ジュパンニに料理の作り方を教えてもらうことにしたのだ。

アルウは知っていた。おいしい物を食べると心が温かくなることを。

なので、自分がおいしい料理を作って、アルバスに食べさせてあげたいと思ったのだ。

「まず大事なのはスープですよ、アルウちゃん。立派なお嫁《よめ》さんになるには温かいスープで旦那《だんな》さんの心を癒《い》やしてあげるんです。胃袋《いぶくろ》をがしっと掴《つか》めば、こっちのものです」

「おいしいスープ。お嫁さん」

アルウは気合を新たにした。

ジュパンニに教えてもらいながら、野菜を刻んだ。市場で買った新鮮《しんせん》なものだ。塩漬《しおづ》けにした豚肉《ぶたにく》も投入だ。水で塩抜《しおぬ》きしてから細切れにして入れる。

「アルバスさんのおかげで野豚のお肉たっぷりスープが作れます。本当にありがたいことです」

お肉をたくさん使えるほど食事情が豊かな宿屋は、グランホーの終地でもほかにない。

あったとしても、こんなボロ宿屋で提供されるスープに肉が入っているとは誰《だれ》も想像しない。

「これで完成です。お父さんはこれでお母さんをお嫁さんにすることを決めたんだとか」

キリっとした顔でジュパンニは握り拳《こぶし》を作る。

「できた。ジュパンニ、ありがと」

「いいんですよ。さあ、アルバスさんに持っていってあげてください」

この数日、アルバスは宿屋にいることが多い。アルウに人間語を教えると息巻いているのだ。

アルウはスープをボウルに入れて、わくわくして部屋へ向かう。

キッチンを出て、階段を上り、廊下《ろうか》をぬけて——そこで、人にぶつかった。

「ご、ごめん、なさい……」

「貴様、この俺《おれ》のマントに汚《きたな》いスープをかけてくれたな？」

ぶつかったのは眉間《みけん》にしわの寄った男だった。

頬《ほほ》がこけ、目の下に深いクマがあり、とても怪《あや》しげな風貌《ふうぼう》をしていた。

男は不快感に顔をしかめ、アルウの胸倉《むなぐら》を掴んで持ちあげた。

持ちあげられた勢いで、アルウのフードがはらりと捲《めく》れてしまう。

鮮《あざ》やかな緑の髪《かみ》、白い肌、尖《とが》った長い耳が露《あら》わになる。

男は目を丸くした。

「貴様、まさかエルフか……？」

アルウは怯《おび》えて声がでなかった。動くこともできない。下手に暴れれば逆上されかねない。

「ならば、儀式《ぎしき》の触媒《しょくばい》にちょうどいい……か」

ぶつくさとつぶやき、男は思案げな顔になり、アルウを舐《な》め回すような視線で観察した。

「おい、うちの子になにしてる？」

威圧《いあつ》的な声とともに、怪しげな男の背後から恐ろしい顔をした男が現れた。

◆　◆　◆　◆

アルウはとても賢《かしこ》い子だ。

この2週間、つきっきりで人間語を教えているが、すでに新しい単語を100個も覚えた。

天才的だ。ＩＱ150は下回らない。測ったわけじゃないがわかる。間違《まちが》いない。

ちなみに、ここしばらく冒険者《ぼうけんしゃ》ギルドで仕事をしていない。

もっとも総合的にみれば俺がアルウに人間語を教えるのは経済活動だ。仕事と言ってもいい。

なぜなら、こうしてアルウのスペックがあがることで、商品価値があがるからだ。

「アルバス、今日のお昼、わたしがつくる」

「なに？　アルウが飯をつくるだと？」

「うん……つくる」

「だめだ、だめだ。飯をつくるということは包丁を使うということだろう。もし指でも切ったらどうするつもりだ。お前は大事な商品なんだ。いいからベッドでお昼寝《ひるね》でもして、ゆっくりしていろ。全部、俺がやってやる」

「わたしも、役に立ちたい」

アルウの瞳《ひとみ》には確固たる意志が宿っていた。

その眼《め》で見つめられると、俺はもう「ダメ」と言えなくなってしまった。

「ふん、そうか。ならやってみせろ。だが、俺は味にはうるさいぞ。まずい飯をつくれば、容赦《ようしゃ》なく窓から投げ捨ててやるからな。覚悟《かくご》しておけよ」

アルウは表情を明るくして、タッタッタッと部屋を出ていった。

アルウの手料理を期待しながら、昨日さぼった日記をつけておくか、と思いノートをとりだす。

異世界に転生して早いもので2カ月が経《た》った。

この未知の体験を俺は日記というカタチで記録している。

人類史を見渡《みわた》してもこんな非現実的な体験したやつは他にいないと思っているからだ。

なので俺には使命感がある。この驚異《きょうい》的な記録を後世に残すべきという使命感が。

例えば、ある日のページには『アルウがすやすや昼寝をしていた』とある。

また、ある日のページには『アルウの寝癖《ねぐせ》が可愛《かわい》かった』とある。

一昨日のページには『アルウはペンの使い方が世界一上手』とある。

今日の日記に『アルウがご飯をつくってくれる。世界一美味しかった』とつづっておく。

なお前世は日記をつけたことはなかった。異世界転生してからなぜか日記の習慣が俺のなかに芽生えはじめた。いきなり書きたくなった。不思議なものだ。

「ん？　部屋の外で物音がするな」

気になってペンを手にしたまま廊下にでた。アルウが謎《なぞ》の男に胸倉をつかまれていた。

ペンを男の首筋へ突《つ》き刺《さ》したい衝動《しょうどう》を抑《おさ》え、肩《かた》をひいてこちらを向かせた。

「おい、うちの子になにしてる？」

「ああ？　なにか文句でも――うぉエ⁉　な、なんだ、この殺し屋みたいな顔のやつは……っ」

怪しげな男はアルウを降ろし、すぐに離《はな》れた。

「このエルフは俺の大事な財産だ。勝手に触るな。死にたくなければな」

「俺は、魔術師《まじゅつし》、猟犬《りょうけん》のコンクルーヴェンだ、手を出せば必ず後悔《こうかい》することになるぞ、殺し屋！」

男は凄《すご》んで威嚇《いかく》してくる。

「いや、殺し屋じゃないが」

毎度毎度、みんな殺人鬼《さつじんき》だの殺し屋だの好き勝手いいやがって。

魔術師とな。珍《めずら》しい者が宿泊している。

「違うのか……ふん、ならいい。同居人のよしみだ。そのエルフの愚行《ぐこう》、今回は見逃《みのが》してやる」

「見逃すのは俺のほうだ。うちの子の胸倉つかみやがって。本当なら血祭りにあげてるところだ」

「う、うるさい、そもそも被害者《ひがいしゃ》は俺だぞ」

どうにもアルウがスープをマントにひっかけてしまったらしい。

「だからどうした。うちの子が悪いって言うのか？　あぁん？　マントなんて洗えばいいだろうが。

うだうだ言ってるとぶっ殺すぞ」

「なんだこのヤバい親は……モンペか、モンペなのか？　関《かか》わらない方がいいな……」

怪しげな男は戦々恐々《きょうきょう》した顔で階段を下りていった。

「根性《こんじょう》のない男め。なにが魔術師だ。１日17時間労働７年続けて鍛《きた》え直してこい」

「アルバス……ごめん、わたし失敗した」

「いいんだ。全部あいつが悪い」

「でも、スープが……」

「ここは俺が片付ける。だから、またスープをお皿に注《つ》いでくれ。腹が減って仕方がないんだ」

「いっしょにお掃除《そうじ》する」

やはり、アルウは優しい子だ。俺がやると言っているのに。

モップを借りてきて、アルウとふたりで掃除をした。ふたりでやれば倍早かった。

注いでくれたスープは格別の味わいだった。塩漬け肉はそのまま食べるとやや塩気がキツイが、こうしてスープの具材として採用すれば弱点を潰《つぶ》しつつ、スープに味付けができる。

「アルウには料理の才能があるな」

「そんなこと、ないよ。ジュパンニがやっていたのをマネしたの」

「いいや、ある。お前は最高だ」

「そんなことないよ」

「魔法使い族の俺が言うんだから間違いない。ほら、飲んでみろ。美味《おい》しいだろう？」

可愛くて、賢くて、料理上手。そして可愛い。

速報。アルウの商品価値の上昇《じょうしょう》が止まらない。

◆　◆　◆　◆

幼き日、コンクルーヴェンはグランホーの終地で、路地裏のゴミを漁《あさ》って生活していた。狭《せま》く陰湿《いんしつ》な世界が彼《かれ》のすべてだった。

体力に恵まれず、親に恵まれず、常にどん底を舐める人生だった。

ある時、魔術師の気まぐれで拾われ、そこで彼の小間使いをしながら魔術を学んだ。

屍《しかばね》のクリカットは偉大《いだい》なる魔法使い族が遺《のこ》したという『死霊の魔法《まほう》』の再現を目指していた。

「我《わ》が師、あなたは臆病《おくびょう》だ。従来の手法では、とうてい魔法に至ることなどできるはずもない」

魔術において天才的な実力を持っていたコンクルーヴェンは、非才の師を嘆《なげ》いた。彼のもとではこれ以上望めないと思い、違う道を歩きはじめ、次第《しだい》にふたりは衝突《しょうとつ》するようになった。

ある夜、コンクルーヴェンは魔術師の館から貴重な『死霊の魔導《まどう》書』を盗《ぬす》み出した。

「コンクルーヴェン、驕《おご》ったか！　貴様のような若造ではまだまだ魔術の深奥《しんおう》は理解できん！　いいからその魔導書をかえせ！」

「それはできない。これは私が持つにふさわしい」

ふたりは盛大《せいだい》な喧嘩《けんか》別れをし、結局、『死霊の魔導書』はコンクルーヴェンが持ち去った。

コンクルーヴェンは源流に答えを求めた。死霊魔術が生まれた秘匿《ひとく》都市を探した。

長い年月の後、ついにかの地の出身である魔術師を見つけ、源流からの教えを受けた。

そうして、新しい師のもとで死霊魔術に関する知見を高め、10年もの月日を掛《か》けて、いよいよ求めた理論をカタチにする手筈《てはず》を整えたのだ。

その名も『霊脈法死霊召喚術《しょうかん》』。古い魔術理論から着想を得た画期的な手法である。

（星巡《ほしめぐ》りの地を流れる大河のごとき魔力の奔流《ほんりゅう》――『霊脈』を利用し、魔術師個人では再現不可能な大魔術を行使する。この方法が魔法使いの技《わざ》に近づく唯一《ゆいいつ》の手段だと結論づけた）

準備を入念にし、触媒にこだわり、儀式場の選定にも時間をかけた。

コンクルーヴェンはグランホーの終地の霊園《れいえん》にやってきた。

「ここの霊園は、古い戦争の戦死者が眠《ねむ》る集団墓地だ。ここにあるカタコンベが死霊魔術において最高のロケーションなはずだ」

コンクルーヴェンは興奮しながら、カタコンベに降り、石灰《せっかい》で巨大《きょだい》な魔法陣《じん》を描《えが》いた。

「いにしえの英雄《えいゆう》たちの室、地下に建設された密閉空間、満ちる魔力、死の臭気《しゅうき》。夜と大地の狭間《はざま》、冷たい声が聞こえる。あぁいいぞ、完璧《かんぺき》だ、すべてがそろっている、最高の状況《じょうきょう》だ」

『死霊の魔導書』と最後の触媒を魔法陣の真ん中に設置する。

布に包まれた触媒は、黒く湿《しめ》ったなめくじだった。うねり、顔をもたげる。

（黒いなめくじは秘匿都市と関係がある。魔法使い族によって討《う》ち取られた『暗黒の王』。これはその砕け散った肉体であり、眷属《けんぞく》であるとされる。魔法のチカラが宿っている）

「最後の仕掛《しか》けは暗黒の王の眷属、そして魔法使い族の魔導書。これで完璧。これ以上はない。考えうる限りのベストが整った……我が師よ、ご覧ください、これが私の見せる最大の魔術です」

カタコンベ、霊脈、魔法使い族の魔導書、暗黒の王の眷属。

コンクルーヴェンは自分が人類史上最大の死霊魔術に達する予感を得ていた。

「ああ、楽しみだなぁ。はやく召喚して使役《しえき》したい。だけど、まだはやまるな。今の状態でも最高だが、俺は本当に運がいい」

カタコンベを出ると、外は日が落ち、夜が勢いを増していた。

「時間も良い。星も位置、輝《かがや》き、ともに申し分ない。俺の儀式なら確実に『桜ト血の騎士《きし》隊』を打ち倒《たお》せるだろう」

コンクルーヴェンは師の仇《かたき》を、現在グランホーの終地に滞在《たいざい》している『桜ト血の騎士隊』だと考えていた。ほかに屍のクリカットに匹敵《ひってき》しうる実力者の候補がいないため、必然的にそうなった。

「スケルトン・ドッグどもよ、入り口を固めておけ。すぐに戻る」

コンクルーヴェンは使役するアンデッドにカタコンベの入り口を守らせ、彼は霊園をあとにし、へそ曲がりの宿屋へと戻った。数日前にスープを掛けられたエルフを攫《さら》うためだ。

「エルフは指数3の種族。魔術的にも感情的にも、儀式の生贄《いけにえ》はあのエルフしか考えられん」

コンクルーヴェンはここ数日、観察を続けた。

今の時間、彼の標的のエルフはキッチンで夕餉《ゆうげ》をこしらえ、アルバスとかいう強面《こわもて》の宿泊人はクエストで長いこと留守にすることを知っていた。この時間ならまだ帰ってきていないことも。

宿屋のキッチンをのぞくと、ジュパンニとアルウが作業していた。

「コンクルーヴェンさん、いま夕ご飯作っていますから、ちょっと待っててくださいね」

ジュパンニは笑顔《えがお》で応じた。愛嬌《あいきょう》のあるいい娘だ。こんな幼馴染《おさななじみ》が欲《ほ》しかったと、凄惨《せいさん》な少年時代を過ごしたコンクルーヴェンは遠い目をする。

「あっ……嫌な人……」

アルウはぼそっと言う。コンクルーヴェンは眉《まゆ》をひくつかせる。

「だれが嫌な人だ。目を合わすたびに腹の立つエルフだな」

「きゃっ！　ちょっと、なにをするんですか。アルウちゃんに乱暴なことしないでください！」

「うるさいぞ娘、邪魔《じゃま》をするな。俺は猟犬のコンクルーヴェンだぞ。怪我《けが》はしたくないだろう」

「怪我くらいなんですか、アルウちゃんに酷《ひど》いことしないでください‼」

「ごめんなさい、わたしが悪かった、ごめんなさい」

懸命《けんめい》にアルウをかばうジュパンニ。嫌な記憶が蘇《よみがえ》ってきて、ひたすら謝《あやま》るアルウ。

コンクルーヴェンはジュパンニの頬を平手打ちして、キッチンに張り倒《たお》した。

「やれやれ手間取らせやがって。行くぞ、エルフ。お前のために最高の儀式を用意したのだ」

「いや……やだ、ジュパンニ、起きて、ジュパンニっ」

骨ばった手が細い首を締《し》めあげる。

アルウは手足をパタパタ動かして抵抗《ていこう》するが、間もなく意識を失ってしまった。

「俺はピーピー喚《わめ》く女が嫌《きら》いなんだ」

「待てぇ、貴様、一体なにをしておるんじゃ」

キッチンの入り口。宿の主人グド・ボランニが立っていた。

愛想のない顔をさらに険しく歪《ゆが》めて、鬼《おに》のような形相をしている。

「だから騒《さわ》ぐ女は嫌いなんだ。仕事が増えやがる。見られるつもりはなかったのだがな」

「わしの娘によくも……っ、今すぐにその子を離せ。今すぐだ」

「聞かなかったら？」

「力ずくでわからせる」

グドは拳を握り締める。

「これだから、低能は。お前ごときで、この俺がどうにかできると思っているのか」

「舐めるんじゃない、わしはこれでも元騎士じゃ。貴様のような細い男ごとき――」

「スケルトン・ドッグ、喰《く》い散らかせ」

黒いマントの背後、骨格だけの獣《けもの》が飛びだした。

グドの顔は青ざめ、とっさに顔を守る。

「ええい、クソ!!　怪物《かいぶつ》使いか……!!　うちにはろくでもない奴《やつ》しか泊まらんのう!!」

コンクルーヴェンは第三時間の死霊魔術を修めた優《すぐ》れた魔術師だ。

スケルトン・ドッグを3匹《ひき》同時に操《あやつ》ることができる。

2匹はカタコンベの入り口を守らせるために張り付け、1匹は連れてきていたのである。

「ぐあぁぁあ!!」

グドがスケルトン・ドッグに押《お》し倒されている間に、コンクルーヴェンはさっさとカタコンベへ戻ることにした。

「さあ、来たれ、混沌《こんとん》よ。我が魔導の本領、見せてやるぞ」

◆　◆　◆　◆

今日もクエスト頑張《がんば》った。お仕事頑張った。いつもの『野豚狩《が》り』だけど。

冒険者ギルドに帰還《きかん》して豚をまるごとポンッと差しだす。

「ひぇぇえ、殺人鬼さんそんな豪快《ごうかい》な持ち方。流石《さすが》、死体の持ち運びには慣れていますね‼」

いつもの受付嬢《うけつけじょう》のびっくり顔を見ると、不思議と安心するようになってきた。

なんというのか、平穏《へいおん》な日常を感じるのである。

「お前の顔を見てると安心するよ」

「それはまさか告白ですか？　アルバスさん、顔は悪くないですけど、いや、悪いんですけど、あんまりタイプじゃないんです。それに殺人鬼はちょっと……ごめんなさい」

勝手に振《ふ》られていた。なんやこいつ。

「おお、殺人鬼よお、お前どうやら腕《うで》っぷしがすごいんだってえ？」

声のする方に顔を向けると、なんか集まってきていた。粗暴《そぼう》な男どもがにじり寄ってくる。

「冒険者登録からたったの1カ月でもう狼等級《ウルフランク》らしいじゃあねえか」

「なにかインチキしてんだろぉ‼」

「腕相撲《うでずもう》で勝負じゃい！」

そこは喧嘩じゃないんだな。

「そこは喧嘩じゃないんだなって顔しやがって。喧嘩したら殺されるだろうが‼」

「そんな凄んで敗北宣言されても困るんだが」

「いいから腕相撲で勝負だ。まあ、恐いって言うのなら逃《に》げてもいいがな」

「安い挑発《ちょうはつ》だな。そんなものに乗るとでも？」

「アルバスさんはこう見えてクールガイを自称《じしょう》してるんですよ？　受付嬢の私にはわかります、彼はそんな安い挑発は受けません！」

「こっちの机でいいな。かかってこい雑魚《ざこ》ども」

「いや、受けてる⁉」

もちろん、ここで勝負を回避《かいひ》することはできる。クールガイの俺ならな。

だが、考えてもみろ。このグランホーの終地の馬鹿どもに舐められたら面倒《めんどう》だぞ。

だから、安い挑発に乗ったように見えるこのムーヴも、思考を巡らせれば賢ムーヴなのだ。

なにより、このアルバス・アーキントン、仕掛けられた勝負を回避するほど臆病ではない！

「うがやああ‼　腕が折れるぅう‼」

たくましい冒険者を軽くひねったら肘《ひじ》関節が反対側に曲がってしまった。

「安心しろ。それくらいならすぐ治る。そんなんで労災を使えると思うな。現場じゃ指が飛んでから、初めて審議《しんぎ》がはじまる」

言いながら肘をはめ直すと、まわりの男たちが悲鳴をあげた。

「殺人鬼の野郎《やろう》、まさかあんなに力自慢《ちからじまん》だったなんて」

「今度は俺が相手だ‼　俺は故郷で村一番の力自慢とうたわれていた漢《おとこ》‼　――うぎゃあ‼」

二人目、撃破《げきは》。今度は巨漢《きょかん》が俺の対面の席に腰《こし》をおろす。

「グランホー一の巨漢である『ミスター巨漢』と殺人鬼の一騎打《いっきう》ちだ！」

ミスター巨漢。

「ほら賭《か》けた賭けた‼」

「殺人鬼に300シルク！」

「ミスター巨漢に400シルクだ‼」

手を握り、勝負開始。ミスター巨漢は俺の腕をぶち折る勢いで体重をかけてくる。

だが、まるで重さを感じない。か弱い女の子とやっているかのようだ。

「ば、ばかな、動かねえ⁉」

顔を真っ赤にして踏《ふ》ん張る彼へ、無慈悲《むじひ》にゆっくりと引導を渡した。

「はぁ、はあ、つ、つええ」

「殺人鬼の野郎、魔力に目覚めてるんじゃねえか？」

「ああ、絶対にそうだな。そうに違いねえ」

「すげえな、魔力に目覚めるなんて。流石は俺たちの殺人鬼だぜ！」

訳がわからないが、その魔力に目覚めるとかいう現象をもっと詳《くわ》しく教えてくれ。

「ちいせえ体のくせにとんでもねえ馬鹿力を持っているやつがいたり、とんでもなくデカいモンスターの首を両断しちまうような英雄の話を聞くだろう？　そういうやつらは体内にある魔力をパワーに変換《へんかん》する方法を会得《えとく》してるって話なんだ」

「なんかの拍子《ひょうし》に魔力に目覚めて、とんでもない力自慢が誕生するって話は聞いたことがあったが、まさか本物を目の前で見られるなんてな。殺人鬼、これでまた人殺しが捗《はかど》るな‼」

とのこと。魔力に目覚める。興味深い現象だ。

さらに詳しく聞くと、英雄と呼ばれるまでに己《おのれ》の肉体を練り上げた戦士は、修行《しゅぎょう》や死線を越《こ》える過程で、その魔力で肉体を強化する方法をだんだんと会得していくものらしい。

まあ、俺のは魔力に目覚めているわけでもなんでもないのだが。

これは魔法だ。普通《ふつう》に魔法だ。

手紙の主が俺に与えてくれたもので『怪腕《かいわん》の魔法』という。

その名の通り、怪物のような恐るべき腕力を一時的に手に入れる魔法である。

この魔法の符号《ふごう》はただチカラを込めるだけだ。なので咄嗟《とっさ》に発動できる利点がある。

使用する強度に応じて、歪み時間を消費する。分単位でだ。

まあ、これに関しては『怪腕の魔法』に限った話ではないが。

「緊急《きんきゅう》事態ですよ、皆《みな》さん！　墓地で大変なことが起こってます！」

盛り上がる腕相撲大会を受付嬢の大声が切り裂《さ》いた。

何事かと聞いてみれば、霊園のほうでアンデッドが発生しているらしい。

「大量のアンデッドだと⁉　それも霊園って……街のなかじゃねえか‼」

「いくぞてめえら、グランホーの終地の意地を見せてやろうぜ」

「うおおおおお！」

気合入ってるな。地元愛の強いヤンキーみたいなノリだ。

「殺人鬼もくるよな？」

「いや、俺はいかん」

「え？」

「家に帰らないといけない。これだけ人数がいればどうとでもなるだろ。それじゃあな」

アルウが待ってるんだ。いつもなるべくはやく帰るように言われているのだ。

冒険者たちの制止の声をふりきって、へそ曲がりの宿に戻ってきた。

「う、ぅぅ」

苦しそうなうめき声が聞こえてきた。受付カウンターの奥《おく》からだ。

「ぜはぁ、ぜはぁ、ぜはぁ……」

「なにしてんだ、無愛想じじい。苦しそうな顔してるな」

カウンターの向こう側でグドが荒《あら》く息をついていた。

床《ゆか》は血で汚《よご》れ、足元には白い骨のようなものが散らばっている。

「殺人鬼か、やっと帰ったんじゃな……ぜはあ、ぜはぁ」

「クエストが終わったからな。で、あんたはなにしてんだよ」

「いま、このけつ穴くそったれアンデッドを叩《たた》き砕いたところじゃ……ぜはぁ、ぜはぁ」

「どうして宿屋にアンデッドがいる」

「二階の隅《すみ》の部屋、変な男が泊まっておったじゃろ」

「いたな」

アルウにスープ掛けられてクレーム入れてきたやつだ。

「あいつ怪物使いだったんじゃ。わしの可愛いジュパンニを殴り、エルフを攫っていきおった」

「……なん、だと？」

どうやら死にてえ野郎が現れたみたいだ。

グドが言うには、怪しげなあの男が夕食をつくるふたりを襲《おそ》ったらしい。

ジュパンニは殴られ、アルウは攫われた。助けようとしたグドはアンデッドに押し倒されたが、抵抗し、いましがた塩漬け肉の壺《つぼ》フタの重石《おもし》で叩き殺したところだと言う。

「わしがあと20歳《さい》若ければ、あんな若造に好きにはさせんかったのじゃが」

「死にそうか。治癒霊薬《ちゆれいやく》はいるか。必要なら知り合いの錬金術《れんきんじゅつ》師を呼ぶが」

「余計な心配をするんじゃない。わしは大丈夫だ。たいした傷じゃない。それよりもおぬし、やつを追ったほうがいいんじゃないか。儀式だとか、生贄だとか言っておった。嫌な予感がする」

「わかった、そうする。帰ってきてくたばってても恨《うら》むなよ」

「誰にものを言っておるんじゃ。わしはこれでも『鬼のボランニ』とうたわれた男じゃぞ、簡単にくたばる器《うつわ》じゃあない。……場所は、わかるのか？」

「ああ、ちょうどいま騒がしい場所を知ってる」

冒険者ギルドで聞いた霊園でアンデッドが大量発生しているとかいう話。

グドを襲ったのはアンデッドを使役する男。

タイミングがよすぎる。ふたつの事件は無関係とは思えない。

「わしの剣《けん》だ。もっていけ」

古めかしいがよく手入れされた良質の騎士剣。

刃渡《はわた》り90㎝ほど。度重《たびかさ》なる研磨《けんま》で刃《は》が薄《うす》くなっているが、まだ使える。

「貰っておいてやる、じじい」

「馬鹿め、終わったら返すんじゃよ」

ありがたく拝借し、宿屋をあとにして霊園にやってきた。屍のクリカットの屋敷へ行った時に通った道なので、迷わずにまっすぐに向かうことができた。

集団墓地はアンデッドの発生を危惧《きぐ》して、そのまわりを背の高い壁《かべ》で囲うのが異世界での常らしく、グランホーの終地の霊園もまた有事に備えて、四方を堅壁《けんぺき》に囲われていた。

霊園正門へやってくると、柄《がら》の悪い冒険者たちが横たわっていた。

「やばすぎる、何匹いるんだ、これ……」

「どうなってんだよ、こりゃあ」

「街が滅《ほろ》ぶぞ」

「こんな軍団、俺たちにどうしろってんだ」

「地獄《じごく》の門が開いたにちがいねえ」

みんな弱音を吐《は》いて、戦意喪失《そうしつ》しているようだ。

「なにしてんだ。中にアンデッドがいるんだろう、お前ら戦えよ」

「「殺人鬼‼」」

冒険者たちがガバっと起き上がり、こちらに詰《つ》め寄ってきた。

「や、やばいことが起きてる‼　この先にとんでもない数のモンスターがいるんだ‼」

「いま交代で墓地正門を守ってるところだが、とにかく数がやばい。すぐに対処できなくなる‼」

正門の向こうから冒険者たちの戦う音が聞こえてくる。

刃のぶつかり合う音に、男たちの雄叫《おたけ》び、悲鳴と粉砕《ふんさい》音も。

いざ墓地のなかへ入ると、なるほど、視界いっぱいのスケルトンの群れがいるではないか。

冒険者は棍棒《こんぼう》を力いっぱいに振り回し、スケルトンを砕こうとする。

スケルトンは手にする錆《さ》びた剣で棍棒を受け止める。両者は鍔《つば》迫《ぜ》り合い、にらみ合う。

見たところ一般的な冒険者たちは、スケルトンの討伐《とうばつ》に苦労しているようだ。

「スケルトンって意外に強いのか」

つい、そんな言葉が漏《も》れた。

「意外？　いやいやいや、スケルトンは魔法の怪物だぜ？　肉も血もねえのに生前と同じ膂力《りょりょく》をもってる。身体《からだ》が軽い分、速さもある。ギルドが戦闘《せんとう》能力15指定してる危険なモンスターだろが」

聞くところによると、冒険者ギルドが各々《おのおの》モンスターに設定する討伐難易度を示す戦闘能力指数において、スケルトンは危険なモンスターだという。

ちなみにゴブリンは戦闘能力5。オークは戦闘能力13である。

レバル村近郊《きんこう》でのモンスター討伐において、オークは数人の村人で対処するほどの際立《きわだ》った戦闘能力を見せた。そのオークより強いとなると……スケルトン、格のある怪物だったのか。

純粋《じゅんすい》な生物と魔力の恩恵《おんけい》を受けてる怪物には格差があるようだ。

たしかにすごい数だ。１００匹はくだらないかもしれない。

グドが言っていたが、相手はアンデッドを操るらしい。アンデッドを操ると言えば、おもいだされるのは屍のクリカットだ。あいつはスケルトンを3体ほど意のままにしていた。

スケールはまるで違うが、同じアンデッドの支配者。なにか関係があるのだろうか。

思いながら正門を乗り越え、いざ霊園のなかに降り立つ。

「殺人鬼、応援《おうえん》に来てくれたのか‼」

「殺人鬼、スケルトンがそっち行ったぞ‼」

さっそく斬《き》りかかってくるスケルトン。

グドにもらった剣を素早《すばや》く抜き放ち、脊髄《せきずい》を叩き斬り、頭蓋骨《ずがいこつ》を落とす。

スケルトンは糸が切れた人形のように動かなくなった。

「まじかよ⁉」

「手際《てぎわ》がよすぎる」

「なんつー腕力、いや技術か？」

「鮮やかだ。背骨と背骨の間に正確に剣を通しやがった。だから、無駄《むだ》な抵抗がなかったんだ」

戦うほど、他者からの評価を得るほどに自覚する。

どうにも俺はすこし――いや、頭ひとつ抜けた強さを持っているようだな。

「うおおおお！」

おや、あれはミスター巨漢ではないか。

流石はミスター巨漢だ。身の丈《たけ》もある大剣を元気に振りまわして、スケルトンを叩き潰している。

金属の塊《かたまり》を振りまわすのは相当に筋力もスタミナも必要だろうに。

いや、よく見れば汗《あせ》だくで、呼吸は途切《とぎ》れ途切れ、いまにも倒れそうか。

「殺人鬼か、来てくれたか。助かる、この場をすこし頼《たの》めるか？　休憩《きゅうけい》させてくれ……‼」

「いいだろう。ただし、その剣、ちょっと借りるぞ」

骨々しいやつらは粉砕するほうが相性《あいしょう》は良い。

もちろん直剣でも倒せないことはないが、いつでも背骨の関節を狙《ねら》って切れるわけじゃない。

ミスター巨漢と物々交換《ぶつぶつこうかん》する。グドからもらった騎士剣と大剣のトレードだ。

俺は大剣を片手で構え、ホームラン宣言のごとくピンっとアンデッドの群れを指し示す。

良い重さだ。ズシンっとしっかり手に馴染《なじ》む感じがある。

「あの馬鹿みたいにデカい大剣を軽々と……」

「俺の斬馬刀《ざんばとう》をあんな風にもてるやつがいるなんてな。なんて腕力だよ、殺人鬼の野郎」

「ありゃ、やっぱり魔力に目覚めてるな」

俺は斬馬刀でスケルトンをぶった斬る。骨の怪物は鮮やかに切断されるというよりは、砕け散るようにして夜の霊園に飛散し、その不浄《ふじょう》な命を終わらせた。

いいぞこれ。気に入った。

◆　◆　◆　◆

スケルトンを倒しながら進み、ようやっと殲滅《せんめつ》し終える頃、『歪みの時計』が2時間ばかり進み、長針は5時を示していた。最近は節約を心がけていたので、まだ余力はある。

ただ、まあ、100mくらい後ろに冒険者たちがいた気がするので、明らかに魔法現象とわかってしまうような技を使うつもりはない。身バレは避《さ》けなければならない。

『怪腕の魔法』はパッと見では魔法とは思えない。その点でこの魔法は利便性に優れる。

「スケルトンたちが守っていたのが、この地下入り口ってことは、ここに魔術師がいるってことか」

屍のクリカットとかいうやつより、ずっと派手な魔術を使ってくるやつだ。

世の中には凄い魔術師もいるってことだろうか。すこし魔術への評価が変わった。

カタコンベ——地下墓——に足を踏み入れる。

壁に埋《う》まった死体にいきなり腕を掴まれた。ぶん殴ると、スケルトンの頭蓋骨が砕けた。

『怪腕の魔法』では筋力に伴《ともな》って、皮膚《ひふ》や骨など、肉体的な強度もあがるので、硬い物をぶん殴っても拳が痛くない。素晴《すば》らしいとは思わんかね。

カタコンベを最下層まで下り切ると、広い空間にたどり着いた。

広い空間で、３６０度どこを見ても、壁に穴が掘《ほ》られており、棺《ひつぎ》が納められている。

円形の広場、その中央には怪しげな魔法陣が描かれている。線上にはろうそくが立てられ、魔法陣内《じんない》の随所《ずいしょ》には、儀式的な意味合いのありそうな物品が秩序《ちつじょ》を感じさせる配列で置かれている。

魔法陣のそばに首謀《しゅぼう》者らしき者を発見した。

宿屋でアルウに絡《から》んでいた輩《やから》だ。グドとジュパンニを襲い、アルウを攫った張本人だ。

あいつがアンデッドたちを使役する魔術師だ。つまり殺害対象。

「うちのアルウを返してもらう。あと、お前に死んでもらう」

男はビクッとしてこちらへ向き直った。

「なんだと‼　どうやってここに来た‼　外にはスケルトンたちを１００匹は解《と》き放ったはずだ！」

「徒歩で来た」

「馬鹿にしてるのか⁉」

男は癇癪《かんしゃく》を起こしたように頭を掻《か》きむしった。こちらを見て、俺が大剣を持っていることを認めると「まさか、本当に徒歩で来たのか……？」とすこしずつ冷静になっていく。

魔法陣の真ん中でぐったりしているアルウのもとへ歩いて近づき、ちいさな身体を抱《だ》き起こす。

身体が弱いというのに、こんな不衛生な場所に直《じか》に寝《ね》かせやがって。万死《ばんし》に値《あたい》する。

「俺のエルフに触るな、スケルトン・ドッグよ、やれい‼」

わんころが3匹向かってくる。1匹を斬馬刀で叩き潰し、1匹を前蹴《げ》りで粉砕、1匹は首筋に噛《か》みついてきたので、手で引き剥《は》がして逆に首骨をへし折って黙《だま》らせた。

「馬鹿な⁉ なんだ、そのパワーは……まさか、貴様、英雄クラスの使い手だったとでも⁉」

「アルウ、大丈夫か。おうちに帰るぞ」

「もしかして……お前なのか？ 我が師、屍のクリカットを殺《あや》めたのか？」

「ん？ 我が師？ クリカット？ こいつアンデッドを操る類似点《るいじ》があるとは思ってたが。

「どうりでスケルトンを操る悪趣味な魔術を使うわけだ。師弟《してい》関係だったか」

「やはり、そうなんだな。あぁ、なんという星巡り。これはまさしく運命だ。夜空に浮かぶ星の導きが俺とお前を、今日、この場所で出会わせた。まさか同じ宿で2週間余り同居していたとはな」

男は血走った眼を見開いて、眼球がこぼれ落ちそうなほどに凝視《ぎょうし》してくる。

「で、師匠《ししょう》の仇でも取るつもりか」

「ああ、もちろんだ‼」

「お前には荷が重たいように思えるが」

「この猟犬のコンクルーヴェンは魔術の探求者だ。その最高傑作《けっさく》はすでに召喚してある……よかった、本当によかった。確かにお前は強い。英雄の段階にいる。俺の手には負えないかもしれない。だが、こいつもまた私の手には負えないとんでもないバケモノでな、この場にお前の方からノコノコ現れてくれて本当によかった‼」

ピチャピチャ。コンクルーヴェンの足元を見やると血溜《ちだ》まりができていた。

よく見ればコンクルーヴェンのマントには穴が開いており、深い傷が脇腹《わきばら》をえぐっていた。

「いやなに、召喚儀式は上手《うま》く行ってたんだ。ただ、すこし計算違いが起こってな。その計算違いを修正することはできなかった。もっとも、する必要はないのだ。暴走召喚に陥《おちい》ろうとも、それによって当初の予定より時計の針が進むのならばな」

　猟犬のコンクルーヴェンは、ガバっと勢いよく背後へ振りかえった。

「見よ、これが獄門《ごくもん》の狂犬《きょうけん》だ。やつを喰らえ、ベルセルク・ケルヴェロスッ‼」

　おぞましい咆哮《ほうこう》がカタコンベを揺《ゆ》らした。次の瞬間《しゅんかん》、コンクルーヴェンは弾《はじ》き飛ばされた。勢いよく地下墓の壁に叩きつけられ、壁面《へきめん》にべちゃっと紅《あか》いシミができる。

　血を吐き、ぴくぴくと痙攣《けいれん》し、苦悶《くもん》の声があがった。

　召喚者を軽く払《はら》い飛ばし、鮮烈《せんれつ》に現れたのは獰猛《どうもう》な怪物であった。

　屍肉《しにく》のついた巨大犬頭を３つもち、瞳には赤い輝き、体長８ｍにも及《およ》ぶ巨大な肉体を誇《ほこ》る。太い四肢《しし》は地下墓の床をしっかり踏みしめ、剥《む》き出しにされた牙《きば》からは絶え間なく涎《よだれ》がしたたる。

「ベルセルク・ケルヴェロス、か」

「あ、は、はは、きさま、は、しぬんだ、終わり、だ……あはは、は……」

　コンクルーヴェンは血溜まりの中で邪悪《じゃあく》な笑い声をあげた。

　デカく、凶悪《きょうあく》な見た目で、本当に強そうだ。確実に異世界でこれまで出会ったあらゆる生物のなかで一番強い。ひしひしと感じる。この圧力、すごい。

　こんなバケモノどうにかなるんだろうか。不安になりながら、とりあえず逃げるという選択肢《せんたくし》があるかどうか確認《かくにん》するため、後ろをチラっと振りかえる。

「ガロロォォォオオ！」

ケルヴェロスが咆哮をあげた。カタコンベの壁がひび割れ、数匹のスケルトンが転がるように出てきて、入り口に群がり、退路を塞《ふさ》ぐ。まるでここは通行禁止だ、とでも言いたげだ。

下級アンデッドを指揮する力もあるようだ。なるほど、逃がしてもらえないのか。

アルウを抱《かか》えたままでは、剣を振りまわすのは躊躇《ためら》われる。

ちょうど人もいないので魔法を使って撃退《げきたい》するとしよう。

このバケモノが第何時間の死霊魔術で呼び出された怪物なのか知らない。

俺の魔法が効果あるのかどうかもわからない。

だが、今できるのは戦うことだけだ。ならばやるしかない。

失敗すれば俺が死に、アルウも死ぬだろう。

「倒せなかったらお前の勝ちでいいぞ、犬」

「ガロロォォオオ！」

ベルセルク・ケルヴェロスが突っ込んでくる。

俺は斬馬刀を放《ほう》り捨て、両手を叩き合わせ、膝《ひざ》を折り、地面をぶっ叩いた。

パキィ……パキッパキパキ。

『銀霜《ぎんしも》の魔法』発動。空気が割れるような音がした。

周囲を白い霜が覆《おお》い尽《つ》くし、無数の氷柱《つらら》が飛び出し、ベルセルク・ケルヴェロスを貫《つらぬ》いた。

骨格を一瞬《いっしゅん》で凍結《とうけつ》させ、脆《もろ》くなった部位から、次々と崩壊《ほうかい》していく。

5秒後には氷柱に貫かれ冷凍《れいとう》保存が完了《かんりょう》した。

3つの頭は重量があったのか、自重に耐えきれなくなり、割れてコロンっと落ちた。

カタコンベの地面でクラッシュアイスのようにシャリシャリの残骸《ざんがい》となる。

魔法が効いてくれたか。安心感でホッとする。

同時に思う。やっぱり俺と、俺が使う魔法は、俺が想像しているよりもずっと強い――と。

「はぐあ⁉　はば、ば、かな……っ、あ、ありえ、ありえない……ぁりぇるわけ、暴走召喚で呼びだしたアンデッドだぞ……ッ、文献《ぶんけん》で語られる伝説の怪物なのに、なんだ、なんなんだ、その氷は、いったい第何時間の、どこでそんな魔術を……おまえは、いったい、何者、なんだッ！」

血溜まりのなか、コンクルーヴェンは顔を蒼白《そうはく》にして、畏怖《いふ》の眼差《まなざ》しで見てきた。

「俺は魔法使い。アルバス・アーキントン」

言って、黄金の懐中時計《かいちゅうどけい》『歪みの時計』を見せてやる。

それを見た瞬間、猟犬のコンクルーヴェンは目を大きく見開き、言葉を失った。

魔術体系そのものの最終目標が魔法使い族である以上、その最終目標にいるであろう魔法使い族の俺に、一介《いっかい》の魔術師が及ぶ道理はないはずだ。だから、こう言うほかない。

「相手が悪かったな」

「はっ……あぁ……」

コンクルーヴェンは力が抜けたようにうつむく。

「アルウは返してもらう。お前は……放っておいても死にそうだな」

「魔法、使い…………魔法、使い…………本物の、魔法使い……」

コンクルーヴェンは血塗《ちまみ》れの魔導書を差し出してきた。

見やれば涙《なみだ》を流して見上げていた。息絶える直前、クズは言葉を絞《しぼ》りだす。

「俺の魔術、は……我が、生涯《しょうがい》の、奥義《おうぎ》は………どう、だ、った……?」

「どうって訊《き》かれてもな」

クソと超《ちょう》がつくほどの悪党なのは間違いない。

だが、魔術師としては、純粋であり、才能に溢れていた。

年齢《ねんれい》だけ見てもな。だから、彼は師匠を越えていたのだろう。

素人《しろうと》ながらにそう思う。俺は魔法使いなので素人というのも少し違うが。

「よかったんじゃないか。あんたの師匠よりずっと凄い魔術だった」

「そ、う……か……」

猟犬のコンクルーヴェンは血と塵《ちり》のなかで、そのまま静かに息絶えた。

クソ野郎のくせに、最期《さいご》はどこか満足げな表情をしていた。

正直に褒《ほ》めなきゃよかった。

第七章　最後の魔法使《まほうつか》い

霊園《れいえん》でのアンデッド騒動《そうどう》から一夜明けた。

昨夜は冒険者《ぼうけんしゃ》たちにアルウを見られるのが嫌《いや》だったので、こっそり霊園の壁《かべ》を飛び越《こ》えて抜《ぬ》けだした。『怪腕《かいわん》の魔法《まほう》』による身体《しんたい》強化を用いれば、アルウを抱《かか》えたまま、霊園を囲う壁を乗り越えるのは難しいことじゃなかった。

アルウはカタコンベの地面に寝《ね》かされていたので汚《きたな》かった。

なので『人祓《ひとはら》いの魔法』で銭湯となった領主の屋敷《やしき》でのお湯攻《ぜ》めを行った。

どんなに嫌がろうとも、熱々の湯を全身にぶっかけ、白い泡塗《あわまみ》れになって執拗《しつよう》に身を清めてから出てこいと言った。お湯には肩《かた》まで浸《つ》かって１００秒数えるまであがってはいけないという鬼畜《きちく》のルールも課した。

かくしてお風呂《ふろ》の刑《けい》に処したアルウはホカホカになった。

幸いにして外傷はなかった。生贄《いけにえ》というからには、てっきり命を奪《うば》われているかと思ったが。

あの魔術師《まじゅつし》、猟犬《りょうけん》のコンクルーヴェンはアンデッドを支配できていなかったようだし、もしかしたら幸運が重なって、アルウの命を救ってくれたのかもしれないな。

「ん？」

懐《ふところ》をまさぐると、小石や小枝の破片《はへん》が出てきた。

これは……アルウの作ってくれた身代わりのチャーム？

素材が素材なので、丈夫《じょうぶ》ではないとは思っていたが、壊《こわ》れてしまったようだ。

アルウに申し訳ないので、このことは黙《だま》っていよう。

騒動の翌日、俺《おれ》は『死霊《しりょう》の魔法』の勉強に取り組んでいた。

猟犬のコンクルーヴェンから手に入れた魔法の魔導書《まどう》だ。

俺が『死霊の魔導書』で勉強するかたわら、アルウは人間語の学習に取り組む。

昼下がりの宿屋で、小鳥の声が聞こえるなか、時間がゆったりと流れていく。

「できた。たぶん全問正解」

アルウが小テストを終える。

「どれ見せてみろ。俺が重箱の隅《すみ》をつつくように厳しく採点してやる」

「ありがと、アルバス」

「感謝をするとは生意気な奴隷《どれい》エルフだ。この信じられないほど甘《あま》ったるいべっこう飴《あめ》を食べ終わるまで勉強は休憩《きゅうけい》、いや、禁止だ。これを舐《な》めてその口を閉じておけ！」

言って、アルウにべっこう飴を渡《わた》して黙らせる。

高級な砂糖を行商人から購入《こうにゅう》し、鍋《なべ》で煮詰《につ》めてつくったものだ。

異世界では滅多《めった》に味わえない甘味《かんみ》は、大人も子供も魅了《みりょう》する。

俺はアルウの単語テスト100問プリントを採点してやった。プリントは俺がつくったものだ。

採点が済み、アルウがべっこう飴を舐め終わるのを眺《なが》めて待っていると、「外行きたい……」と、生意気にもつぶやいた。

「外だと？　だめだだめだ。昨日、変なのに攫《さら》われたばかりだろう？」

「アルバスと、一緒《いっしょ》なら大丈夫《だいじょうぶ》」

「もしかして、俺を頼《たよ》りにしているのか？」

アルウは大事な俺の財産。変なのに危害を加えられたら、たまったものじゃない。

しかし、思えばアルウをずっと宿屋に閉じ込《こ》めっぱなしだ。

生前、子供を家に閉じ込め虐待《ぎゃくたい》する親がたびたびニュース記事にされていた。

俺はそんな虐待親になってはいないか？

ええい、俺はなにを考えている。まるでアルウに情が移ったみたいじゃないか。

やめだやめだ。虐待上等、奴隷エルフなどとことん酷《ひど》く扱《あつか》ってやれ。だから、宿屋を放《ほう》り出して
あえて危険な外の世界を味わわせるのもまた一興だ。

「いいだろう。外に出してやろう。だが、ひとつ約束だ。絶対に俺の手を離《はな》さないこと。いいな？

もし離しても遠くにはいくな？　わかったな？　絶対だぞ？」

「うん！」

「よーし、それじゃあ、テスト返却《へんきゃく》だ。奴隷にしては悪くない120点だ。外出を許可する」

「ありがと、アルバス」

アルウを連れて階段を下りて1階へ。

グドがいつもの調子で愛想《あいそ》のない目つきで一瞥《いちべつ》してくるが、アルウを見るなり目を見開いた。

「珍《めずら》しいな。エルフを外に出すのか？」

「まあな」

「わあ、アルバスさんとアルウちゃん、本物の親子みたいですね」

ジュパンニが奥《おく》から出てきた。

「ええい、うるさい、放っておけ。それよりじじい、身体《からだ》は大丈夫なのか」

「わしのことなら何の心配もいらんわい」

グドは言って、包帯の巻かれた腕《うで》を持ちあげた。見た目通り、タフなじいさんだ。

「親子、じゃない……」

アルウがぼそっとジュパンニを見て言った。

「そうでしたね、アルウちゃんはアルバスさんのお嫁《よめ》さんですものね！」

え？　そうなの？

「うん、お嫁さん」

「殺人鬼《さつじんき》、おぬしとんだ幼な妻をめとったな……」

「アホぬかすんじゃない。せいぜい親子がいいとこだろう」

俺は力なく首を振《ふ》って、宿屋の玄関扉《げんかんとびら》に手をかけようとする。

だが、手が空を掴《つか》む。ドアノブが離れていく。向こう側から引かれて開かれたようだ。

扉の向こう、まだ早朝の涼《すず》しげな空気を背負うのは若い女だ。

思わず息を呑《の》むほど可憐《かれん》な女だった。桜色の髪《かみ》をハーフアップにし、同色の瞳《ひとみ》は大きく丸い。

赤色と黒色のゴシック調のドレスは、戦闘《せんとう》仕様なのだろう、豪奢《ごうしゃ》でありながら動きを阻害《そがい》しないよう煩《わずら》わしすぎず調整されている。

なにより目についたのは彼女《かのじょ》の胸元《むなもと》だ。豊かな膨《ふく》らみのうえに、メダリオンが載《の》っている。

鷲獅子《グリフォン》の精巧《せいこう》な彫《ほ》りが施《ほどこ》された品だ。それは冒険者ギルドの高位冒険者に与《あた》えられる品だ。

「何者だ。俺の宿屋になんの用だ」

「おい、殺人鬼、わしの宿屋じゃろうが。そんな物騒《ぶっそう》な顔で勝手に代表するんじゃあない」

女は目を丸くして、パチパチとしばたたかせる。まるで幽霊《ゆうれい》でも見たように驚《おどろ》いている。

「そんな……どうして、どうして、生きているのですか……っ」

「いや、生きてちゃ悪いか」

見知らぬ女はガバっと抱《だ》き着いてきた。柔《やわ》らかい感触《かんしょく》が卑猥《ひわい》にカタチを歪《ゆが》める。

ありがとうございます。じゃない。この不審者《ふしんしゃ》を引き剥《は》がさないと。

しかし、なかなか引き剥がせない。とんでもない怪力《かいりき》だ。

「よくぞご無事で。よくぞ‼　よくぞ‼」

「ええい、離れろ、離れろ離れろ」

「嫌です、離れません、くんくんくんくん」

「なんのつもりだ、ぐぬぬぬ」

なんなんだ、この女は。いきなり抱き着いてきて離れないだと？　てか、めちゃくんくんくんしてる。

「これは本物のアルバス様の匂《にお》い。偽物《にせもの》ではない！」

匂いで本物認定《にんてい》されたようだ。

桜髪の女の後方へ視線をやる。玄関前に3人ほど同じようなドレスコーデに身を包んだ女性がいる。皆《みな》が目を丸くし、こちらを見ていた。驚きたいのはこっちだ。何者なんだ、こいつら。

「生きているのなら、どうして秘密にされていたのですか！　ひどいです、アルバス様」

謎《なぞ》の言動に耳をかたむけると、どうにも俺のことを知ってる風の口調であった。

俺のほうは女に見覚えがない。異世界転生してから会ったことも、話したこともないはずだ。

「まあ落ち着け、話をしよう。ジュパンニ、お茶を頼《たの》めるか」

騒《さわ》ぎにオロオロするジュパンニにお茶を入れてもらい、腰《こし》をすえて話をすることにした。

宿屋の奥の使われてない一室を借りて、謎の集団と面と向かって話しあう。

ソファは4人全員座《すわ》れるほど大きくないので、リーダーとサブリーダーっぽい2人が座《すわ》る。あとの2人はその後方で壁に背を預けたり、ベッドに腰かけたりしていた。

俺の隣《となり》にはアルウがちょこんっと座って、フードの隙間《すきま》から、外敵の様子を用心深くうかがっている。借りてきた猫《ねこ》のように、緊張《きんちょう》した面持《おもも》ちだ。

「アルバス様、どこから尋ねたらよいのか」

桜髪の女は沈痛《ちんつう》そうな面持ちで口を開いた。

先ほどとは打って変わってお通夜《つや》ムードなのには理由がある。

やたらと親しそうにしてくるので、ハッキリ言ったのだ。「お前たちを知らない」と。

それっきりだ。桜髪の女はひどく悲しそうな顔になった。

頼むからそんな顔しないでほしい。悪いことした気分になる。

「本当になにも覚えていないのですか？」

「申し訳なく思うが、なにひとつ覚えてない。そもそも、覚えているいないという話もよくわからない。俺とお前は初対面のはずだろう？」

「そう、ですか。そういう感じですか」

桜髪の女は思案げな顔で、胸のまえで腕を組む。

この4人がでたらめを言っているとは思っていない。

論理的な思考で考えれば、おそらくだが、この俺アルバス・アーキントンは目の前の4人の女たちに会っている。というのも、彼女たちは俺の顔を見ても恐怖《きょうふ》しないのだ。

知り合いだった可能性が高まってきている。

ここで問題になるのは、いつどこで彼女たちに会ったのかということだ。

異世界転生してからの2カ月間。彼女たちに会った記憶《きおく》はない。すべてが謎に包まれている。

「まずは、お前たちは何者なのか教えろ」

「私たちはですね――」

「説明は私が致《いた》しましょう」

口を開きかけた桜髪を制したのは、サブリーダーっぽい女性だった。

紫《むらさき》髪を背中に流した、スラっと背の高い女性で、厳格な風勢があった。凛《りん》とした雰囲気《ふんいき》からしっかり者であることがうかがえる。

「我々は冒険者パーティ『桜ト血の騎士隊《きしたい》』です。名前は聞いたことがあるかもしれません」

「桜ト血の騎士隊。受付嬢《うけつけじょう》に聞いたな。北方の貴族がなんとかって」

「その通り、我々は血の貴族アーティハイム家のもと力を授《さず》かり、こうして使命についています。こちらはアーティハイム家の分家、ベルク家次女サクラ・ベルク様です」

桜髪をハーフアップにした女は口元に手をあて、難しそうな顔をしている。

なにかに集中しているらしく、こちらを見ない。彼女がサクラ・ベルクか。

貴族家の分家ということは、彼女もお嬢様《じょうさま》ということだ。

「私はクレドリス・オーディ。サクラ様を幼少よりお守りする付き人です」

自身の胸に手をおき、紫髪の淑女《しゅくじょ》――クレドリスは言った。

「彼女はクララ・スクレピア。弓の名手です。アルバス様が育てた教え子のひとりです」

帽子《ぼうし》をかぶった女。彼女がクララか。白髪《はくはつ》に猛禽類《もうきんるい》のような黄瞳をしてる。

彼女の装束《しょうぞく》だけドレスではなく、見たところ男装のようである。色合いも暗いものだ。

ぺこっと帽子を押《お》さえながら頭をさげ「先生、ご無沙汰《ぶさた》してます」と低い声で挨拶《あいさつ》してくれた。

「そっちはトーニャです。可愛《かわい》いです。錬金術《れんきんじゅつ》の専門家です」

アルウと同じようにフード深くかぶった女。彼女がトーニャか。

桜ト血の騎士隊、平均身長が高めなパーティ内で、唯一《ゆいいつ》のミニマムサイズだ。

トーニャはフードをめくり「お久しぶりです、アーキントン先生」と、ぺこっと頭をさげてくる。

落ち着いた黒髪の間から、真っ赤な瞳がのぞいていた。

驚くべきは頭に黒い耳が生えていることだ。

「猫」

アルウが興味を示した。目をキラキラさせており、それを受けてトーニャはビクッとする。

「私は猫族の血を引く獣人《じゅうじん》です。お願いですから勝手にもふもふするのは勘弁《かんべん》してほしいです」

すっごい早口でそう言うと、フードをまた深くかぶって空気のように静かになった。

「……猫、もふもふしたい」

残念だったな、アルウ。相手が嫌がるようなことはしてはいけない。

ひと通りメンバーの紹介《しょうかい》をしてもらったが、やはり思いだすことはなにもない。

「なにも思いだすことはないと。わかりました。では、アーティハイム城で過ごした日々のことを話しましょう。私たちとあなた――アルバス様には、ともに過ごした時間がありました」

「なんだと……？」

驚愕《きょうがく》の事実が明かされようとしてる。

俺と彼女たちがともに過ごした？　アーティハイム城？

なんのことを言っているんだ。

「記憶が、完全に、ないのですよね……」

ふと、サクラがボソっとつぶやいた。

これまで顎《あご》に手を添《そ》えて難しい顔をしてたが、意を決したように頷《うなず》いた。

「私、サクラ・ベルクは実はアルバス様の嫁なのですが。そのことも忘れてしまわれたのですか？」

「はぁ……ん？」

え？　嫁？

「お嬢様……!?」

「いったいなにを言ってるんですか、隊長？」

「隊長がまた錯乱《さくらん》した」

「みんな静かにしててくれますか？　いま私とアルバス様は大事な話をしてるのですよ」

キリっとした表情でサクラは見つめてくる。

まさか俺に嫁がいたのか？　前世、彼女すらできないまま死んだ俺が結婚《けっこん》していたなんて。

「お嬢様、いったいなにをおっしゃっているのですか」

「クレーは黙っていてください。いいですか、みんな何も言わないでいいのですよ」

「いや、だからって無理がありすぎでは隊長」

桜ト血の騎士隊がなんだか奇妙《きみよう》な空気感になりはじめた。

「わたしは……アルバスのお嫁さん、なる」

隣のアルウが立ちあがり、むっとして俺を見上げてきた。はらりとフードが外れ、緑髪と長い耳が露《あら》わになる。さらに、ぴょんっと俺の膝《ひざ》のうえに乗り、ぎゅーっと抱き着いてきた。

なんだその可愛い動きは。やめろ。

「ええい、離れろ、この奴隷エルフめ、自分の立場がわかっていないようだな」

桜ト血の騎士隊がざわめきだす。

「あの心優《こころやさ》しいアルバス様が奴隷の主《あるじ》に……‼」

「以前のアルバス様なら絶対に奴隷なんて買わなかったのに」

「記憶を失って本当に悪人になった？」

「アルバス様はもともと殺人、強姦《ごうかん》、強盗《ごうとう》、放火、誘拐《ゆうかい》なんでも大好きそうな凶悪《きようあく》な人相の持ち主。奴隷を買って、醜《みにく》い欲望を日夜ぶつけているくらいがちょうどいい見た目なのはたしか……」

「こら、アルウ。そんな不安定な場所に乗るんじゃない。転げ落ちたら頭を打って痛い思いをしてしまうぞ。ええい、手のかかるやつめ、しっかり抱きとめておいてやる」

「アルバス、ぎゅー」

本当にアルウは手がかかる。まったく。本当にまったく、仕方のないやつだ。

「なんだ、全然、昔のままなのです」

「ただのツンデレでした。なにひとつ変わってないようですね」

「本当に紛《まぎ》らわしい人」

「優しさが殺人鬼の顔をしてるとは、よく言ったものです」

む？　なんだか桜ト血の騎士隊の面々に呆《あき》れられている気がする。

どうしてそんな顔されなければいかんのだ。

「とりあえず、私が嫁ということでいいですね？　ね？　ね？」

「お嬢様ちょっとこちらへ。冷静になってください」

「隊長、記憶を失ってるからって、そんな強行採決が通ると思わないほうがいいですよ」

「な、なにをするのですか。クレー、離してください！　隊長命令ですよ‼」

「聞けません。クララ、お嬢様を押さえるの手伝ってください」

「うぃ」

クレドリスとクララは、サクラこと俺の元嫁（自称《じしよう》）を掴んで連行していく。

ミニマムな騎士、トーニャは俺となんとなく視線が合い、一礼してから部屋を出ていく。

「明日出直します。今日はお嬢様が錯乱していらっしゃるようですので」

「そういうことなら構わないが」

重要な情報を握《にぎ》っていそうなので、できるだけはやく話を伺《うかが》いたいところだ。

「アルバスはわたしの……わたしのだもん」

「むっ。なんだかあのエルフちゃん、私に挑戦《ちようせん》的なような……私がお嫁さんですよ？」

連行されながら振り返ったサクラとアルウは視線を交錯《こうさく》させた。なんだ、この嫁対決は。

「あんなちいさい子になにをムキになってるんですか、お嬢様、さっ、もう行きますよ」

そうして桜ト血の騎士隊は嵐《あらし》のように去っていった。

サクラ・ベルク。あんな可憐な女性が嫁だったとは。いったい何がなんだか。

「アルバス、嬉《うれ》しそうにしてる」

「ん？　いや、別に」

「嘘《うそ》だ、すごく嬉しそう」

疑われているな。まあ、不快ということはない。あれだけ綺麗《きれい》な女性が嫁なら嬉しいだろ。

アルウはフードを深くかぶり、ぎゅーっと力いっぱい抱き着いてきた。

「ふん、軟弱《なんじやく》なことだな。好きなだけそうしてろ」

「うん……」

その後、1時間くらい動けなかった。

子猫に膝に乗られた時と同じ感覚であった。

◆　◆　◆　◆

「しかし、まさかアルバス様が生きておられたなんて」

へそ曲がりの宿をあとにしたサクラたちは、衝撃《しようげき》の再会を喜んでいた。

アンデッド騒動の時、クエストで街を離れていた彼女たちは、冒険者ギルドで「アンデッド騒動の解決者」に関する噂《うわさ》を聞きつけたのだ。そこで耳にした。アルバス・アーキントンという名を。

「アルバスなんてありふれた名前、気にしてなかったですが、まさかアルバス様本人だったとは」

「先生が死んだとは正直思ってなかった」

クララはぼそっとつぶやく。皆が「まあ、たしかに」と同意を示した。

彼女たちは具体的には最期《さいご》を見たわけではなかったのだ。ゆえに心のどこかでは、常にアルバス・アーキントンが生きている可能性が微《び》レ存《そん》していたのである。

「しかし、お嬢様、あのエルフを見ましたか」

「え？　あぁ、奴隷の子ですね。まったくけしからんです。アルバス様にお世話してもらえる羨《うらや》ましいポジションにいるなんて！　さぞ幸せなのでしょうね！」

「いえ、そうではなくて。緑髪のエルフ、でしたよね」

「え？　あぁ……言われてみれば」

サクラはハッとする。クレドリスは神妙《しんみょう》な面持ちだった。

「白神樹の騎士たちが捜索《そうさく》していましたっけ」

「ええ。あるいはあの緑髪のエルフ、すこし厄介《やっかい》な境遇《きょうぐう》にあるかもしれませんね」

「いたずらに騒ぎ立てるのはよくないですが……この事は伝えたほうがいいかもしれませんね」

◆　◆　◆　◆

翌日の昼下がり、俺は冒険者ギルド2階ロフトで桜ト血の騎士隊を待っていた。

「アルバス、女の子に会いにいくんだ」

「語弊《ごへい》がある言い方だな」

アルウがむぅっと不機嫌《ふきげん》になるので、仕方なく手を繋《つな》いで冒険者ギルドに連れてきた。

「なにしてる、アルウ」

アルウはおもむろに紐《ひも》を取りだし、俺の手首と自分の手首を結びつけた。

犬のリードのような要領で多少ゆとりを持たせている。

アルウが迷子にならないための安全策か。いい心掛《こころが》けだ。

「これ紐。アルバスが、勝手に女の子のところ行かないように」

俺用のリードかよ。

「女の子いっぱい。もうこの世界は危険」

アルウは至極真面目《しごくまじめ》な表情で言った。

「おはようございます、アルバス様。おはやいのですね」

サクラ・ベルク率いる桜ト血の騎士隊がやってきた。

テーブルにつく。6人掛《が》けの大きなテーブルだ。3人ずつ腰かけられる横長の椅子《いす》。

サクラは流れるように俺の隣に腰を下ろした。

「むう……」

不満げなアルウ。サクラの反対側でぴたっと身体をくっつけてくる。

「む？」

サクラはひょいっと肩がぶつかる距離《きょり》までくると、こてんっと頭を肩に乗せてきた。

良い匂いがする。これは学生時代、可愛い女の子は無条件で良い匂いをまとっていた謎の現象に似ているものか？　本当にいい匂いだ。

しかして、困ったことになったな。周囲の視線が痛くとげとげしい。

特にロフトの下方から、強烈《きょうれつ》な殺意を向けられているような気がする。美姫《びき》の集団たる桜ト血の騎士隊に視線をうばわれた男の殺意だ。いま下階に行ったら集団リンチがはじまる。俺の。

「あら、アルウちゃん、リード付けていらっしゃるのですか？」

サクラが紐に気づいた。気まずい。ごまかすか。

「これはアルウのためだ」

「違《ちが》う。アルバスが、女の子に無差別に――」

「話をはやくはじめようじゃないか。クレドリス・オーディ」

紫髪のスラっと背の高いクレドリスをバっと見やり助けを求める。

「こほん。お嬢様が今日も錯乱気味ですが、はじめましょう。昨日の話の続きからですね」

言ってクレドリスはやや強引《ごういん》に、俺と彼女たち桜ト血の騎士隊の過去を話してくれた。

「アルバス様は血の槍《やり》ヘンリエッタ様を倒《たお》し、アーティハイムの剣術《けんじゅつ》指南に就《つ》かれました。私たちがまだ騎士見習いとして北方で鍛錬《たんれん》に励《はげ》んでいた時、我々はあなたから剣《けん》を教わったのです」

俺の過去は剣の先生。それも貴族仕えで、城で働いていたのか？　凄《すご》くない？

しかし、そんな記憶は俺のなかに存在しない。これは一体どういうことなんだ。

「アルバス様がアーティハイムに来た時、私は10歳《さい》でしたね。冬桜の木のしたでふたりが愛を誓《ちか》い合ったのを覚えてますか？　もうずいぶん昔のことのようですね」

「また隊長の存在しない記憶が……」

「お嬢様、すこし黙っていてください。話が進みませんので」

クレドリスは視線で仲間を見やる。動いたのは昨日と同じ男装の麗人クララだ。

クララはサクラの横に座ると、スッと彼女の口を押《お》さえる。サクラは非常に不服そうだ。

「アルバス様がアーティハイムに来たのが7年前の話です。のちに我々は血の騎士になりました。他方、アルバス様は剣術指南の任を降りて、なにか目的をもって旅立たれました」

俺が自分で剣術指南を降りたのか？　いい仕事だろうに。そうする理由があったというのか。

「俺はなんのために旅に出たんだ？」

「重要な遺物……淀《よど》みの聖杯《せいはい》を覚えてますか？」

「いや」

「アルバス様が長年探されていたものです。強力な魔法のアイテムだそうですが、具体的なことはわかりません。私たちを関《かか》わらせたくなかったようですし。アルバス様の旅についていったのですが、最後まであなたが何のために何を追いかけていたのか知ることはありませんでした」

「俺についてきたのか。それはなぜだ。城を守るのがお前たちの仕事なのだろう」

「いまの私たちの務めが始まるのと時期が同じだったのですよ。星巡《ほしめぐ》りの地をまわり、アーティハイムの威光《いこう》を広める。そのための旅が始まったので、お嬢様の意向でアルバス様の行く先々についてまわったのです」

彼女たちの仕事はとりあえず各地を巡ることだったたと。

そして、俺が旅をはじめるから、それを理由に行き先を重ねてきたということか。

俺……意外と彼女たちからは好印象だったのだな。

「いまから5年前、アーティハイムを旅立ち、2年の旅を経て、巨人《きよじん》の霊峰《れいほう》へたどり着きました」

「巨人の霊峰？　どうしてそこに行った」

「フガルを鍛《きた》え直すとおっしゃっていましたよ」

「フガル？」

「フガル・アルバス。アルバス様が大事にしていた魔法剣です」

魔法剣フガル・アルバス。俺の名前ついとるやん。剣に自分の名前つける感じなのね。ふーん。

困ったな。さっきからまったく記憶にない。何の話をしているのかわからない。

すべてが作り話なのではないかとさえ、そう思う。

「鍛え直すって、どういうことだ。剣が壊れたとか、そういうことか」

「ええ。フガルは壊れたんです、旅の最中に。どうしてかは教えてくれませんでした。アルバス様がある晩に出かけ、朝帰ってきた時、手に握られるフガルは割れていました」

「割れるものなのか」

「どうでしょう。本来ならありえないのだと思います。フガルは錆《さ》びず、刃《は》こぼれせず、決して折れることのない剣と聞いていましたから、他ならぬあなた自身の口から」

特別な剣ということか。俺はその晩、なにかしたんだろう。

その特別な剣が壊れるような何かを。

「アルバス様はフガルを鍛え直すために巨人の霊峰へ行かれたのです。そこで予定通りにフガルを直し、そして、ついでに私たちの剣も鍛え直してくださいました」

言って、クレドリスは腰の剣に手をあてた。

日本刀のようなフォルムのそれは、この世界では一般《いっぱん》的ではない。

「その剣は？」

「『波紋《はもん》刀・結』です。アーティハイムの剣を、あなたが鍛え直したこの世界に4本、我ら桜ト血の騎士隊のみが持つ剣です。アルバス様がドワーフの里の火で鍛えてくださいました」

「アルバス様は私たちの目のまえで3日3晩、鋼《はがね》を打ち、フガルと波紋刀を鍛え上げたのです」

サクラは波紋刀を「よいしょっ」と取り出し、刀を抜いて見せてくれる。

複雑怪奇《ふくざつかいき》な溝《みぞ》が刀身に彫られている。緻密《ちみつ》な溝は適当に彫られたものではなく、桜の花びらと蔦が絡《から》み合う豊かな情景を持っている。芸術と武装の融合《ゆうごう》だ。

剣身には『アルバス・アーキントン』の文字が刻まれている。

これ知ってる。剣を作った作製者が自分の名前をいれるやつだ。

勘違《かんちが》いじゃない。俺が剣を鍛えてる。

まさか鍛冶《かじ》仕事まで得意なのか？　どんなパラメータにチート持ってるんだ。

「魔法の剣を鍛えることができるのか？　俺が？」

「でも、不思議なことではないのですよ、アルバス様」

「不思議でしかないが」

「ドワーフ族のだれもマネできない見事な鍛冶仕事も、星巡りの地に生きるあらゆる種に知恵《ちえ》を伝えた賢者《けんじゃ》の一族ならば、上手《うま》くこなせるのは道理でありましょう？」

サクラはほかの誰にも聞こえないよう声をちいさくして言った。

魔法使い族がさまざまな種族に知恵を伝えたって話はたびたび聞く。

だからって俺まで鍛冶ができるとは思わない。

だってそうだろう。伝承のなかの魔法使い族と俺はまったくの別人なのだから。

俺が魔法使い族なのは、異世界転生によるチートゆえなのだろう？

ならば俺が伝承に準じているはずがないじゃないか。

聞けば聞くほど、謎が解決するばかりか疑問が増えていく。

てか、こいつら、俺が魔法使いであることを知っているのか。

「のちにアルバス様は火山に落ちて死んでしまいました」

唐突《とうとつ》な死。なんで死んだ、俺。

「刀を鍛えたあと、バランスを崩《くず》して、絶壁《ぜっぺき》から足を滑《すべ》らせて以来、昨日まで消息不明でした」

ええ、俺の最期《さいご》すっげえダセえじゃねえか。

もっとなんかあったろ。仲間をかばって劇的な死とかさ。

「それから私がどんな思いで過ごしたかおわかりになりますか？　アルバス様があんな死に方するはずがないと思いながらも、１カ月ほどドワーフの里に滞在《たいざい》し、それでも一向にお帰りになる気配などないものですから、諦《あきら》めるしかなかったのですっ！　うぅ、うぅ」

サクラは瞳をふるふる震《ふる》わせて玉の涙《なみだ》を浮《う》かべる。波紋刀を抱きしめながら。

「この刀を私たちに託《たく》して姿を隠《かく》されたこと。もしかしたら魔法の剣を鍛えるのにすべての活力を使ってしまわれたのだと思って、何度この剣を折ろうとしたことか」

「お嬢様の悲しみは海のように深かったです。体重が10kgも増えた時期があったほど」

「なんだその情報は。俺のせいなのか」

「も、もちろん、いまはすっかり戻《もど》ってますよ？　こら、クレー、余計な情報はいらないです！」

頬《ほお》を染め、サクラは抗議《こうぎ》の視線でクレドリスを非難する。

クレドリスは涼しげな表情で「して」と改まった。

「ここまでで、なにか思い出されましたか？」

「いや、まったく」

なにも覚えていないどころか、余計に混乱が加速している。

すべてがデタラメと考えたほうが、ずっと納得《なっとく》できるほどに。

でも、目を背《そむ》けるわけにはいかない。彼女たちが作り話をしているとはとても思えない。

サクラをはじめ皆は、俺が魔法使いであることを知っているようだし、実際に俺の剣術が達者であることも、現在の俺の所感と相違《そうい》ない。彼女たちの剣に俺の名前も刻まれている。

きっと彼女たちが語っていることは真実だ。

「アルバス様は記憶を失われているのですね」

「やっぱり、絶壁から落ちたせいだ。アルバス先生でも無事ではいられなかったんだ」

クララは険しい表情で、憂《う》いの眼差《まなざ》しを向けてくる。

「アーキントン先生のほうの日々も聞けば、何があったのか探《さぐ》る手立てになるのでは」

「それは名案ですね、トーニャ」

皆の視線が俺へ集中する。話せ、ということか。

「それじゃあ、俺の話をするが、あんまり期待しないでくれ。正直、参考にならないと思う」

俺の記憶と、彼女たちの記憶には、あまりにも齟齬《そご》がありすぎる。

まったく違う人物の話をしているのかと思うくらいに。

俺は話した。グランホーの終地からほど近いグランホーの森林、その奥深くにある廃墟《はいきょ》の小屋で目覚め、そののち、この町へやってきて、悪党どもにうんざりしてるところ、汚い奴隷エルフを拾って、日々虐待しながら調教をほどこしていると正直に話した。

「お風呂にいれて熱々のお湯と白い泡塗れに……!? なんて虐待ですか‼」

「傷だらけだった身体をすべすべのお肌《はだ》に勝手に癒やす。おそろしい虐待ですね」

「好きな物をお腹《なか》いっぱいに食べさせるとは。どこまで非道な虐待を？」

「眠《ねむ》る時は恐《こわ》くないように一晩中お手手を繋いでおく？ これ以上聞いていられません、隊長」

「安心してください、トーニャ。私もこれ以上聞いていたらキュンキュンして死んでしまいます。尊さに耐《た》える訓練は受けていないのです」

みんな悶《もだ》えて顔を押さえている。どうやら彼女たちにも俺の非道さが伝わったようだ。

俺は優しさとは無縁《むえん》の怪物《かいぶつ》だ。損得勘定《かんじょう》だけで動くクールな合理主義者なのだ。

なにより優しいとか勘違いが広まっては困る。本当に困る。

だから、これくらい脅《おど》しを掛けておくのがちょうどいいのだ。

◆　◆　◆　◆

桜ト血の騎士隊と話してモヤモヤしたものが解消された。

俺の知らない俺がいる……奇妙だが、アルバス・アーキントンという男は、桜ト血の騎士隊が多くの時間を過ごした剣術の先生であり、卓越《たくえつ》した鍛冶師だった。それはたしかに存在した。

7年前から交流がはじまり、2年前に行方《ゆくえ》不明になった魔法使いアルバス・アーキントン。

2カ月前に異世界転生したと思っている俺の認識《にんしき》とは、生きていた時間も経験もまるで異なる。

記憶喪失《そうしつ》という現象に答えを求めるならば、あるいは説明がつくかもしれない。

だが、すべては推測にすぎない。俺は何のために旅をしていたのか、その目的は果たせたのか。どうしてフガルは割れたのか。なんで俺は巨人の霊峰でクソださに奈落《ならく》に落ちたのか。

行方不明の時間はなにを意味するのか。もし俺の知らない俺が実在したとして、俺はどうしてその時間を覚えていないのか。この2カ月間を生きてきた俺には、それ以前が存在するのか。

それらの答えを得る手段はいまのところ見当たらない。

「助かった。俺も自分のことがすこしわかってきた気がする」

「アルバス様のお役に立てたのならば幸いです」

サクラはにこりと笑《え》む。説明してたのはクレドリスだが、深くは気にしないでいいだろう。

「して、アルバス様はいつまでグランホーの終地に？　ずっとということはないですよね？」

「ずっとはないな。ここは住むにはいい街とは言い難《がた》い」

これからのこと。実はわりと堅実《けんじつ》に考えていたりする。

アルウの体調がよくなったら、グランホーの終地を出るつもりだ。

せっかく異世界転生をし、第二の人生を得たのだ。

モンスターに対する恐怖心もある程度は薄《うす》くなってきた。俺には危険を払《はら》いのける実力があることもわかってる。資金もある。旅立ちのハードルはずいぶん下がった。

もっとも、この人生計画の草案は、桜ト血の騎士隊と出会う前のものだ。

彼女たちに出会い、さまざまな興味深い話を聞いたいま、考えは変わっている。

俺は俺の知らない俺を知りたくて仕方がないのである。

なにかを忘れている。重要なことを。俺は何者なんだ。

「俺についてもっと何か聞いてないか？　俺はアーティハイムの前はどこにいた？」

「アルバス様がどこから来たのか、ですか？　……思えば、あんまりそういうことを話したがらない人だったように思います。振り返ってみれば、私たちに秘密事をしていたのでしょう」

みんな俺の過去についてはたいしたことは知らないようだった。

俺は秘密主義だったらしい。

だとすれば、血の貴族とやらに会う必要があるかもしれない。

アーティハイム城。俺が2年間住んでいた城だ。なにか痕跡《こんせき》があるかもしれない。

ほかにはどこがある。俺の過去を知れそうな場所。

「アルバス先生が眠っていたという古小屋は怪《あや》しいけど」

低い声でクララはつぶやいた。猛禽類のような鋭《するど》い瞳がチラッと見てくる。

俺はハッとして、「それだ」と彼女の気づきに乗っかることにした。

一応、覚醒《かくせい》直後の数日は住んでいたし、俺なりに調べてはいる。

その成果として『歪みの時計』やシルクや手紙だって見つけた。

ただ、歩いた道を振り返ることで見えてくるものがあるかもしれない。

距離もたいしたことない。いつもの野豚《のぶた》狩りとさして変わらない距離だ。

それくらいの労力なら惜《お》しむ必要はない。

「お前たちの期待していたアルバスじゃなくて悪かったな」

俺は謝《あやま》り、彼女たちと別れた。

翌日。俺は俺の第二の人生がはじまった最初の小屋へ赴《おもむ》くことにした。

桜ト血の騎士隊は忙《いそが》しいので声をかけなかった。俺の過去だ。俺が調べればいい。

「わたしも行きたい」

朝、へそ曲がりの宿を出ようとすると、アルウが言いだした。

「だめだ。危険な目に遭《あ》ってほしくない」

「行きたい」

ええい、聞き分けが無いやつめ。

「俺から離れちゃだめだぞ」

「うん！」

ということで、アルウも同行することになった。

同行が決まるなり、アルウは紐で俺の手首を結びはじめる。

相変わらずリードを付けないと気が収まらないらしい。独占欲《どくせんよく》かな。困っちまうぜ。

外壁《がいへき》のゲートハウスにやってきた。通行税はないが、出入りを門番にチェックされる場所だ。

いつものように兵士たちを顔で恐がらせて手続きをスキップする。

桜髪の女がゲートハウスの中で、壁に背をあずけて待っていた。サクラだ。

桜ト血の騎士隊のほかのメンツもいる。

「なんでいるんだ」

「え？　一緒に行くんじゃないのですか？」

どうやら一緒に行くことになっていたらしい。

「鷲獅子等級《グリフオンランク》なら忙しいのだと思っていたが」

「冒険者はさほど忙しい仕事じゃないですよ。クエストなんて後回しでいいんです。いまはアルバス様のことがなにより優先なのですから」

話を聞くに、今日こなすはずだったクエストをキャンセルしてきたとのこと。

わざわざそこまでしなくていいのに……と思わなくもない。

「助かる」

せっかく来てくれたんだ。素直《すなお》に言うのが礼儀《れいぎ》だ。

「ぶるるん」

馬が鼻息荒《あら》く顔を近づけてきて、俺の顔を舐めてきた。すごい臭《にお》いだ。

「こ、こら、アルバス2号、だめですよ、アルバス様の顔をそんなぺろぺろしちゃ‼」

「アルバス2号……？」

「この子の名前がアルバス2号なのです」

「お嬢様がアルバス様を失った悲しみから付けた名前です」

「以前の旅から我々のパーティで荷物を運び続ける正式メンバーなのです。アルバス様も気に入っていた子なんですよ。ほら、よく見ると凶悪な顔つきがよく似ていると思いませんか？」

サクラは楽しげに馬を手で示した。

アルバス2号を見やる。まあ、たしかに悪そうな顔してるな。

じーっと顔を見合わせていると、またぺろぺろしてきた。

「こいつ馬肉にしていいか？」

「あはは、どうやらアルバス様のことを覚えていたようですね」

くそ。動物というのは悪意がない分、厄介だな。

「ありがとな、2号。うれしいよ、だから頼むからぺろぺろはもうよしてくれ」

「よいしょっと」

「待て、どさくさに紛れてなにしてる」

サクラがいきなり俺の手首と自分の手首を紐で繋《つな》ぎはじめた。

「私もリードを付けようと思いまして。嫁なので」

「どういう理屈《りくつ》だ。少しは説明する努力をしろ」

これで左右の手がふさがれてしまったじゃないか。俺はどこに連行されるんだろうか。

「アルバス先生、気づいていないかもしれませんが、隊長は嘘をついてます。嫁なんかじゃないです。隊長はただの嘘つきピンクなんです」

クララはごにょごにょっと耳打ちして教えてくれた。

言われなくても薄々気づいてたっての。このピンクが怪しいことはな。

「クララ、助けてくれ。俺はどっかに連行されるみたいなんだ」

「達者で、アルバス先生」

諦めるんじゃねえ。

「トーニャ」

「私では隊長を止められません。申し訳ありません、アーキントン先生」

トーニャは手を振り振りして、私に振らないでと拒絶《きよぜつ》してくる。

最後の希望、クレドリス・オーディを無言で見つめる。このピンクをなんとかしろ。

「アルバス様、今日は一段とお嬢様の調子がおかしいですが、このまま行くことにします。安心してください、グランホー終地周辺のモンスターならば、我々にとって脅威《きようい》にはなりませんので」

「そういう問題だろうか……違うと思うんだが……」

クレドリスにすら諦められてしまった。

仕方なく美少女2人の御縄《おなわ》について出発する。

なんか新しい性癖《せいへき》の扉が開きそうである。

◆　◆　◆　◆

桜ト血の騎士隊とともにグランホーの森林にやってきた。

相変わらず右手首、左手首には謎の紐が俺を拘束《こうそく》している。

目を離すと手が付けられなくなる恐《おそ》ろしい怪物になった気分になりながら、道案内をして、俺たちは古小屋にたどり着いた。

道中、ゴブリンに襲《おそ》われたがクレドリスとクララ、トーニャの3名があしらった。

素早《すばや》さ、パワー。ともに圧倒《あつとう》的な戦力だ。負ける気がしなかった。

「流石《さすが》はアルバス様なのです。こんな獣道《けものみち》なのにちゃんと覚えていらっしゃるなんて」

「方角くらいはまあ、わかる」

俺が覚醒した古小屋は、ちいさな掘《ほ》っ建《た》て小屋だ。深い森のなかに、ひっそりと建てられた木の小屋で、雨風をしのげる程度の役割しか持ち合わせてはいない。

隙間風は酷く、壁も床《ゆか》も苔《こけ》むしていて、じきに大自然に呑まれ、勝手に腐《くさ》って朽《く》ちるだろうと誰が見たって思う。それほどのぼろ小屋だ。

「アルバス様はこんなところにいたんですか？　風邪《かぜ》ひいてしまいますよ？」

「ここだが、ここじゃない。俺が目覚めたのは地下だ。その暖炉《だんろ》が秘密の入り口になってる」

俺は暖炉の隅っこ、火かき棒の横の石レンガの凹凸《おうとつ》を蹴《け》る。

ガチャっと仕掛《しか》けが動いた音がする。

「ん？　前は勝手に開いたんだけどな」

目覚めて2カ月以上は経過している。その間に機構が寿命《じゅみょう》を迎《むか》えたか。

俺は『怪腕の魔法』を使って暖炉を横から無理やりに押してずらした。

階下へと続く階段が出現し、俺から先導して下りていく。

下りると真っ先に目につくのは、キングサイズのベッドだ。でかい。ふたり横並びで寝られる。

「俺はそこに寝てたんだ。手足には枷《かせ》が嵌《は》めてあった。枷には長い鎖《くさり》がついてて壁に繋がってた」

「誰かがアルバス様を捕《と》らえたということでしょうか？」

「それは、わからないな」

俺は異世界転生したのだから、そのスタート地点の状態など気にしてもいなかった。

すべては手紙の主――神的存在によってお膳立《ぜんだ》てされたものとしか思ってなかった。

思えば手足を枷で拘束されている状態で目覚めたのは、ちょっと異質だ。

枷の鍵《かぎ》はわかりやすいところにあった。

起きた直後でもわかりやすいように、ベッド脇《わき》のサイドテーブルに目立つように置いてあった。

念のためかポケットにも同型の鍵が入っていたし、枕《まくら》の下にも同型の鍵が用意されていた。

「あったのは、鍵とか、シルクとか……だな」

異世界転生の直後、読んだあの手紙のことは伝えなかった。

あの手紙のことを話すためには、異世界転生に関して説明しなければいけなくなる。

流石にそれは抵抗《ていこう》があった。

「準備がいい、害意の無い何者かが、アルバス様をこの場所に拘束したってことですね」

「そうだな。そういうことになる」

俺の認識では、それは手紙の主だ。魔法を与え、たくさんのチートをくれた。

手紙の主は俺の異世界転生を知っていた。そのサポートをしてくれたんだ。

あれが神じゃなかったら、一体何者がそんなことできるというんだ？

「捜索をはじめましょうか」

サクラの掛け声で皆、意欲的に小屋と地下室を調べてくれた。

「ここ。床下に空間ある」

クララは波紋刀を腰から鞘《さや》ごと抜いて、ちょんちょんっと床底を突《つ》きながら言った。

「どのくらいの空洞《くうどう》だ？」

「音の跳《は》ね返りが早いから、さしておおきな空間じゃないよ。先生、この床打ち抜いていい？」

「待て。大事なものが入ってたら嫌だな……ちょっとどいてくれ」

『歪みの時計』は7時を指している。一昨日のアンデッド騒動で多少消耗《しょうもう》したが、まだまだ余力はある。

右頬《みぎほお》を左手で撫《な》で離した。符号《ふごう》は成った。

『剥離《はくり》の魔法』が作用し、床がバキバキバキっと音をたてて剥がれていき、めくれあがった。

床の下が露わになる。

「これは……」

箱があった。手を伸《の》ばして取りだす。

緊張しながら開くと古びたノートが一冊入っていた。

ノートを開く。最初のページに視線を落とす。


『魔法使い族は滅《ほろ》んだ。みんな死んでしまった。』


何者かの日記が始まっていた。

「これはアルバス様の字じゃないですか」

サクラが声をあげた。

「アルバス様の達筆をマネしたくて練習していたのでわかります」

ふむ、それは信頼《しんらい》できる。

いや、まあ、俺も視《み》ればなんとなくわかるんだ。自分の字だしな。

この日記は、俺が……アルバス・アーキントンが書いたものだ。

これを読めば俺の知らない俺についてわかるのか？

ページをめくろうとする手が動かない。

「アルバス様？」

「いや、なんでもない」

不安がある。これを読めばなにかが明らかになりそうな予感はあった。

一方でその事実を知れば、俺は無邪気《むじゃき》ではいられない気がした。

はあ、なにを恐れてる。読まない選択肢《せんたくし》なんてないだろう。

俺は意を決し、ページをめくった。


『あれから時間が経過しているようだ。魔法使い族は滅んだ。みんな死んでしまった。俺もじきに終わるのか、生き残れるのかはわからない。いつ世界に消されてもおかしくない。それだけ法則を歪めた。記憶があいまいだ。彼女を刺《さ》したところまでは覚えているが、聖杯は砕《くだ》けなかったように思える。あの邪悪《じゃあく》がどこから来たのか、誰が持ってきたのか、想像もつかない。もしかしたらアリスは完全には滅んでいないかもしれない。不安がある。聖杯を探さないと。あれを破壊《はかい》しなければ』

『世界を見聞してまわった。世界ではもうずっと昔に魔法使い族がいなくなったことになっている。魔法暦は続いていたので、おおよそ200年以上が経《た》ったとわかった。星巡りの地は昔に比べれば素晴《すば》らしく平和だ。白神樹《びゃくしんじゅ》はいまだ健在で、なお大きくなっている。白教はずいぶん勢力を拡大したらしい。バスコは繁栄《はんえい》してる。かつての面影《おもかげ》はうっすらあるが、あれはもう俺の知らない街だ。争いの影も見える。人間らしい。変わってない。でも、変わったものもある。ルガルニッシュは神になったらしい。まったくお笑いだ。魔法は忘れられた。魔法使い族は遠い伝説に消えた。探求と術理の時代は終わった。いまは信仰《しんこう》の時代のようだ。どの世界でも時間は流転《るてん》する。信仰と探求は交《こう》互《ご》に訪《おとず》れる。これは必然の法則か。どのみち、これからは魔術師たちは肩身《かたみ》が狭《せま》かろう。そして俺も。星の周期も変わってる。おかげで魔法法則が狂《くる》ってる。調整が必要だ。なにもかもが違う。時代が変化したのを実感する』

『聖杯が見つからないが、暗黒の王の眷属《けんぞく》と呼ばれる気持ち悪いなめくじを見つけた。これを見て確信した。暗黒の王は死んだ。間違いない。あの戦いには意味があったのだ。フガルは届いた。底知れぬ闇《やみ》のチカラを祓ったのだ。これで安心して眠れる』

『やはり聖杯が気になる。しばらく目を逸《そ》らしたが、そわそわしたものがなくならない。嘘をつくのはやめよう。諸悪の根源たるあの遺物を破壊しないと。俺たちの戦いはまだ終わってない』

『若い娘《むすめ》に言い寄られた。物好きもいたものだ。ふと思った。もし童貞《どうてい》を捨てたら俺はどうなるのだろうと。魔法を使う必要がなくなれば、童貞を捨ててみてもいいだろうか？』

俺はそこまで読んで、気配を感じ、顔をあげた。

桜髪がはらりと揺《ゆ》れていた。同色の鮮《あざ》やかな桜瞳と視線が交差する。

「なにをしてる」

「私も内容を確認《かくにん》しようかと。嫁として」

たぶん嫁じゃないサクラがすぐ近くまで忍《しの》び足で近づいてきていた。油断も隙《すき》も無いピンクだ。

パタンっと日記を閉じる。見られるわけにはいかない。

「ちょっ、アルバス様、どうして閉じるのですか！」

「これは個人の日記だ。それも俺の日記だ。ひとりでゆっくり見たい」

「卑怯《ひきょう》です、見つけたのは私の部下のクララなのですよ！」

「だったらクララに見る権利があるだろう。お前じゃない」

「クララは私の部下です。部下の物は上司の物です！」

そんな横暴があってたまるか。

「ええい、やめろ、離せ」

「日記見せてください、気になって、これでは夜しか眠れません‼」

「くっ、この悪《あ》しきピンクめ、抵抗するんじゃない。プライバシーの侵害《しんがい》だぞ」

サクラと揉《も》みくちゃになって、俺は『怪腕の魔法』でなんとか日記を死守する。

「先に上で待っててくれ。まずは俺ひとりで読みたいんだ‼」

「そうはさせませんよ、絶対に一緒に読みます‼」

「クレドリス、助けてくれ。お前のところの姫《ひめ》がモンスターピンクになりつつある」

「クララ、お嬢様を連れていきます。手伝って」

「うい」

「離しなさい、ふたりともっ。これは隊長命令なのです‼」

「はいはい、隊長命令隊長命令」

「向こうでお話は聞きます、お嬢様」

無事サクラが連行されたのを見届ける。

トーニャはアルウと手を繋いで「行きますよ」と言う。

「アルバス、いっしょがいい」

「ほら、尻尾《しっぽ》触《さわ》らせてあげます」

「っ、触る！」

トーニャが装束の下から黒い尻尾をだした。ひょこひょこ動き、ゆらゆら誘惑《ゆうわく》する。興味津々《しんしん》で、まんまとアルウは夢中になっていた。やはり猫好きなのか、うちの子は。

みなが完全に上階へ姿を消したところで、俺は安心して日記の続きを読み進めた。

アルバス・アーキントンいわく、魔法使いはみなが童貞であるという。

童貞を捨てると魔法力が著《いちじる》しく低下する。貞操の危機に瀕《ひん》しても一時的に魔法力が低下する。なお童貞は一度捨てても10年ほどで再取得できるとのこと。言ってる意味はちょっとわからないが、まあ、雰囲気でなにを言ってるのか察することはできる。たぶん10年くらい禁欲すれば魔法の力が復活するという意味だろう。知らんけど。

俺はひたすら『聖杯』なるものを探し求めて各地を放浪《ほうろう》していたようだ。

強い執念《しゅうねん》を感じさせるものだったが、聖杯探索《たんさく》は難航していたようだ。

日記の中盤《ちゅうばん》で血の貴族に仕えることになった話題がでてきた。

『フガルを見つけた。北方の貴族、その騎士が持っていた。あれは俺のものだ。返還《へんかん》してもらった。

多少ごたついたが。腕を見込《みこ》まれアーティハイムで剣術指南をすることになった。教え子が美人しかいなくて困る。童貞が暴れだそうとしてるのを感じる。童貞が暴れだす。略して童貞暴走だ』

なんも略せてない。大丈夫か、俺。

『聖杯の探索を続ける。アーティハイムに助力を求めたら快く引き受けてもらえた。大書庫を開放してもらえた。古い本がある。驚くほど古い時代のものだ。俺の知らない本もある。なにか新しいことがわかるかもしれない。あの聖杯についてもわかるかも』

『最近サクラたちがめきめきと実力をつけている。若いというのは素晴らしいことだ。俺たち以外の命は生まれてから死ぬまで儚《はかな》い時間しか存在できないが、だからこそ燃える輝《かがや》きを放つ。さいきんは剣の指導をしていてそんなことを思うようになった』

『大書庫の蔵書のなかに異端《いたん》的な智慧《ちえ》を伝えるものがあった。邪悪なものだ。魔法使い族の伝えた知識ではない、ほかの場所から伝来した知識。あるいは俺たち以外にもこの星巡りの地に来た旅人がいたということだろうか。ともすれば、アリスを侵《おか》したあの聖杯もその者たちが？』

『確信は強まりつつある。暗い知恵を伝えたものたちがいる。死の技《わざ》に由来する神秘の担《にな》い手たちだ。死に関する造詣《ぞうけい》はそれなりに深いと自負しているが、あるいは相手もそうなのかもしれない』

『聖杯に関する情報が掴めた。淀みと呼ばれるものを信仰する異端者たちがいるようだ。彼《かれ》らは死に少なからず関与《かんよ》しているように思える。本から読み取れる範囲《はんい》でだが。彼らが崇《あが》める遺物こそ聖杯だという。俺が探すものと同じか否《いな》か、たしかめる必要がある。いい休暇《きゅうか》だった』

クレドリスたちの話と照らし合わせて考えるに、俺は『聖杯』――特に『淀みの聖杯』と呼ばれるものを見つけるために、かなり苦労し、足取りを掴み、アーティハイムを旅立ったということか。

『サクラたちが旅についてくる。あの子はたまたま行き先がかぶっているだけだと言うが、そんなわけがない。やっぱりの俺のことが好きなのだろうか。照れるな。すべてが終わったら彼女と暮らすことを考えてみてもいいかもしれない』

『聖杯を破壊した。淀みの聖杯。フガルが傷つくほど強力なチカラを帯びていた。間違いなく暗黒の王が掲《かか》げていたものだ。恐ろしいチカラの根源だと考えていいだろう。すべてが終わった。後始末もこれで完了《かんりょう》だ。思い残すことはない』

『巨人の霊峰にやってきた。ドワーフ族が隠している古い火ならば、フガルを鍛え直すことができる。久しぶりの鍛冶仕事だが、上手くできるだろうか』

『サクラに夜這《よば》いされた。断れなかった。困るな……童貞暴走』

『フガルを直せた。思い付きで彼女たちの波紋刀も鍛え直した。ドワーフ族の腕利《うでき》きたちの仕事を見たが、著しい進化を遂《と》げていた。500年もあれば魔法使い族の技に追いつくかもしれない。俺も進まなければ』

『まさか絶壁から落ちるとは思わなかった。危《あや》うく潰《つぶ》れて死ぬところだった。猛烈《もうれつ》なめまいに襲われた。サクラに夜這いされたせいだ。魔法力が低下している。まずい』

『巨人の霊峰を離れ、放浪の旅を続ける。サクラたちには悪いが、静かに振り切るとしよう。理由はひとつ。次、サクラに襲われたら断る自信がない。これ以上付きまとわれたら危険だ』

『最後の仕事は終わったが、まだ気になることがある。あの聖杯の出自だ。破壊はしたが、根本的な問題は解決していない。誰が、いつ、あれを持ち込んだのか、ということだ。諸族のチカラではない。少なくとも数百年前にはあれはあった。現在の諸族が技術と知恵を結集してもあんなものは作れない。俺の仕事はまだ残っているのかもしれない』

『調査のためにかつての弟子《でし》を訪ねることにした。先にバスコに行こうとも思ったが、あそこに近づくのは賢明《けんめい》じゃないだろう。俺も以前のように強大ではない。なにより時代が変わった。いまは新しい王がいる。彼が導く世界で俺は不要だ。なにより魔法使い族が導かずとも、諸族は文明をもち、文化を築き、歴史と愛を紡《つむ》ぎながら、生を謳歌《おうか》する。我々の導きはもう必要ないのだろう。嬉しいことだが、同時に寂《さび》しいような気もする』

『気を失った。3日ばかり眠っていたようだ。魔法力をコントロールできない。昨晩は激しい頭痛に襲われた。視界のなかに、存在しない記憶がまぎれこんでいる。徐々《じょじょ》に記憶が蘇《よみがえ》っているんだ。信じられないことだが、これは別世界の俺、いや、俺の前世の記憶がこの身体を取りに来ている。日に日に強くなっていき、もうじき俺は俺じゃなくなる。その予感がある』

変わりゆく認識への恐怖がゆるやかに増していることが記されていた。

前世の記憶が蘇るって……まさか、現在の俺のことなのか？

『おかしな感覚だ。最初は恐かったが、いまはごく自然に自分が自分であり、彼もまた自分であると受け入れられる。彼からすれば俺こそ恐ろしいだろうに』

『暗黒の王との戦いは終わった。聖杯も破壊した。魔法使い族の戦いは終わった。諸族はすでに魔法使い族の庇護《ひご》を必要としていない。なによりアルバスキューブがいる。時代は移り変わる。だが、心残りはある。禍《わざわい》の種が、俺の知らないところに芽生えている。そんな予感がするのだ』
『案ずることはない。次の世界は、次の者たちが守っていくだろう。俺はそこにいないが、だとしてもきっと大丈夫だ。新しい英雄《えいゆう》は育っている。きっと困難を打ち払うことができる』
『いよいよ気絶の間隔《かんかく》が短くなってきた。俺が別の俺になる。律動が速く感じる。シェルターはつくった。準備もいい具合だ。彼が目覚める時をシミュレーションした。入念な準備のもと手紙も書いた。彼はおそらく俺の記憶をすべて失うことになる。きっと魔法を使えなくなる。だけど、もしかしたら、あるいは魔法を使えるかもしれない。だから、いくつかの簡単な魔法の使い方を残しておこうと思う。難しいものは必要ないだろう。もし使えたとしても失敗した際のリスクがおおきい。知識ではない技術は残るだろうか？　身体に染《し》みついた術理は、勝手に彼を導くかもしれない。すべては未知数だ。彼は前世では悲しい人生を送ったようだ。彼は俺だ。だからその心の叫《さけ》びさえすべてがわかる。だから生きてほしい、平穏《へいおん》に。世界のことは気にせずに、俺の因果を忘れて、彼には大切なひとを見つけ、夢中になるものを見つけ、幸せになってほしい』

そこで日記は終わっていた。

ずぼらな性格なのか、かなり飛び飛びで書かれた日記は、ページ数こそ少ないが、それでもありし日々が克明《こくめい》に刻まれていた。

これは俺の意思で封印《ふういん》された。新しい俺に伝える必要が無いと、彼が判断したからだろう。

俺は茫然《ぼうぜん》とする。驚くべき事実の連続であった。

俺は2カ月前に異世界転生したのではない。それよりも遥《はる》か以前に転生は完了していた。

2カ月前、動きだしたのは前世の俺の記憶あるいは意識と呼ぶべきものだ。

だから、俺の知らない俺──彼は俺が目覚めるまで多くの物語を紡いできたんだ。

俺の過去には多くの秘密が埋没《まいぼつ》したままで、それらはもう掘り返すことができない。

世界には危険なことがあって、おそらく超越《ちょうえつ》的な能力を誇《ほこ》る魔法使い族は、『暗黒の王』に抗《こう》していた。領主の家の本で読んだある御伽噺《おとぎばなし》のなかでは、たしかにおおいなる悪神がいて、それを賢者が滅ぼしたとかあった気もする。だけど、すべては終わったのだ。終わっているのである。

どれだけの犠牲《ぎせい》がそこにあったのか、知りたいような、知りたくないような。

まだ判然とせず、答えはでない。間を置いていつかゆっくり考えてみよう。

「戻るか」

古小屋の地上部へ戻った。日記の内容はかなりぼやかして伝えた。

「ちゃんと教えてくださいよ、アルバス様、ずるいですよ！」

「いろいろ書かれてるんだよ、本当にいろいろ。だから、すべてを言うのは流石に難しい」

それに、この日記は俺のものであって俺のものではないのだ。

偉大《いだい》な魔法使い族、世界を救った英雄アルバス・アーキントンの日記なのだ。

だから、彼が誰にも見せるつもりのなかった日記を、無闇《むやみ》にさらすことは躊躇《ためら》われる。

俺の言い分にサクラたちは、納得した様子であったり、不思議そうな顔をしていたり、不満げであったり、各々《おのおの》が違った反応を見せた。

その後、俺たちはボロ小屋を再度調査した。

重要な日記のようなものがほかにも出てくる可能性があったからだ。

結果、やはり重要な物が出てきた。

「あっ！　それはアルバス様が使っていたフガルではありませんか！」

サクラが騒ぐそれは白い剣身の分厚い剣だ。

非常に重たく、白銀の刃渡《はわた》りは1ｍもある。大型の剣だ。斬馬刀《ざんばとう》ほどではないが。

とにかく剣身が美しく、錆《さび》がまるでない。刃こぼれもなく、傷すらついていない。

埃《ほこり》をかぶってなお神秘的な雰囲気をまとっている。見事な剣だ。

「これが魔法剣フガル・アルバスか」

日記に出てきた。これで彼は聖杯を破壊したそうだ。

「それはアルバス様が大事にしておられた剣です」

「らしいな」

「フガルを持っていないから、てっきり霊峰で落としてきてしまったのかと思いました」

「でも、どうしてこんなわかりづらい場所にしまっちゃったんですか、先生」

「俺が覚えてるわけないだろう」

彼はしきりに自分の役目は終わったと繰《く》りかえしていた。

彼には使命があって、だけどそれは完遂《かんすい》されている。

記憶を失い新しい自分になる時、過去の思い出を踏《ふ》み荒《あ》らされたくなかったのだろう。

「この剣はここに置いていこう」

「え⁉　いいんですか？　大事なものなのに」

「これはもう必要ない」

フガル・アルバスは強力な武器なのだろうが、理由もなく持ち出すことは俺にはできない。

これは俺のものなのだろうが、彼のものでもあるのだから。

◆　◆　◆　◆

グランホーの終地へ戻ってきた。

付き合ってくれた桜卜血の騎士隊へご飯を奢《おご》る。謝礼はきっちりする。

「いろいろ発見があった。助かった」

「アルバス様のためならば、このサクラ・ベルクなんでもいたします」

「私も同じ気持ちです」

「先生にはたくさんの恩義がある」

「アーキントン先生のお役に立てて光栄です！」

「さあ、どんどん食べてくれ。シルクは気にしなくていい」

サクラたちが美味《おい》しそうに食べているのを見ると、不思議と懐《なつ》かしい気持ちになった。

しかし、華《はな》やかだな。このテーブルだけ貴族令嬢《れいじょう》たちが晩餐会《ばんさんかい》でも開いてるみたいだ。

冒険者御用達《ごようたし》の荒くれ者が集《つど》う食堂のなか、周囲から殺伐《さつばつ》とした眼差しを向けられているが、まあ、受け入れてやろう。桜卜血の騎士隊の華やかさは普通《ふつう》の冒険者とは一線を画すものがある。

ゆえに、そんなチーム百合《ゆり》の間に挟《はさ》まってる男に殺意が集まっても仕方がないものなのだ。

わかるわかる。わかるから、刃を握りながらこっちを睨《にら》みつけてくるな。

「お嬢様」

クレドリスはサクラに耳打ちする。

横目に見ていると、視線がこちらを向いた。

「アルバス様、ちょっといいですか？」

「なんだ」

「いいから、ちょっとこっちに来てください」

サクラに言われ、ご飯に夢中なアルウの肩を小突《こづ》いた。

「アルバス様だけで」

俺だけ？　アルウは一緒じゃなくていいのか？

サクラの表情は真剣《しんけん》なもので、だからこそ俺は言葉を返さず、言うとおりにすることにした。

「すこし待っていろ」

「やだ、わたしもいく」

「だめだ。命令だ。温かいご飯でお腹いっぱいになってしまえ」

来たがるアルウを制止して、トーニャの耳をモフモフさせておく。

「なんで私が犠牲に……!?　アーキントン先生、ひどいですよ～!!」

「猫、もふもふ」

アルウは満足そうだ。よし。

賑《にぎ》やかな食事の席を離れ、冒険者ギルドの1階、階段下の暗がりに。

「アルウちゃんについて伝えておきたいことが」

「ふむ。聞かせてくれ」

「実はですね、あの子のことを王都の騎士たちが探していまして」

「王都の騎士だと？」

「捜索隊《そうさくたい》をいくつか派遣《はけん》もしているようなのです。そのひとつに接触《せつしょく》して、聞いた話なのですが、どうも彼らは『緑髪のエルフ』を探しているようなのです」

「緑髪のエルフというのは珍しいのか」

「そうですね、私は見たことありません。鮮やかな緑髪は古い森人の血の証《あかし》とか聞いたことがあります。アルウちゃんは特別なエルフなのかもしれないです。私も詳《くわ》しくはないのですが」

アルウが特別な才能を持っていて、それを探しているとな。

「なんでだ。王都の騎士たちはなんでアルウを？」

「詳しくは教えてくれませんでした。『大事な務めなのだ。仔細《しさい》は言えない。だが、もし見つけたら教えてほしい』と」

状況《じょうきょう》は不透明《ふとうめい》だ。だが、何者かがアルウを求めている。

相手の目的次第《しだい》では荒事《あらごと》になることを覚悟《かくご》しておかないといけないかもしれない。

「伝えてくれて助かる、サクラ」

「いえいえ、アルバス様のお役に立てたのならば幸いです♪」

食堂に戻る。アルウを見やり、その緑髪をそっと撫でる。

「アルバス？」

お前は俺が守ってやる。アルウに降りかかる禍は全部払いのける。

「……なんでもない。ほら、もっと食べろ。全然足りてないじゃないか」

「もうお腹いっぱい」

もっともっと食べろと、俺はアルウに食事をたくさん取り分けた。

「それじゃあな」

「ばいばい、ありがとう」

やがて楽しい食事会は終わり、俺とアルウは帰路についた。

「はい、一旦《いったん》お別れですね。アルバス様」

桜ト血の騎士隊は鷲獅子等級の冒険者。

仕える貴族の威光を広めるため、どこかへ冒険の旅に出かけるのだろう。

さらば。また逢《あ》う日まで。

別れを告げて、へそ曲がりの宿に戻ってきた。

すると宿の受付がやたらと騒がしい。赤黒いドレスに身をつつんだ美女たちがいた。

「はい、4人です。それじゃあ部屋を2つお願いします、ご主人」

「お、おう、わ、わかった、2階の奥の部屋が2つ空いておる、使っておくれ！」

受付で狼狽《うろた》えるグドは、サクラとクレドリスの華やかさにビクつきながら部屋の鍵を渡す。

「あわわ、この前の美人さんたちがいきなり‼」

震えるジュパンニ。なにが起こっていやがる。

「おい。お前たちなにしてる」

「あ！　アルバス様、また会いましたね！」

「一旦お別れとか言ってなかったかな」

「ええ。一旦お別れして、そして今、再会しました」

再会がはやいんよ。

「これは一体なんだ？　お前たちはなにしてるんだ？」

「なにかおかしいですか？　同じ宿屋に泊《と》まるだけですが？　だって嫁ですから。当然ですね」

ということで、桜ト血の騎士隊がへそ曲がりの宿に住み着くことになった。

幕間《まくあい》　辺境の王

グランホーの終地。純白の都市バスコから遠く離《はな》れた辺境の地には、邪悪《じゃあく》な貴族がいる。

領主ルハザード・クリプトが声をあげれば、どんな悪党だろうと震《ふる》えあがる。

この辺境の王が誰《だれ》なのか、みんな知っているのだ。

「なぁに？　エルフがこの町にいるだと？」

その日、ルハザードの耳に奇妙《きみょう》な噂《うわさ》が届いた。

「はい。それもたいそう綺麗《きれい》なエルフらしく、深い緑色の髪《かみ》と瞳《ひとみ》をしているとのことです」

側近の話を聞き、ルハザードの頭には2カ月ほど前に捨てたエルフの姿が思い浮《う》かんでいた。

従順で、可愛《かわい》らしく、瞳にはいつまでも希望を宿し、虐待《ぎゃくたい》し甲斐《がい》があった最高の奴隷《どれい》であった。

殴《なぐ》れば泣き「許してください……許してください……」と媚《こ》び卑《いや》しく生きようともがいていた。

楽しみ甲斐はあったが、ついぞ抵抗《ていこう》しなくなったので、壊《こわ》れたのだと思って捨てたのだ。

ルハザードは詳《くわ》しい話を聞き、確信する。

「緑の髪に、緑の瞳だと？　間違《まちが》いない、そいつは私の奴隷だ。生きていたのか」

とっくに死んだものと思っていたため、ルハザードは驚《おどろ》いた。

驚きはすぐに笑《え》みに変わった。

「そのエルフを捕《と》らえてこい。私の奴隷だ。私のもとになくてはならない」

「しかしながら、ルハザード様、エルフにはどうやら飼い主がいるようです」

「飼い主だと？　私の奴隷だぞ‼　一体どこのクソ野郎《やろう》が、私の奴隷を勝手に飼っているのだ‼」

「飼い主というのは、すこし特殊《とくしゅ》なようでして」

側近は唇《くちびる》を湿《しめ》らせ、間違いのないようにつぶやいた。

「謹《つつし》んで申し上げますが、もしかしたら、あまり手を出さない方がいい相手かもしれません……」

「こいつの首を刎《は》ねろッ‼」

「ひえ、お、お待ちください！」

側近はその場で騎士《きし》に取り押《お》さえられ、跪《ひざまず》かせられた。

ルハザードへ必死に命乞《いのちご》いをしたが、間もなく鋼剣《こうけん》がその首を断った。

「私はグランホー終地近郊《きんこう》の領主であるぞ？　この地の王は私だッ‼　私に逆らう者は許さない‼」

血溜《ちだ》まりを避《よ》けて、精強な騎士がルハザードのもとに歩み寄る。

鋭《するど》い目つきの屈強《くっきょう》な男であった。表情は冷めていて、まるで血が通っていないかのようだ。

「ルドルフか。お前は私の財産を盗《ぬす》んだクソのことがわかるか？」

「はい。おそらくは巷《ちまた》で噂になっている殺人鬼《さつじんき》のことでしょう。名はアルバス・アーキントン。ずいぶん腕《うで》が立つとか」

「そいつが私のエルフを盗んだのか？　ならばいますぐ捕《つか》まえて、ここに連れてこい」

騎士ルドルフはぺこりと一礼し、了承《りょうしょう》の意を示した。

第八章　悪徳の領主

その朝、俺《おれ》はジュパンニと一緒《いっしょ》にキッチンで朝食をつくっていた。

へそ曲がりの宿では、朝と夕方に食事を宿泊者《しゅくはく》に提供している。

グドは料理ができないので、すべてジュパンニの仕事だ。ゆえに、彼女《かのじょ》の仕事は膨大《ぼうだい》だ。

「なにか手伝うか？」

「助かります！　あれれ？　でも、いいんですか？　こんな優《やさ》しいことをして」

「貴様、俺を馬鹿《ばか》にしているのか？　これが優しいだと？　俺は冷たき合理主義者だぞ。ひとりでいつも料理していて大変そうだと思ったから、気遣《きづか》って手伝うとでも思っているのか？　笑止《しょうし》！　俺には企《たくら》みがあるのだ。こうしてお前に恩を売り、心証をよくすることによって、ボランニ家の秘伝のレシピを盗《ぬす》んでやろうという算段なのだ」

「わあ、秘伝レシピが盗まれてしまいます～‼」

ジュパンニは恐《おそ》れおののき、俺の計略に震《ふる》えだした。よろしい。俺の冷徹《れいてつ》さが伝わったか。

「では、アルバスさんはそちらをお願いします」

ふたりでキッチンに並び立つ。

おしゃべりなジュパンニは当然のように昨晩、この宿に入居した彼女たちに言及《げんきゅう》した。

「ねえねえアルバスさん、いきなりあんな美人さんたちを泊《と》めさせてなにをしているんですか？」

「いや、泊めさせてないが。俺が強要してるみたいな言い方やめるんだ」

「いかがわしいことをしようとしているなら勘弁《かんべん》してくださいよ。それに、うちの宿に変な声が響《ひび》くのは許しません。なにより、えっちなことはアルウちゃんの教育に悪いです」

童貞《どうてい》だから安心してほしい。いきなり乱交はじめないから本当に安心してほしい。

「今朝、鶏《にわとり》飼いのパンチョさんから美味《おい》しい卵をいただいたんです」

「卵か。それは珍《めずら》しいな」

異世界転生後——記憶《きおく》が切り替《か》わったと言うべきか——、初めて食べる卵だ。

ところで鶏飼ってるだけで二つ名付くのな。

「皆《みな》さんから朝食のシルクは貰《もら》ってるので、全員分のご飯をお願いします！」

「わかった」

目玉焼きを20人前くらいつくる。

グド、ジュパンニ、俺、アルウ、サクラ、クレドリス、クララ、トーニャ。

俺は目玉焼きなら2つ食べたい派だ。冒険者《ぼうけんしゃ》であり、もっと体を動かしていそうな桜ト血の騎士《きし》隊は、もっとたくさん食べるかもしれない。ということで多めに焼いた。

薄味《うすあじ》のスープを煮込《にこ》んでいる横で、野菜の端《はぎ》切れを煮込んでつくったソフリットもぐつぐつさせておき、野豚《のぶた》の骨と削《そ》ぎ肉からつくった異世界料理研究家の実力をふんだんに利用したコンソメに、玉ねぎと、塩漬《しおづ》け肉の切れ端《はし》を入れてファミレスの飲み放題スープの味を再現する。

ひと口飲む。悪くない。俺の料理技能は進化している。

「わあ、美味しいです‼　流石《さすが》はアルバスさん、女の子の胃袋《いぶくろ》をつかむ方法を心得ていますね‼」

「下心ありありみたいな言い方やめろ。どちらかと言うと、俺はあいつらに迷惑《めいわく》してるんだ」

「そうなんですか？」

「ああ。勝手に嫁《よめ》を名乗るし、いつの間にか隣《となり》の部屋の住人になっているし」

彼《かれ》の魔法《まほう》力が低下してしまったのも、サクラの夜這《よば》いのせいだしな。

いい思いしたんだろうが、それで絶壁《ぜっぺき》から落下したら収支はマイナスだろう。

「でもそれって、あのお姫《ひめ》さまたちが本当にアルバスさんのことが好きということでは？」

「ふん、俺は冷酷《れいこく》無比のアルバス・アーキントンだぞ？　温かい感情なんて俺には迷惑なのさ」

人間との温かい関係など付け入られる隙《すき》を生み出すだけだ。

「でも、昨日は一緒に行動していたんですよね？」

「ふん、わからんか、ジュパンニ。俺はやつらを利用していたのだ。やつらは俺を古い知人と認めるや否《いな》や、1日の労働を無償《むしょう》で提供した。金をもらわずに労働だぞ？　考えてもみろ。俺はそうやってやつらの親切心を恐ろしき策略と人でなしと罵《ののし》られる人格で、いいように使ったんだ」

真にクールな者は他人に後ろ指をさされようが、効率だけを重視し、損得勘定《かんじょう》で動くのだ。

「感謝しているから、今日は朝4時に起きて、こうして4時間も厨房《ちゅうぼう》に立ってお料理の準備しているんですよね！　アルバスさんの優しさはわかってますよ‼」

「そんなわけないだろう。俺がそんな優しさい生ぬるい人間に見えるか」

「すごく見えます！」

やれやれ、脳内お花畑め。都合のいい解釈《かいしゃく》だな。

「よし、こんなところだろう。すべてが整った。ジュパンニよ、俺に続けい」

「はーい♪」

トレイに料理を載《の》せて、あの華《はな》やかな娘《むすめ》たちの部屋へと赴《おもむ》く。

コンコン。ノックし、返事が聞こえたので扉《とびら》を開ける。

クレドリスとサクラの部屋だったが、メンバー4名全員がいた。

机を囲んで、頭を突《つ》き合わせ、地図やら依頼《いらい》書やらを広げ、なにやら会議をしていた。

「わあ、すごく美味しそうなのです」

サクラは目をキラキラさせる。

「これは……っ、相当な手間だったでしょうに」

クレドリスは「え？　朝からそんな手間かけたん？」という驚《おどろ》いた顔を向けてきた。

「なに気にするな。これはまったく手間なんか掛《か》かってない料理だ。所要時間は15分くらいさ。片手間にお前たちの口に合いそうなものを適当に、10％くらいの力で雑につくっただけだ」

ジュパンニが俺の顔をニヤニヤして見上げてきたが無視しておく。こっち見るんじゃねえ。

俺とジュパンニで手早く配膳《はいぜん》した。

「本日の朝食メニューは白パンに、煮込みハンバーグ、野豚のピリ辛《から》焼き、野豚の生ハム、野豚の燻製《くんせい》肉、コンソメ風スープ、しゃきしゃきサラダ、デザートにパタパタフルーツだ。さらに目玉焼きもある。欲しい数を言っていけ。取り分けて皿にいれてやる」

「2つで」

「3つ」

「4つ食べます‼」

「アルバス様……いつにも増して気合がはいっていますね」

クレドリスが苦笑《にがわら》いを向けてくる。

「ふざけたことをぬかすな。適当に片手間につくったと言っているだろう。お前たち、無理やり俺を好意的な人物に仕立てあげようとするな。流石に無理があるだろうが」

「はわわ～虐待《ぎゃくたい》です～。朝からこんな美味しい料理たくさん食べられません～‼」

サクラが煮込みハンバーグをぱくぱくしながら泣き顔をする。

ハっと気が付いた様子のクレドリスは、目玉焼きが5つ載ったお皿を掲《かか》げ、わなわな震える。

「なんて量のご飯を朝から‼　よくもこんな酷《ひど》いことを‼　これはアルバス様が冷酷である証《あかし》‼」

キリっとした顔でクレドリスは言った。

それに続いてトーニャとクララも食べながら口を開く。

「朝からたくさん食べさせて眠《ねむ》くさせ、無理やりにでもお昼寝《ひるね》させる、恐ろしい所業」

「美味しいご飯で餌《え》付《づ》けして、幸せに軟禁《なんきん》するつもりですね、アーキントン先生……虐待‼」

ふっふっふ、そうかそうか、皆、苦しんでいるようだ。

そう、俺は冷たき合理主義者なのだ。

相手がアルウじゃなくても、優しさの欠片《かけら》も見せることはないのだ。

◆　◆　◆　◆

桜ト血の騎士隊たちに朝食を提供したので、次はアルウのもとへ配膳する。

「さあ、熱いから気を付けて食べるんだ」

「アルバス、心配性《しょう》」

「心配性だと？」

「あ……間違《まちが》えた、全然心配性じゃない」

「そうだろう。間違ったことを言うな。俺の気分を害すれば、夕飯は……ちょっと少なくなるぞ」

「うん、気を付ける。アルバスは心配性じゃない。冷徹」

本日の予定はなし。クエストには行かない。一日宿屋にいるつもりだ。

宿のキッチンには野豚の塩漬け肉がたくさんあるし、シルクの貯蓄《ちょちく》も余裕《よゆう》がある。

午前、俺とアルウはお勉強タイムに入った。

アルウは人間語を、俺は猟犬《りょうけん》のコンクルーヴェンが遺《のこ》した『死霊《しりょう》の魔導書《まどうしょ》』を読み解く。

「アルバス、わたし剣《けん》を使えるようになりたい」

勉強の終わり際《ぎわ》にこんなことを言いだした。

「剣だと？　ダメだダメだ。そんな危ないもの、絶対に許さんぞ」

「トーニャとかクレドリスとか、みんな剣持ってる。私も剣使いたい。戦えるようになりたい」

「どうして戦えるようになりたいんだ」

「みんなかっこよかった」

グランホーの森林から帰る時、モンスターの襲撃《しゅうげき》があった。

クレドリスとトーニャ、クララの3名が剣で軽くいなして撃退した。

その姿にアルウは憧《あこが》れたのだろう。

「考えておこう。だが、まずは人間語をしっかり覚えてからだ。それに、まだアルウは体が弱い。もっとたくさん食べて元気をつけないとだめだ」

「うん、わかった」

午後は散歩にでかけた。ふたりで手を繋《つな》いで。

最近のアルウはよく外に出たがる。外の世界を恐れないのはよいことだ。

もしかしたら彼女は生来、好奇心旺盛《こうきしんおうせい》な性格なのかもしれない。

多くのものに興味を持ち、行動する。そういう子なのかも。

「殺人鬼《さつじんき》がまたエルフを連れて歩いてら」

「血も涙《なみだ》もないやつのことだ。きっと身の毛もよだつような目に遭《あ》ってんだろうな」

「フードで顔を隠《かく》しているのは全身にある虐待の痕《あと》を隠すためらしいぜ」

「流石はグランホーの終地で一番のワルだぜ。余念がねえ」

俺のような男が少女を連れて歩けば、たちまち噂《うわさ》は広まった。

「はわわ、殺人鬼さん、今度はそのちいさな女の子を使って悪逆の限りを尽《つ》くすつもりですか⁉」

ギルドの前を通りかかった時、いつもの受付嬢《うけつけじょう》に会った。

「この女は俺をよく知る受付嬢だ。ポンコツでビビりだが、まあ、話がわかるやつだ」

「こんにちは、アルバスがお世話になってます」

「あっ、そうだ。実はアンデッド騒動《そうどう》に関してご報告があったのでした」

「報告?」

「はい。アルバスさん、すごい活躍《かつやく》だったでしょう? あなたのおかげで霊園《れいえん》からアンデッドが溢《あふ》れずに済んだんです。アルバスさんはグランホーの終地の英雄《えいゆう》です。なので、その働きをたたえて、冒険者ギルドから褒賞《ほうしょう》がでるとの噂がありますよ」

「褒賞？　俺にか？」

「はい、ちょっとギルドへ行きましょうか」

というわけで、俺とギルドへ行きましょうか、冒険者ギルドで褒賞を受け取った。

革袋《かわぶくろ》いっぱいにシルク金貨が入っていた。金額はなんと3万シルクだ。

「ふふ」

「殺人鬼さんでも笑《え》みがこぼれる金額ですね♪」

「おーい、殺人鬼はいるかー⁉」

慌《あわ》ただしく男たちが入り口から飛び込んできた。

「お前、ついに裁かれる時が来たぞ‼」

「なにを言ってやがる。ぶっ殺すぞ」

「い、いや、俺じゃねえって。実はよ、王都の騎士たちが来ているらしくて」

場がざわつく。冒険者たちが「何事だよ？」と顔を見合わせる。

「王都の騎士たち？」

「白神樹の騎士たちですよ」

「いや、そう言われてもな。よくわからないんだが」

「アルバスさんって世間知らずですよね。どんな田舎《いなか》から出てきたのですか？」

受付嬢に煽《あお》られながらも、王都の騎士とやらについて教えてもらった。

王都の騎士たちは、星巡《ほしめぐ》りの地を治めるバスコ・エレトゥラーリア、その王都バスコ周辺地域の王領をテリトリーとしているらしく、貴族領までは足を延ばさないという。

それぞれの土地は領主によって治められ、領主の騎士が実働するものだ。

だから、王都の騎士がグランホー終地まで来るのは、本当に珍しいことらしい。

「騎士隊の隊長がお前のこと探してるんだ」

そうか。それは確かにいよいよ裁かれると思われても仕方ないな。

「そこで騎士は『そいつを連れてきたら2000シルクやる！』と言い放ったのさ」

「処刑《しょけい》されるのか、俺は」

「腕試《うでだめ》しではないでしょうか。騎士隊の率いる者であれば、さぞ武勇に優《すぐ》れているはず。英雄と呼ばれる方は強い者がいると聞けば、力をぶつけあって試すのがお好きでしょう？」

「そういうものか、受付嬢」

「そういうものですよ、殺人鬼さん」

受付嬢は言って、俺の手首をバシっと握《にぎ》った。

「なんだこの手は」

「殺人鬼さんを捕《つか》まえたので2000シルク貰いに行こうと思いまして」

「お前が俺を売るのかよ。裏切り早すぎだろ」

「えへへ、だって連れていくだけで2000シルクですよ？　そりゃあ連れていきますよ」

「半分寄越《よこ》せ。それでイーブンだ」

「むぅ、流石は殺人鬼さん、がめついですね」

「お前が言うな」

1000シルクを払《はら》ってもらうことを条件に、俺は受付嬢に連行されることにした。

◆　◆　◆　◆

受付嬢に連行され、広場の方へやってきた。

右手で受付嬢の手を、左手でアルウの手を握っての平和お散歩スタイルだ。

広場に面している酒場が外から見ても騒《さわ》がしい。

酒場の前に馬が並んでおり、帯剣《たいけん》した鎧《よろい》騎士が馬を見張っている。

馬の数と騎士の数が合っていない。残りは酒場のなかにいるのだろう。

怪《あや》しいと思い、酒場をのぞいてみると、甲冑《かっちゅう》に身を包んだ騎士たちで店内は賑《にぎ》わっていた。

人数は10人ほど。店の半分を占有《せんゆう》し、楽しそうにお酒を飲んでいる。

それを煙《けむ》たがるのは地元の荒《あら》くれ者どもだ。なんとなく見覚えのある顔ぶれが、騎士たちをわき目に「俺たちの地元で幅利《はばき》かせやがって」って顔をしている。

「やーい、殺人鬼を連れてきましたよ‼」

受付嬢が大きな声で言えば、店内にいる荒くれ者どもがピクっと最初に反応し、こちらを見やるなり「殺人鬼！」と、おおきな声をあげた。なんでそんな嬉《うれ》しそうなんだよ。

続いて騎士連中が関心を向けてきて「あいつが噂の」と、品定めするような目つきになった。

騎士たちのたむろする中から、精強な男がこちらへやってくる。

おしゃれなくち髭《ひげ》を生やした品の良いおっさんだ。

白を基調とした全身鎧に、白神樹の描《えが》かれた分厚いマントを羽織っている。

身体《しんたい》はめちゃでかい。身長2m20cm、あるいは30cmくらいあるだろうか。

「我《わ》が名はウィンダール。いまは王子ルガーランド様の命にて、白神樹の騎士たちを任される隊長である。お前がアンデッドの大軍をひとりで沈《しず》めてしまったというグランホー一番の勇者か」

「あんたの探しているのは俺で間違いない」

「ふむ、その顔つき。お前は人殺しに慣れているな」

もう否定できない程度には殺人をしているので、彼の推論はまったく正しい。

「物騒《ぶっそう》な世の中だ。我が身を守るために殺しくらいする」

「いかにも。守るために殺す。生きるために殺す。それこそが正しい殺しであるな」

ウィンダールは「お嬢《じょう》さん、どうぞ」と、2000シルクを受付嬢に渡《わた》した。

受付嬢はホクホクした顔でシルクをポケットに忍《しの》ばせる。おい、俺の分忘れるなよ。

「では、グランホーの勇者のちから、見せてもらおうか」

ウィンダールと俺は酒場を出て広場のほうへ移動する。騒ぎの匂《にお》いを嗅《か》ぎつけた騎士と荒くれ者どもが色めきたち、皆、木杯《もくはい》を片手に酒をこぼしながら店外に溢れでてきた。

そうなれば、もう広場は大混乱だ。店の連中だけでなく、通りのやつらまで「なにごとだ、なにごとだ」「喧嘩《けんか》だ、喧嘩だ！」とわらわら集まってくるじゃないか。

「ちょっと待ってください、隊長、俺にまずは小手調べさせてください！」

「ほう、貴公が殺人鬼と立ち会うか？」

「へい、どうにもこの野郎《やろう》が強いようには思えねえ。悪逆非道な殺しをするのはちげえねえ顔つきですが、我々のように白神樹の加護を受ける聖騎士が後れを取る相手じゃないです」

言って野次馬《やじうま》連中のうち、騎士のひとりが甲冑を脱《ぬ》ぎ、剣を味方に預けながら、前へ出てくる。

拳《けん》をコキコキっと鳴らしながらファイティングポーズをとって、俺の前に立った。

俺はアルウの背を押《お》して「そっちで見てろ」と言うと、受付嬢に預けておいた。

「アルバス、頑張《がんば》って！」

「頑張ってください、殺人鬼さーん‼」

応援《おうえん》してくれるふたり。アルウの手前、負けるわけにはいかない。

こちらも腕っぷしには多少の自信がある。この戦い、負けられない。

「ちょっと待ったあ‼　俺たちの殺人鬼に前座を寄越すなんざ舐《な》めたことしてくれるなぁあ‼」

グランホーの荒くれ者たちが声をあげた。

一番デカい声で吼《ほ》え、人混みの中から肩《かた》で風を切って出てくるのは、ミスター巨漢《きょかん》である。

アンデッド騒動の時には斬馬刀《ざんばとう》を俺に貸してくれたやつだ。

「ミスター巨漢、お前がやるのか？　相手は職業騎士だぞ」

「へへ、任せろよ、殺人鬼。俺だって職業冒険者さ。王都の白神樹に仕えてるだかなんだか知らねえが、ちんけな騎士なんざ、お前が出るまでもねえよ」

王都の騎士とミスター巨漢が拳《こぶし》を固めて向かいあう。

「田舎者の力自慢《ちからじまん》だと？　くだらねえな」

「うおおおお！」

ミスター巨漢はタックルをかまし、騎士の懐《ふところ》に入り込むと、そのまま持ち上げて、地面にズドンっと落とした。騎士は苦しそうにうめき声をあげた。

「ぐ、ぐはあ⁉　こ、こいつなんて巨漢だ……」

沸《わ》き立つ民衆、もといい田舎者の荒くれ者たち。よそ者にひとつわからせたか。

「ほう。なかなかやる」

「おい、今度はあんたがかかってこい！」

ミスター巨漢は勢いづいて、ウィンダールを指名した。

皆が盛り上がり、もはや逃《に》げられなくなった雰囲気《ふんいき》にのまれ、ウィンダールは肩をすくめて、鎧を脱ぎ、剣を置いて前へ進みでた。

「おら！」

「案外、王都の騎士も、たいしたこと……ねえんだ……な――」

ウィンダールが一歩、二歩、近づくごとに、ミスター巨漢は言葉尻《ことばじり》をすぼめていく。

デカかった。ミスター巨漢と並んでも頭ひとつ分大きい。腕がまるで胴体《どうたい》のようである。

ミスター巨漢の拳がウィンダールの頬《ほほ》にべちっと当たる。

それがどうした、と言わんばかりにウィンダールは微動《びどう》だにしない。

「いいパンチだ。次は私の番だな」

「いや、ちょっと、待った――」

ウィンダールが拳を固め振《ふ》りかぶった。分厚い、デカい拳だ。ほとんど岩石である。

次の瞬間《しゅんかん》、ミスター巨漢は宙を舞《ま》って野次馬の壁《かべ》に叩《たた》きつけられていた。

とんでもない怪力《かいりき》だ。グランホーの終地の荒くれ者たちが静かになった。

「さて、それじゃあ、はじめようか、貴公」

ウィンダールは雑魚《ざこ》を片付けたとでも言いたげにパンパンっと手を叩きあわせ見てくる。

「さ、殺人鬼、頼《たの》んだ……」

「俺たちの仇《かたき》をとってくれ！」

「グランホーの意地を見せろ‼」

そういう応援されるとやりづらいな。

俺、別にグランホーへの帰属意識とか郷土愛とかそんなないのだが。

かかってこいとばかりに腰《こし》に手を当てて待つウィンダール。

俺は拳を固め、ジャブを放ち、分厚い腹筋を突き刺《さ》した。

「ッ」

ウィンダールはザザザっと土のうえをわずかに後退する。

表情はまだまだ余裕のもので「この程度かね？」と片方の眉《まゆ》をあげている。

「次はこちらの番だ」

ウィンダールは大きく振りかぶり、拳を叩きつけてきた。

ガードしないルールがあるかは知らないが、俺も受けることにした。

『怪腕《かいわん》の魔法』で肉体を強化し、腹筋に打ち込まれた一撃《いちげき》を耐《た》えきる。

土のうえを俺もザザザっと滑《すべ》って後退する。力強いな、こいつ。

「む、耐えるのか。その身体《からだ》で……ははは、貴公、魔力に目覚めているな？」

「かもな。次は俺の番だ。本気で行くから踏《ふ》ん張れよ」

「なに？　さっきのは本気じゃなかったとでも？」

怪我《けが》をさせず、羞恥《しゅうち》を抱《いだ》かせ、すぐに街を出ていきたくさせる。そういう力加減が望ましい。

先ほどは『怪腕の魔法』の歪《ひず》み時間を5分使い、肉体を強化して叩いた。

ウィンダールは頑丈《がんじょう》だ。俺の想像を上回る。だから、より強く叩く必要がある。

今度は歪み時間を20分使い、勢いよくウィンダールを打った。

ズドンッ‼　空気が炸裂《さくれつ》し、爆発《ばくはつ》したような音が響いた。

巨体《きょたい》が勢いよくふっとび広場を横断し、酒場へとつっこんで消えていく。

一瞬《いっしゅん》の沈黙《ちんもく》のあと、歓声《かんせい》が爆発した。

「す………すげえ‼」

「うおおぉぉお！　俺たちの殺人鬼がやったぞ‼」

「北風のウィンダールをぶっ飛ばした‼」

ガラガラ。

瓦礫《がれき》の崩《くず》れる音がした。皆の視線が酒場のほうへ。

「強烈《きょうれつ》だな……巨獣《きょじゅう》と殴《なぐ》り合っているのかと思ったぞ」

酒場の壁に開いた大きな穴から、ウィンダールがのそっと出てきた。

肩の埃《ほこり》をポンポンっと払いのけて、血をペッと吐《は》き捨てる。

「私の負けであるな。信じられないぞ、こんな豪傑《ごうけつ》の者がいたとは」

ウィンダールがそう言って上品に拍手《はくしゅ》をするなり、騎士たちは各々《おのおの》拍手しだし、「隊長が、負けるなんて……」と口々に騒ぎはじめた。

「名前をまだ聞いていなかったな。貴公の本当の名はなんと、まさか殺人鬼ではあるまい」

「アルバス・アーキントンだ」

「アルバス・アーキントン……ふむ、なるほど」

言って、ウィンダールと俺は固く握手《あくしゅ》をかわした。

「いやはや、お見事だ。次があれば剣で立ち会おう。そちらも得意なのだろう」

「どうだかな」

「これは褒賞として受け取るとよい」

言って渡された革袋は重く、ジャラジャラとしていて、頬が緩《ゆる》みそうになるほどであった。

「貴公、王都に来る気はないか」

「話が見えないな」

「いやはや、実はな、私たちは英雄を探すために遥々《はるばる》旅をしてきたのだ。貴公の剛力《ごうりき》、そして剣術を修めた動き、白神樹の騎士団ならば大きな意味を得られるぞ」

「大きな意味か。興味ないな」

「そんなはずがないだろう。それだけ練り上げておいて、強さを必要とされているのだぞ？」

「どうして必要としてる」

「禍《わざわい》だ。星巡りの地を混乱に陥《おとしい》れる禍がある」

「禍だと？」

「我々に加わる気のない者にこれ以上を話しても仕方があるまい」

きな臭《くさ》い話だ。禍と英雄か。彼らに合流すれば大義のために戦い、意味を得られるとな。

手のひらに自然と視線が落ちていた。俺という存在。最後の魔法使《まほうつか》い族のチカラ。それはきっと多くを守るために役立つものだ。記憶を失うまえの俺も大きなスケールで、諸族の未来を、星巡りの地の未来を考えていた。

いずれ混乱が芽生えてくるであろうことも危惧《きぐ》していた。

俺がいれば混乱の収束の一助となるだろう。

「どうだ、貴公、興味がでてきたか。その力を振るう場を得られるぞ」

「やはり興味が湧《わ》かないいな」

俺は関与《かんよ》するつもりはない。何かの犠牲《ぎせい》になりたくなどない。それは俺が望むことだし、また彼が望んだことでもある。彼は後の世を心配していたが、同時に安心もしていた。

もう彼の戦いは終わり、彼の役目は終わったのだ、と。

次の時代は、次の者たちが守るだろう、と。

だから彼は俺に仕事を残さなかった。ただ幸せになればいいと、そう言ってくれたんだ。

ならば俺は、俺の意思と、彼の遺志の下で、とことん楽するニート生活を追い求めればよい。

「悪いが、ほかをあたってくれ」

「そう、か。残念だ。貴公のような勇者ならば大歓迎《かんげい》だったのだが……まあ仕方あるまい。意思無き者を強引《ごういん》に戦場にひっぱりだすわけにはいかない」

ウィンダールはちいさくため息をつくと、腹筋を押さえて「イタタタ、お前たち傷を癒《い》やすため飲みなおそうぞ！」と、騎士たちを連れて酒場へ向かおうとする。

「元気だな。ちゃんと治癒霊薬《ちゆれいやく》とか飲んだほうがいいぞ」

「はっはっは、お気遣いどうも。だが、壁の修理代くらいは呑《の》まねば、酒場の主人に申し訳が立たないであろう。霊薬を飲んで酒が入らなくなっては元も子もないというものだよ」

愉快《ゆかい》なちょび髭だった。

◆　◆　◆　◆

その晩、食事が終わり、眠るまでの灯芯《とうしん》一本を燃やすまでの時間。

俺は『死霊の魔法』を習得した。

猟犬のコンクルーヴェンが遺した魔導書をついに読み解いたのだ。

生と死の理《ことわり》を学び、星の彼方《かなた》から生じる宇宙を知ることで、生と死の輪廻《りんね》に干渉《かんしょう》できる。

星巡りの地に満ちる霊脈のチカラを感じ、御《ぎょ》し、大地に眠る失われた命に一時の活力を与《あた》え、しもべとして使役《しえき》するのだ。呪《のろ》われたものだとしても、どうして死人がそれを拒《こば》むだろう。

これは死者を操《あやつ》る魔法だ。争いを制するのに役立つと思われる。

だが、彼が俺に残さなかった魔法でもある。おそらくは扱《あつか》いを間違えれば危険なのだ。

そして平穏《へいおん》に生きる分には必要のない魔法なのだ。過剰《かじょう》な戦力とも言える。

高度な魔法理論であることを忘れずに、慎重《しんちょう》に、間違えないように気をつけよう。

「だれか来たな」

部屋の外、階段を駆《か》け上がってくる足音が聞こえた。

たぶんジュパンニだろうなっと思っていると、足音は俺とアルウの部屋の前へやってくる。

「大変です、アルバスさん！」

「なんだよ、珍しいな。こんな夜に騒ぎか」

「騎士の方がついにアルバス様を捕まえに来たみたいなんです‼」

言って、ジュパンニはわなわなと震えて階下を指さしていた。

「今日はよく捕まえにくるな」

階下へ赴くと、グドが騎士たちを押しとどめていた。

数は2人。どちらも屈強《くっきょう》だ。ウィンダールの率いていた王都の騎士ではなさそうだ。

「貴様が殺人鬼アルバス・アーキントンか」

「そうだが」

これに「そうだが」って答えるの嫌《いや》だな。

「領主さまの命により、貴様を窃盗《せっとう》の罪咎《ざいきゅう》で拘束《こうそく》する」

いわれのない罪だ。よし。領主のやつ、ぶっ殺すか。

「こい、アルバス・アーキントン。抵抗《ていこう》することはおすすめしない」

「おい、殺人鬼どうするんじゃ。こやつら領主のところの騎士じゃぞ。やつは悪い噂が絶えん。関《かか》わらない方がいいが」

グドが心配そうに耳打ちしてくる。

「大丈夫《だいじょうぶ》だ。面倒《めんどう》なことになるかもしれない。あんたは関わるな」

「おぬしひとりで大丈夫か？」

「俺を誰だと思ってるんだ。ちょっと行ってくる」

グドを押しとどめ、なるべく騒ぎを大きくせずに騎士たちに連行されることにした。

夜の暗い通りを歩く。両手首はきつく縄《なわ》で縛《しば》られている。

「窃盗の罪咎ってなんのことだ」

「しらばっくれるな。貴様は領主さまの奴隷《どれい》を盗んだのだろうが」

あの日のことを思いだす。アルウに出会ったあの日。

やせ細り、汚《よご》れきり、ゴミのように捨てられていたアルウの姿。

なるほど、なんとなく話が見えてきた。

「領主が捨てた奴隷を俺が拾った。だから飼っているだけだ。なんの問題がある」

「言い訳をするな。貴様は勝手に領主さまの財を盗んだ罪人だ」

見覚えのある道をたどり霊園にやってきた。

「良い場所だな、人殺しにはもってこいだ」

「いいから黙《だま》ってついてこい」

カタコンベまで下りてきた。すこし前に来たばかりの闇《やみ》の儀式《ぎしき》が行われた場所だ。

騎士は「ここら辺でいいか」と剣を抜《ぬ》き、地下墓の闇に鈍《にぶ》く刃《は》をきらめかした。

「お腹《なか》いっぱいご飯がでてくる牢屋《ろうや》に連れていってくれるんじゃないのか」

「はっはっは、愉快な野郎だ」

「冗談《じょうだん》を言える胆力《たんりょく》だけは認めてやる」

騎士たちは顔を見合わせる。

「言わなくてもわかるだろう、この盗人《ぬすっと》めっ」

「お前を殺したあとであのエルフは領主様のもとへ戻《もど》るのだ。あの宿屋にいた娘もなかなかに良かった。お前と仲も良さそうだったし、あいつもいただくとしよう。いい声で泣きそうだ」

「ずいぶん欲張りなんだな。そんなことがまかり通るのか」

「領主様の強権を甘《あま》く見るな。あのお方が声をあげれば、領地の娘はみんな彼のもとに来る」

「辺境の村には可愛《かわい》い娘がいるもんだから、そういうことはよくあるのさ。攫《さら》ってきて、あとで村に金を落とせば、村人たちは勝手に納得《なっとく》する。というか、せざるを得ないんだがな」

「へへ、村娘が町娘に変わったところで誰も文句を言えやしないさ。この世は勝つ方についていれば甘い汁《しる》をすすれるってことさ。お前は敵を間違えたんだよ」

気持ちのいいくらいに汚れ切っている。領主も騎士も。

「本当に愛らしいやつらだな、お前たちは」

「「あ？」」

「楽しくなっちまう。まったくまったく」

腕に力をこめて縄を引き千切る。怪腕ならば、ちゃちな拘束は簡単に解除できた。

「大好きだ。さあ死んでくれ」

「こいつ縄を素手《すで》で⁉」

「狼狽《うろた》えるな、こいつは素手だ。剣を持ってない」

騎士たちは剣の切っ先を向けてきた。

たしかに。武装している者と、非武装の者が争えば話にならないだろう。

人間対人間、という前提での話だが。

俺は袖《そで》をまくり、右手の爪《つめ》をたて、左手の前腕に突きたてた。

そのまま手首のあたりから、肘《ひじ》のほうへ皮膚《ひふ》を裂《さ》いて出血させ、その血を地面に垂らした。

符号《ふごう》は成った。『死霊の魔法』が作用する。

鮮血《せんけつ》で濡《ぬ》れた大地が泡《あわ》立《だ》ち、血泥《ちどろ》から太い腕が飛びだした。

騎士たちが唖然《あぜん》としているなかで、恐るべき腐敗《ふはい》の戦士がのっそりと立ちあがった。

腐《くさ》りかけた黒いマントに身を包み、暗黒の重厚《じゅうこう》な鎧を着込んでいる。

戦士は大人の男が子どもに見えるほど背が高く、腕が4本もあり、右後ろの手には錆《さ》びついた大剣を、右前の手には片側の潰《つぶ》れた戦斧《せんぷ》を握りしめ、ふたつの左手には大盾《おおだて》をたずさえている。

黒いヘルムから目玉のない空虚《くうきょ》な穴がのぞき、顔は腐りかけた死体のものだ。

目にするだけで恐怖《きょうふ》が腹の底から湧きあがり、正気を失いそうになるほどおぞましい。

「あ、あ、な、なん、なん……っ」

「こ、こいつは、ばかな、んだよ、このバケモノはぁァア⁉」

「エクサニマトゥス・ホリフィクス」

悍《おぞ》ましい死体はおおきく戦斧を振りあげた。

騎士は剣を寝《ね》かせてガードしようとするが、刃ごと脳天から股下《またした》へかけて両断された。

血と臓物を撒《ま》き散らす仲間を見て、片割れの騎士は金切り声をあげて、逃げだした。

黒い風が吹《ふ》いた。朽《く》ちゆく戦士は一瞬で騎士の逃げる先にまわりこみ、戦斧を叩きつけた。

騎士の肉体は破砕《はさい》され、赤いシミとなってカタコンベの土に染《し》みていった。

◆　◆　◆　◆

その晩、グランホーの終地周辺を治める貴族ルハザード・クリプトはご機嫌《きげん》だった。

1カ月前に使い潰してしまった奴隷エルフが戻ってくるからだ。

しかも今はすっかり綺麗《きれい》に回復していると言うではないか。

こんな幸運なことがあるだろうか。奴隷なぞ使い終われば死ぬだけの命。どんなに可愛がってやっても、死んでしまっては同じものは手に入らないのだ。

金や銀の雅《みやび》な調度品とは違《ちが》うのだ。割れた壺《つぼ》とは違うのだ。買い直すことはできない。

「ふっふ、私は本当にツイている。そうは思わんか、ルドルフ」

「ルハザード様は白神樹に愛されておりますゆえ。当然のことかと」

「ははは、そうかそうか」

ルハザードはご機嫌に笑い、お抱えの理容師に髭を綺麗に剃《そ》らせた。

風呂《ふろ》は贅《ぜい》を尽くした生活をするルハザードにとっても最大の楽しみのひとつだ。

彼が浴室に入ると、メイドたちもあとに続いた。地方の村から連れてきた村娘である。

メイドたちは拙《つたな》い手つきで主《あるじ》の身体を洗った。嫌な顔をすることはなかった。慣れたわけではない。嫌な顔をすれば酷い目に遭うことがわかっているだけだ。

メイドたちは自分の仕事が終われば、ルハザードのいないところへ下がり、こらえていた吐き気を思い出し、涙をぽろぽろこぼした。屋敷《やしき》のなかでごく当たり前の風景であった。

地方から連れてこられた村娘たちは「家に帰りたい……っ」と我慢《がまん》できずに泣く者がいれば、互《たが》いに肩を支えて励《はげ》ましあった。逃げれば殺される。耐える他ないのだ。

「ところで私のエルフはどうなってる？　まだなのか？　ずいぶん待たせるのう」

風呂から上がり、寝室《しんしつ》のベッドで横になっていたルハザードは、側近のルドルフにたずねた。

「そうですね。使いに出した者たちがもう帰ってきてもいい頃合《ころあ》いですが」

ルドルフとルハザードはともに置き時計を見やる。

殺人鬼アルバス・アーキントンを処し、エルフを取り返す算段であるが、どうにも帰りが遅《おそ》い。

「まあよい。野暮用《やぼよう》でも済ませるか」

ルハザードは犯罪組織との取引に関する金の勘定をするため、執務室《しつむ》へ移動し、ペンを紙面に走らせる。白教で禁止されている薬草や、奴隷取引、危険なモンスター素材の品名が並んでいる。

「ん？　ここに確かに入れておいたような気がするが……」

「どうされましたか？」

「……ルドルフ、私の取引目録に触《さわ》ってはおらんだろうな？　大事な取引目録だ」

「もちろんでございます」

「ふむ。どこかへやってしまったか。最近は妙《みょう》なことばかりが起こる。妾《めかけ》どもの服は減っているような気がするし、ベッドもひとつ消えてる気がするし、棚《たな》の本は減っているような気がするし、領地運営と闇取引の書類もどこかへいってしまっているような……」

思い悩んでいると、部屋の外が騒がしくなってきた。

ひとりの騎士が扉を勢いよく開いて飛び込んでくる。

「大変です、ルハザード様!!」

「なんだ、こんな夜中に騒ぎ立ておって」

「え、エントランス、や、やつがっ!!」

騎士はプルプル震えて玄関《げんかん》の方を指さす。

「やつだと?」

「や、やや、やつです!! さ、殺人鬼アルバス・アーキントンです!!」

「なんだと!?」

ルハザードはルドルフと顔を見合わせ、すぐさま階下へ下りた。

玄関ホールへやってくると、騎士たちに囲まれた男がいた。恐ろしい顔立ちの男だ。

男のすぐ横には巨大なバケモノが直立不動の姿勢を保っている。こちらもまた恐ろしい顔立ちをしていた。腐敗と死を濃密《のうみつ》にまとった暗黒の戦士だ。4本の太い腕にはそれぞれの武器を持ち、うち右腕の2本が人の背丈《せたけ》もある大きな戦斧を握っている。

人類なら両手斧《ておの》であるが、規格が違うせいでコンパクトな片手斧にすら見えてしまう。

「な、なんだあのバケモノはッ!?」

ルドルフは驚愕《きょうがく》し、眉間《みけん》にしわを寄せ、すぐに腰の剣に手を伸ばした。

かつて白神樹の麓《ふもと》で騎士になり、王都を守ることを誓《ちか》い、中隊長を務め、のちにルハザードに仕える騎士になったルドルフには、強者を識別するだけの嗅覚《きゅうかく》があった。

(果てしない暴力と死の匂い。なんというアンデッドだ……震えが止まらない)

「悪そうな顔してるな。あんたが領主か」

「ひぃ……き、貴様が殺人鬼アルバス・アーキントンか‼　何故《なぜ》ここにいる、そのバケモノはなんだ、私の騎士たちをどうした‼」

ルハザードがまくし立てるなか、アルバスはカバンから紙の束を取りだすと、エントランスにばら撒きはじめた。大ニュースの号外配りのように派手に、次々と、絶え間なく。

「なにをしている……？」

「お前が富を蓄《たくわ》えるために行った汚《きたな》い取引の証拠《しょうこ》だ。7年前から先月のまで全部あるぞ」

「はぐあッ⁉　貴様が私の取引目録を盗んでいたのか⁉」

ルハザードはこの1カ月間のモヤモヤが晴れると同時に、抑《おさ》えがたい怒《いか》りに支配された。

「ふざけやがってぇえ‼　なんでこんなことをぉお⁉」

「いやなに。いつかお前のことはスキャンダルで叩き潰してやろうと思って準備はしていたんだ。だが、もう必要なくなったんでな」

「このクソ野郎がぁあ⁉　生きて帰れると思うなよォお⁉」

アルバスは悍ましい死体の腰にくくりつけてあった生首を取り、エントランスに放った。

べちゃっと落ちる首。ひとりは顔面を両断されており、脳漿《のうしょう》がこぼれている。

「予言しよう、ルハザード・クリプト。お前は今夜おぞましく死ぬ」

アルバスは冷たい瞳《ひとみ》で見上げながら、つまらなそうな顔で告げた。

淡々《たんたん》と決定事項《じこう》を告げる裁判官のように。

「ひぃいいい⁉」

「ルハザード様おさがりを‼　お前たちなにをしている‼　その者を殺せ‼　全員でかかれい‼」

叫《さけ》ぶルドルフ。動きだす騎士たち。すべてを置いて逃げだすルハザード。

カバンを放《ほう》り捨て、逃走者《とうそう》を追いかけるアルバス。

騎士たちの肉体が巨大な戦斧で破壊《はかい》され、血と臓物が飛散する。

「あ、ああ、あぁぁあああ、やめてくれええ‼」

「化け物だぁぁああ……‼」

「こんなのどうすればいいんだッ⁉」

「あぐうあああああ‼」

「逃げろ、逃げるんだぁああ‼」

「誰かひとりでも逃げ延びてくれえええ‼」

騎士たちは戦闘《せんとう》開始から5秒で戦意喪失《そうしつ》し、みんな背中を向けて逃げようとする。

だが、誰ひとり逃げられる者はいなかった。悍ましい死体は風のように動きまわり、戦斧を振りまわし、死体を凄《すさ》まじい速さで量産していく。

アルバスは残酷《ざんこく》の舞踏会《ぶとうかい》を歩きわたり、エントランスから2階へ続く階段を一段ずつ上る。

「そいつもやれ。クズの匂いがする」

流し目を送りながらつぶやいた。視線の先はルドルフだ。魔法使いの死刑《しけい》宣告である。

逃げだすが、一瞬で悍ましい死体にまわりこまれてしまった。

「ひぃぃい⁉　こ、殺されてたまるかぁああ‼」

剣で斬《き》りかかる。悍ましい死体の鎧にガゴンっと当たって弾《はじ》かれた。

悍ましい死体は歓喜《かんき》の声をあげ、2振りの戦斧と、ふたつの堅盾《けんたて》を放り捨てると、4本の腕でルドルフのあちこちに掴みかかり、力任せに引っ張った。その結果は語るまでもない。

「ひやぁあああやめ、ろぉぉぉおおおうぎゃぁぁあぁあ――――――‼」

「ひええ⁉　る、るる、ルドルフ⁉　私のルドルフがっ⁉」

アルバスは血をぐっしょり吸った赤い絨毯《じゅうたん》を踏みしめて上ってくる。

叫び声がこだまする。ルハザードは逃げた先で、物陰《ものかげ》で息を殺していたメイドを発見した。

「こ、ここ、こっちへこい貴様ぁ‼」

「や、やめてください、私は、私は関係ないんです、ぅ‼」

「うるさい、黙れ、私を守れぇぇ‼」

アルバスが追いつく頃《ころ》、ルハザードは少女の首に短剣をつきつけて人質《ひとじち》としていた。

ルハザードは恐怖のせいで半狂乱《はんきょうらん》に陥《おちい》っており、なにをするかわからない。

「ぢ、ちち、近づいたらこの娘を殺すぞぉ⁉　ごっぢへ来るなぁ‼」

「俺がそんな知らない娘の命なぞ気にするとでも思うのか」

アルバスはまるで構う様子もない。

窓から差し込む月光に短剣の刃がキラリと輝《かがや》く。

「や、やだよっ、死にたくないっ‼　お母さん、お父さん、帰りたいよぉ、うぅ‼」

「不幸だと諦《あきら》めて死ね。お前なぞ、俺にはどうでもいい」

アルバスは冷たく言い放つ。メイドは滂沱《ぼうだ》のごとく涙をながし命乞《いのちご》いする。

「な、なんて冷酷な男なんだ‼」

ルハザードは人質としての価値がメイドには無いと考えた。

そこまではアルバスの思惑《おもわく》通りであった。人質に価値がなくなれば解放されると企んでいた。

ただ、ルハザードは半狂乱だった。冷静ならば少女を突き飛ばして逃走するのが最善なはずだが、いっそ殺してしまおうという破滅《はめつ》的な思考に陥っていたのだ。

「どうせ死ぬなら‼」

短剣がメイドの細首に振り下ろされる。

想定外。アルバスは眉根《まゆね》をぴくッとさせ不機嫌《ふきげん》な顔で手を咄嗟《とっさ》にかざした。

「──短剣よ、こっちへ来い」

『勅命《ちょくめい》の魔法』が発動し、短剣は刃先が少女に届く前に、アルバスの手元へ引き寄せられた。

アルバスは要領よくキャッチし、ぽいっと放り捨てる。

その様を見て、ルハザードも、メイドも目を大きく見開いた。

「お、おまえ、いま……‼　いま‼　それは、なんだ、何をしたんだ⁉」

黒い風が吹いた。ルハザードはビクッとして背後を振りかえる。

悍ましい死体がいた。大きな手が顔面をがしっと掴み、メイドから引き剥《は》がす。

勢いのままに壁に叩きつけ、真っ赤な大輪がグシャっと咲《さ》き誇《ほこ》った。

ぴくぴくッと痙攣《けいれん》し、ルハザードは苦痛に声を漏《も》らす。まだ息はあるようだ。

「いい感じだ。力加減うまいな、お前」

アルバスは感心した風に悍ましい死体の肩を小突く。

主人に認められて嬉しいのか親指を立てグッドサインを作る。

「あ、あ、あなたは、一体……いまのは、まさか、魔法ですか……？」

アルバスはメイドのまえで膝《ひざ》を折る。少し考え、シルク金貨を3枚とりだすと握らせた。

「何も聞くな。誰にも言うな。俺は正体をだれにも知られたくない。さあ、もう村に帰るといい」

「っ、ありがとう、ござい、ます、ありがとうございます……っ」

メイドは涙を流しながら繰《く》りかえした、深くお辞儀《じぎ》をして去っていった。

屋敷に住み込みで働かされている仲間たちのもとへ向かい、夜のうちに不当に連行された少女たちは屋敷から解放された。ひと月もせず、少女たちは村へ帰れるだろうと思われた。

「あ、いだぃ、イタイ、痛い……ぃい」

「お前はこっちだ」

アルバスはピクピクと痙攣するルハザードを引きずり、玄関エントラスに放り捨てた。

彼は短剣で自分の手のひらを裂いた。ぼたぼたと血が流れ、その血をルハザードに浴びせた。

直後、苦悶《くもん》の悲鳴が響き渡った。

「ア、ガ、ぎゃ、ぁあああ――――!?」

『死霊の魔導書』はアルバスにふたつの魔法を与えた。

ひとつはアンデッドを召喚《しょうかん》し使役する『死霊の魔法』だ。

もうひとつは血に魔法のチカラを付与《ふよ》する『呪血の魔法』である。

「腐り祈《いの》れ。なるべく早く死ねるように」

アルバスはそれだけ言い残し、背を向け、颯爽《さっそう》と屋敷をあとにした。

「ぁあああァッ!!　殺して、ぐでぇッ!!　殺ぜぇぇええッ!!」

苦痛の悲鳴は夜明けまでやむことはなかった。

第九章　生まれた意味

数日が経《た》った。このところ争いはない。すっかり平和な日常に帰ってこられた。

朝起きれば料理をし、桜ト血の騎士《きし》隊やアルウ、グドやジュパンニに振《ふ》る舞《ま》い、昼になればアルウとお散歩をし、人間語を勉強したり、絵本を読んだりする。

これらは楽しいからやっているのではなく、すべては投資活動であることを注釈《ちゅうしゃく》しておく。

朝、目が覚めれば今日もいい日になるという予感がある。

「おはよう、アルバス」

顔を傾《かたむ》けると、布団《ふとん》から顔をだしたアルウが手を握《にぎ》っていた。

こうして手を繋《つな》いで一緒《いっしょ》の布団で寝《ね》るのが常である。それもこれもアルウがひとりで眠《ねむ》るのを拒否《きょひ》するせいだ。必ず手を握ってやらねばならない。以前は、ベッドの横で椅子《いす》に座《すわ》っていたが、それではやたら疲《つか》れてしまう。だから仕方なく、本当に仕方なく一緒に寝ているのだ。

廊下《ろうか》に出るとサクラがいた。桃髪《ももがみ》をしっかりと整えてハーフアップに束ねている。

アルウはフードから覗《のぞ》く翡翠《ひすい》の瞳《ひとみ》をきらんっと輝《かがや》かせ、警戒《けいかい》するように身を寄せてきた。

「アルバス様、おはようございます」

「ああ、おはよう。いい朝だな」

この街もずいぶん綺麗《きれい》になった。最大の悪党を始末できたおかげだ。

「アルウちゃんも、おはようございます」

「むぅ、嘘《うそ》つきピンク……」

「はぐあ⁉　だ、誰《だれ》が嘘つきピンクですか。そういう悪いことを言う子、こうしちゃいます」

アルウは「ごめんなさい」と言ってフードを押《お》さえて身構えた。サクラはアルウをひょいっと持ち上げて「とおあ！」と上げたり下げたりを繰《く》りかえす。朝から騒《さわ》がしいやつらだ。

「お嬢様《じょうさま》。おやめください。淑女《しゅくじょ》のすることではありません」

「クレー、嘘つきピンクって言われました！　この屈辱《くつじょく》は3乗にして返します！」

「最近のお嬢様はわりと嘘つきですよ」

「クレー⁉」

部屋から出てきたクレドリスにも同意されてしまった。もうサクラに立つ瀬《せ》はない。

彼女《かのじょ》たちはアルウのよき遊び相手になってくれる。俺《おれ》のこともよく理解している。

桜ト血の騎士隊は良き同居人だ。

「アルバス、今日も辛気臭《しんきくさ》い顔をしておるのう。お前のせいで客が寄り付かんわい」

「ボケじじいが。俺のおかげで桜ト血の騎士隊がこのくそったれな安宿を選んでいることを忘れるなよ。俺の経済効果を軽《かろ》んじてると、今日のお前の朝食をちょっと少なくするぞ」

「アルバス、それはひどすぎると思う」

アルウは袖《そで》を引っ張って、首をやる瀬なく横に振る。

たしかに。朝食をちょっと少なくするはやりすぎだな。

「アルウに感謝するんだな、グド」

調理場に立ち、ジュパンニとアルウと朝飯をつくる。

「おはようございます、アルバスさん！」

「ああ、おはよう、ジュパンニ」

「今朝も鶏《にわとり》飼いのパンチョさんから卵をいただけました！」

「パンチョか。しっかり塩漬《しおづ》け肉のお礼はしたか？　継続《けいぞく》的な取引には信頼《しんらい》が必要だ。へそ曲がりの宿がもつ肉食材という強みを忘れるなよ」

「もちろんですとも。あ、でも、塩漬け肉が残りひと壺《つぼ》になっているんでした」

「そう言えば、ずいぶん減っていたな。よし今日はクエストに行ってくる」

「よろしくお願いします、アルバスさん！」

肉は貴重なたんぱく質の供給源だ。健康維持《いじ》には欠かせない。

異世界ではパンだけで食事を終えたり、豆スープだけで食事を終えることも少なくない。

栄養学に詳《くわ》しいわけじゃないが、そんな偏食《へんしょく》が健康に好ましくないのはわかる。

アルウにはパンに、野菜に、お肉という3つの食材を毎日のように食べてほしい。

肉を調達する主目的はアルウに幸せに暮らし……ではなく、やつの商品価値を高めることだ。

他方、副目的は宿屋の連中に恩恵《おんけい》をもたらすことである。これはボランティアではない。

ついでの労力で、ついで以上の恩を売るのだ。蓄積《ちくせき》した恩はいつか役にたつ時がくる。

だから、俺がこうして定期的に『野豚《のぶた》狩り』に出かけて、お肉をへそ曲がりの宿に持ち帰り、アルウ以外の連中がその肉にありつくことは、なにも無駄《むだ》ではないのだ。すべて俺の利益のためなのだ。ふはは、どうだ、恐《おそ》るべき計略であろう。これが合理主義、冷徹《れいてつ》なる計算というものなのだ。

「あぁ、そう言えば、根菜いじりのスマックがパースニップの種を譲《ゆず》ってくれることになった」

パースニップとは根菜の一種だ。白くて人参《にんじん》っぽい見た目をしている。グランホーの終地で手に入る野菜としては、カブや豆、人参や玉ねぎに並んで入手可能な貴重な野菜食材である。

「本当ですか？　種があれば宿の裏庭でパースニップを育てられるじゃないですか！」

「そういうことだ」

野菜事業を拡大すれば、いずれ外へ売り出すこともできるはずだ。

そうすれば、この安宿の自転車操業も多少はマシになるだろう。

たとえ俺がいなくなっても……。

「アルバスさんが来てから、なんだかすべてが上手《うま》くいっている気がします」

「なにを馬鹿《ばか》なことを言っている。勝手に俺のおかげにして良い人扱《あつか》いするのはやめろ」

「あはは。相変わらずですね」

ジュパンニは見透《みす》かしたようにけらけらと笑った。

「殺人鬼《さつじんき》、ちょっとこい」

グドが調理場に入ってきた。

「どうした。腹が減って仕方がないのか」

「いいや、違《ちが》う。ちょいと厄介《やっかい》かもしれん」

「わかった、今行く」

グドの表情は真剣《しんけん》なものだった。なにかあったのだ。

◆　◆　◆　◆

「ご機嫌《きげん》よう、アルバス・アーキントン。数日ぶりであるな」

宿屋の1階受付まで出てくると、玄関先《げんかん》に立っている巨漢《きょかん》は軽い調子で手をあげた。

分厚い身体《からだ》に、重厚《じゅうこう》な全身鎧《よろい》、白神樹の描《えが》かれた豪奢《ごうしゃ》なマント。

数日前、広場で殴《なぐ》りあったあの騎士だ。名前は――――。

「ウィンダールだったか」

「覚えていてくれて嬉《うれ》しいよ、貴公」

「なんの用だ。俺に話があると見えるが」

グドが俺を呼んだんだ。ウィンダールは俺に用事があるのだろう。

「いや、実はあまり気の進まないことなのだがね。こちらも仕事だ。それも重要な仕事だ。だから、貴公にいくつか質問をしなければならない」

「もったいぶるな。用件を言ってくれ」

足音が上から聞こえる。階段を下りてくるのは桜髪と紫《むらさき》髪の女だ。

「あれは第四王子の……」

「まさか、ウィンダール殿《どの》？」

サクラとクレドリスはたいそう驚《おどろ》いた様子だった。目を見開いている。

「おや、貴公らがこんなところにいるとは。麗《うるわ》しき冒険者《ぼうけんしゃ》一行殿」

向こうもサクラたちのことを知っているようだ。どういう関係なんだろうか？

「今回はこちらの御仁《ごじん》にお話があって足を運んだのですよ」

「アルバス様に用件が？」

「む？　この恐ろしい顔の御仁とお知り合いであるか？」

「ええ、まあ」

「おい、ウィンダール、話が逸《そ》れてるが」

「ああ、これは失礼。重要な話だったのだ。星巡《ほしめぐ》りの地すべての者にとっても重要なことだ」

ウィンダールは一向に話さないので、とりあえず客間に通すことになった。

以前、桜卜血の騎士隊を通した空き部屋で、ウィンダールと向かい合う。

ジュパンニにお茶を淹《い》れてもらい、配膳《はいぜん》もしてもらった。

なお、なぜかウィンダールはアルウのことを知っており、彼女に会いたがっていた。

断る理由もないし、なによりウィンダールが来た理由を聞きたかったので、彼《かれ》の言う通りアルウを俺の横にちょこんっと座らせた。

「ほう、その子がエルフか。なるほど、たしかに緑色の髪をしている。古い血ゆえのものか。細く、か弱い姿だが……間違《まちが》いないだろう。とうとう見つけることができたか」

口元を手で覆《おお》い、ウィンダールは納得《なっとく》した風に言った。品定めする眼差《まなざ》しが細められる。

アルウが身を強張《こわば》らせる。俺はそっと肩《かた》に手をまわしておく。

「どういう意味だ。俺に用があるんじゃないのか」

「厳密に言えば、そちらの緑髪のエルフ……アルウに用があるのだ」

「アルウに用だと？」

「あぁ。私たちは探していたのだよ、そのアルウを」

点と点が繋《つな》がった感覚があった。どうして王都の騎士がこんな辺境に来ているのか。

サクラが言っていた、王都の捜索隊《そうさくたい》が『緑髪のエルフ』を探している、という発言。

つまり、こいつがアルウを探しているという捜索隊の隊長だったということだろう。

「わかるように言え。なんで王都の騎士がこんな奴隷《どれい》のエルフを探すんだ」

半ば察しながらも、わかってない風を装《よそお》い、結論の先延ばしを図《はか》った。

「単刀直入に言おう。そのアルウと呼ばれるエルフに世界の命運を託《たく》してはくれぬか」

いきなりなにを大それたことを。こいつ何を言っている？

「世界を救うためにそのエルフが必要なのだ」

「わかるように言え、と言わなかったか」

「白神樹の麓《ふもと》、白き都市には、予言の奇跡《きせき》があるのだ。王の祝福に守られる地であるが、しかし、だからこそ邪悪《じゃあく》な予兆は見逃《みのが》さない。大いなる禍《わざわい》がある。そのために、ルガーランド様は英雄《えいゆう》をお集めになられている。予言の英雄たちだ」

「その英雄とやらがアルウだとでも？」

「そのとおりだ。緑髪のエルフ。間違いない。王子の探していた人材だ」

まったくなにを言いだすのかと思えば……アルウに世界の救世を為《な》せというのか。

「英雄を探しているというから、もっと豪傑《ごうけつ》らしいやつを探しているのだと思ってたが」

「ああ、私もそう思っていたさ。アルウ殿より貴公のほうがよほど英雄らしい。だが、貴公は興味が無いという。ならばアルウ殿に協力を仰《あお》ぐしかない」

「交換《こうかん》条件のように言わなくてもいい。話はわかった」

「そうか。助かるよ、貴公。では、貴公の奴隷、こちらへ任せてくれるか」

「寝ぼけたことをぬかすなよ」

「……なんだと？」

　ウィンダールの顔色が曇《くも》る。

「丁重《ていちょう》にお断りする。アルウは救世などしない」

「……。貴公、自分の言っている言葉の意味がわかっているのか」

「よくわかってるとも、ウィンダール」

　俺は立ちあがり、お引き取り願おうと手で扉《とびら》を指し示す。

「さあ帰れ。もう話はおしまいだ」

　ウィンダールはそっとカップに手を伸《の》ばし、熱い茶で唇《くちびる》を湿《しめ》らせた。

「アルバス殿、王子の召喚《しょうかん》を断ることはできない。これは重要なことなのだ」

「それよりも重要なことがある。このエルフは俺の財産であるということだ。それを勝手な英雄ごっこに引っ張り出されちゃ敵《かな》わない。死んだら誰が責任をとってくれる」

　語気を強めて言う。ウィンダールは目をスッと細める。

「アルバス殿、私はあまりこういうことは言いたくないんだが……君の行いはわかっている。この数日、私たちの仕事は王都からの任務のほか、探偵《たんてい》も含《ふく》まれていたのだよ」

「物騒《ぶっそう》な探偵だな」

「領主ルハザード・クリプトが数日前、屋敷《やしき》で惨殺《ざんさつ》されていた。大勢の騎士もな。およそ人間の所業とは思えぬ残酷《ざんこく》な死を迎《むか》えていた。あの屋敷は怪物《かいぶつ》に襲《おそ》われたのだ。それも死の匂《にお》いを纏《まと》うアンデッドだ。白神樹とは相対する邪悪なチカラの痕跡《こんせき》があった。だから、きっと不浄《ふじょう》なチカラを扱う者がいるのだろう」

邪悪、不浄。死の匂い。それがわかるというのか。

「それはおそらく貴公だろう。微《かす》かに死の匂いがまだ残っている」

「なんの話をしてるんだ？」

「とぼけるのは勝手だが、やったことは変わりない。もっとも、君が悪い人間だからとか言うつもりはないし、あの腐《くさ》り落ちた貴族の唾棄《だき》すべき悪徳を看過するつもりもない。死ぬべき人間は存在する。ただ、私は秩序《ちつじょ》に仕える騎士として、君に対処する方法があるということだ」

「迂遠《うえん》な言い回しが好きなんだな」

「ありていに言えば、君を追跡《ついせき》し殺害、あるいは拘束《こうそく》ののち監獄《かんごく》に閉じ込《こ》めるかする」

この世界に警察機構があるとすれば、それは騎士というわけだ。

「こんな街で秩序の守護者を名乗るなよ。ジョークにすらならない」

「まあ、言わんとすることはわかる。私も初めてグランホーの終地に来たが……ここは結構ハードな街だ。混沌《こんとん》としている。だが、それと私たちとは直接関係していない」

「都合のいいやつだな」

「わかってほしい、アルバス殿。これは為されなければいけないことだ。話を逸らすな」

「為されなければならないことなんて、俺の世界には存在しない。あと、話は逸らしてない」

「そのエルフは英雄の器《うつわ》として王都に迎えられる。そこで才能を鍛《きた》えなければならない。やがて来《きた》る大いなる禍を祓《はら》う救世の英雄になるために。あと、話はやはり逸らしていたと思うがな」

「都合のいいことばかり言いやがって。アルウはな、やせ細って垢塗《あかまみ》れでしらみだらけで、汚《きたな》い貴族に搾取《さくしゅ》され、そうやって死にかけたところを拾ったんだ。誰もこの子を救おうとしなかった。なのに、どうしてアルウがお前たちを救う。どこにその道理がある」

「なるほど、筋はある意見だ。返す言葉もない」

ウィンダールは立ちあがり、ベルトに下げた剣《けん》の位置をわざとらしく直す。

「道理を通すためには力で勝ち取るしかない」

法律なんてなくて、あっても取り締《し》まる方法もなくて、だからこそ原始的な正義が通用する。

「後悔《こうかい》するな」

言って、俺は立ちあがる。指の関節を鳴らし、どうぶち殺すかを思案する。

「待って！」

アルウが前へ出た。両手をいっぱいに広げ、ちいさな身体でウィンダールを静止した。

「やめてください！」

「なにをしているのですか！」

外から扉を突《つ》き破ってくる。サクラにクレドリス、クララにトーニャ、さらにはグドにジュパンにまでも一斉《いっせい》に部屋に飛び込んできた。

狭《せま》いな。みんなで盗《ぬす》み聞きしてたのか。

「ずいぶんな野次馬《やじうま》であるな」

ウィンダールは肩をすくめる。

「アルバスを、いじめないで……行くから」

絞《しぼ》り出すような声で言った。アルウ、俺のために犠牲《ぎせい》になるとでも？

「アルウ、無理しなくていい。この程度なら軽く殺せる」

「殺人鬼、よせ！　相手はあの誉《ほま》れ高きウィンダールじゃぞ！　斬《き》ったら、ただじゃすまん！」

グドが蒼白《そうはく》になって言ってくる。

彼はかつて騎士団に所属し『鬼《おに》のボランニ』と一部界隈《かいわい》では畏《おそ》れられていたらしい。

だからこそ著名人ウィンダールの威光《いこう》をよく理解しているのだろう。

「ウィンダールは王子の剣だ！　半神の従者じゃぞ!?　まともに戦って敵うやつなどおらん！」

「お父さん黙《だま》ってて！　アルバスさんが決めることだよ！」

「ええい、わからん娘《むすめ》じゃな、お前は。ウィンダールは化け物なんじゃ、戦うなんて無謀《むぼう》だ‼」

騒がしくなってきたところで、ウィンダールは「話を簡単にしよう」と言って腰《こし》をあげてしまう。

去り際《ぎわ》にチラっとこちらを見てくる。目配せだ。外へ来いと言っている。上等だ。

俺は共に外へ足を運び、その途中《とちゅう》でグドから剣を借りる。

「アルバス、考え直せ、相手はバスコの英雄だぞ？」

「長い物には巻かれろ、か。言ってることはわかる。1周目なら遠慮《えんりょ》したかもな」

だが、二度目の人生でそれはない。遠慮を強制される必要もない。

「助かる、グド」

「アルバス……」

俺はグドから騎士剣を受けとった。

◆　◆　◆　◆

へそ曲がりの宿の表通りに出てきた。

ウィンダールとふたり、並び歩き、合図したわけでもないのに同時に振りかえり相対した。

「その勇気を称《たた》えよう。大事なものを守るために剣を握る。実に美しい」

やつは腰鞘《こしざや》から豪快《ごうかい》に剣を抜いた。刃渡《はわた》りは１ｍ30㎝ほど。デカい。刃も分厚い。

蒼《あお》く輝く宝石が柄頭《つかがしら》と鍔《つば》に嵌《は》められた美しい大剣である。

対して俺はグドのくたびれた騎士剣を抜き、ゆるく構える。武器の負けてる感がすごい。

野次馬がわらわらと集まってきた。

「ウィンダールだ！　ウィンダールが剣を抜いてるぞ‼」

「相手は殺人鬼じゃねえか⁉」

「おい、お前たち、なにがあったんだよ⁉」

「ばっきゃろう、この前の続きに決まってんだろうが‼」

「隊長、これはなんの騒ぎですか？　加勢しますか？」

「殺人鬼を殺すんですね？　加勢します‼」

騎士どもが集まってきた。みんな俺のほうを見て、剣に手をかけている。

アルウやサクラたちは騎士たちを押さえて「やめてください！」と場を収めようとしていた。

「貴公らは下がっていろ。かの勇者は、アンデッドの軍団を屠《ほふ》る腕前《うでまえ》と聞く。その力、確かめたい」

「アルウ、サクラ、そいつらも今から殺す。危ないから下がってろ」

「自信家だな、貴公。私を倒《たお》すつもりでいるのか」

ウィンダールは厳《いか》めしい表情で、大剣を片手で掲《かか》げた。北の空を指し「我に祝福を」とつぶやき、
ゆっくりと胸の前におろし、両手で柄を握りしめ、額を分厚い剣身にあてた。

勝利への祈《いの》りか。奴《やつ》は俺を侮《あなど》っていない。本気でくるだろう。

高名な英雄が俺を殺しにかかってくる。言うまでもなく命の危機。

俺は俺が避《さ》けてきた命の危機に、自分から飛び込んでいる。

なんでこんなムキになっているのか。冷静になればちょっと馬鹿らしいと思う。

だが、こいつにアルウを渡《わた》すくらいなら死んだほうがマシだ。そう思えるのは確かだ。

「アルバス……っ、わたしは、わたしは」

「静かにしていろ」

アルウの背中を押す。何か言いたげだが、何も言う必要はない。

「違うの、アルバス、わたしは」

「いいから黙ってろ。俺に全部任せておけ」

俺はアルウの声をシャットアウトして感覚を研《と》ぎ澄《す》ます。

アルバス・アーキントンよ、偉大《いだい》な魔法使《まほうつか》いよ。力を貸してくれ。

彼が高めた剣の術理よ。俺を導いてくれ、勝利へ。

「いくぞ――」

ウィンダールは短く息を吐《は》き捨てた。豪風《ごうふう》をまとって一気に踏《ふ》み込んでくる。

山が飛び込んできたみたいだ。大きな圧迫感《あっぱく》がある。

だが――なんでだろう。思ったより全然――。

上段から振り下ろされる大剣。通りを割るほどの勢いだ。

俺は騎士剣を横にして頭上で受ける。重たい。剣が折れそうだ。

大剣を、こちらの刃上で滑《すべ》らせ、俺の肩横すれすれを通して、地面へ案内する。

するどい刃先は石畳《いしだたみ》をズドンッ‼　と激しく叩《たた》いた。

「なんだと――ッ」

下がった刃先を硬《かた》い靴底《くつぞこ》で思いきり踏みつけた。大剣の刃は深く沈《しず》んだ。

『怪腕《かいわん》の魔法《まほう》』で強化した踏みつけだ。石畳はひび割れ、野次馬たちはよろめいた。

ウィンダールをして驚愕《きょうがく》に目を見開いていた。

俺は春の小麦のごとき金色の髪を鷲掴《わしづか》みにし、彼の顔面に膝蹴《ひざげ》りを打ちこむ。もちろん怪腕で強化した本気の膝蹴りだ。頭蓋骨《ずがいこつ》を砕《くだ》いて、一発でぶっ殺してやるつもりで打った。

ウィンダールは宙を舞い、地上10mの高さまで上り、地面に勢いよく落下した。

膝蹴りの衝撃《しょうげき》で、剣は手から離《はな》れている。

「ぐは、がほっ、がほ……っ」

咳《せ》き込みながら、膝立ちになり、剣に手を伸ばす。

俺はその腕を踏みつけ、前蹴りでウィンダールの頭を押しのけた。

仰向《あおむ》けに石畳のうえに転がった。俺はすかさずウィンダールの利《き》き手に剣を突きたてた。

剣先《けんさき》が深々と刺《さ》さった。手のひらには装甲《そうこう》がないため抵抗《ていこう》もまたなかった。

「う、嘘だろ……!?」

「隊長っ‼」

「ウィンダール様ぁああ!?」

「殺人鬼を仕留めろ、隊長に近づけるな‼」

「ウィンダールが負けた！　ウィンダールが負けた！」

「俺たちの殺人鬼の勝ちだ‼」

「すげえ、ありえねえ。北風の剣ウィンダールに勝ったッ!?」

「いまの蹴りどうなってんだ……殺人鬼の倍もあるウィンダールがあんな高く――」

場が混乱していくなか、俺は剣を思いきり振った。

旋風《せんぷう》が巻き起こり、野次馬たちがシーンと静かになる。

「邪魔《じゃま》だ。どいてろ」

「あっ……」

「す、すみません……」

俺はウィンダールに近寄り、剣先を顔に向ける。

「はぁ、はぁはぁ」

荒《あら》く息をつきながら、顔をあげてくる。顔は潰《つぶ》れ、かろうじて片目だけ開いている。

瞳に宿るのは恐怖《きょうふ》。それとも覚悟《かくご》か。死を受け入れた瞳だ。

こいつを殺せば俺はお尋《たず》ね者になる。後戻《あともど》りはできない。……だが構うものか。

構えばすべては嘘になる。なによりアルウに犠牲を強《し》いることなどできない。

「アルバス！」

服が後ろから引っ張られる。振りかえるとアルウが懸命《けんめい》に俺のローブを掴んでいた。

翡翠の瞳には雫《しずく》が浮《う》かんでいる。うるうると今にも泣きだしそうだった。

「どうして、どうして話を聞いてくれないの？　話を聞いてくれないアルバスなんて嫌《きら》い！」

言われた瞬間《しゅんかん》、俺の頭はスンっと醒《さ》めた。

冷や水を浴びせられたような衝撃に思わず騎士剣を取り落としていた。

◆　◆　◆　◆

貴族の屋敷での、忌《い》むべき日々を送る中で、アルウは自分の命の意味を問うようになった。

何のために生まれてきたのか。何のために生きているのか。

虐《しいた》げられ、苦しむために生まれたのなら、そんな命は壊《こわ》してしまえ。死んでしまえ。

だけど自分の手で破壊《はかい》するのは恐《こわ》いことだ。

死ぬときくらいは苦しまずに死にたい。恐さを忘れたい。

絶望に光が差し込み、魔法使いがアルウを助けたあとも、彼女のなかに燻《くすぶ》る、漠然《ばくぜん》とした命への疑問が消えることはなかった。

アルバス・アーキントン。強く、大きく、深い叡智《えいち》を持ち、温かい慈悲《じひ》を知る魔法使い。

多くのものを与《あた》え、多くを教え、多くの幸せをもたらした。

しかし、アルウの方は何一つとして恩返しができていない。少なくとも彼女はそう思った。

自分はどこまでいってもアルバス・アーキントンにとって庇護《ひご》される対象であり、その逆はありえない。輪廻《りんね》がぐちゃぐちゃに絡《から》まって、天と地がべっこう飴《あめ》のように甘《あま》くとろけて混じり合おうともアルウがアルバスを助けることなどありえない。

ただの可哀想《かわいそう》な奴隷のエルフが、偉大な魔法使いを守ることはない。絶対に。

チャームを作ってみたし、料理だって作ってみた。

でも、納得できる結果はもたらされなかった。

剣を習おうとしたのは、アルバスの旅に同行し、彼の役に立とうと思ったからだ。

未熟だけど、練習すればきっと立派な剣士になれる。

サクラやクレドリスのような女性の姿が、アルウに勇気をもたらしたのだ。

しかし、アルバスは「ダメ」と言う。剣など許さないと言う。

アルウにはいつまでも「可哀想なエルフ」でいてほしいと言っているのと同義だ。

もちろん彼はそういうつもりで言っているわけではないのだが、自立と貢献《こうけん》、人生の意味を手にいれることを願うアルウにとって、挑戦《ちょうせん》をさせてくれないアルバスの言葉は、アルバスが彼女になにも期待していないことを暗示しているように思えたのだ。

白神樹の王都より参上した騎士が、アルウの力が必要だと言った。

アルウは選ばれし者で、救世の英雄になれる器だと言われた。

それを聞いてアルウは感激した。ついに自分の命の意味を見出《みいだ》せたのだ。

これで可哀想なエルフではなく、無意味な命と落胆《らくたん》せずに済む。

そう思った。しかし、アルバスはそれを快く捉《とら》えなかった。

まるで喜ばず、そんなものはアルウのためにならないと頭ごなしに否定する。しまいには喧嘩《けんか》になって、ウィンダールもアルバスも剣を抜くではないか。

アルウは必死にアルバスを止めた。自分はそんなこと望んでいないと叫《さけ》んだ。

◆　◆　◆　◆

静かな部屋だ。ここには俺とアルウしかいない。

いつもは隣《とな》り合って座るが、今回ばかりは対面で向かいあうカタチだ。

アルウは緊張《きんちょう》の面持《おもも》ちである。ひりひりとする。こんな空気感、はじめてだ。

「わたしは騎士についていって、王都に行きたい。困っている人がいるなら、助けてあげたい」

「だめだ。そんなことは許さない」

俺のなかではすでに答えは出ている。

問い続け、問い続け、そうして後悔して死んだ前世。

アルウ、俺はお前の先を知ってる。お前は優《やさ》しい子だ。だからこそ最後には絶望するのだ。

「いいか、アルウ、俺の言うとおりにしておけば悪いようにはならないんだ。救世の英雄になんてなる必要はない。ろくでもないに決まってる。危ないことがたくさん待ってる。間違いない」

「危ないことは嫌《いや》だけど、でも、それは意味があると思う。人を助けることには意味があるんだよ。わたしは生まれた意味を知りたい、わたしの命を無意味のままにしたくない」

「命の意味か。そんなものは存在しない。あるとすれば幸せになることだけだ」

嘘だ。意味はある。だが、意味はあとからついてくるものだ。

投資した行動の結果、その意味がついてこなかった時、すべては徒労に終わるんだ。

その時、人は絶望を知る。

「たくさんの人を救うことには、意味があるはずだよ」

「他人なんか救わなくていい。お前は幸せになればいいんだ。自分の幸せだけを考える。それが人間の正しい姿だ」

「でも、アルバスは、わたしを助けてくれたよ……？」

「助けていない。馬鹿め。お前は奴隷だ。商品にすぎないと、いつも言ってるだろうが」

「でも、助けてもらえた……」

「ええい、わからんやつめ。まったく。とにかく他人なんて気にするな。ましてや顔も知らないやつらのために戦わなくていい。そいつらがお前に感謝することはない」

「わたしは、このままじゃダメなの。わからないけど、すごい幸せなことも、どんどん細くなっていく、そんな気がする。何もできないのは嫌なんだよ」

無力感、か。アルウがそんなことを考えていたなんて。

いや、あるいはずっとそれは彼女のなかにあったのか。

力に制圧され、暴力に脅《おびや》かされ、自分の無力を嘆《なげ》かない者はいない。

「わたしは無意味に終わりたくないの、他人のためだけじゃない。この助けたいという思いは、わたしのためでもある。だから行きたい。アルバス、行かせてほしい」

この子はこれまで俺に逆らったことはなかった。

嫌という意思を表したことがあったが、拒否や拒絶《きょぜつ》の意を示したことはなかった。

だから、油断していた。俺は当たり前のことを見失っていたのだ。

アルウには意思がある。彼女は考え、決定することができる。

俺は驕《おご》っていたというのか。彼女を支配し、その幸せを定義し、操作しようとしていたのか？

どこに意味があるか、なにが幸せかなんて他人が決められることじゃない。

家族を養うこと、子供を育てること、ゲームをすること、良い成績をとること、タイムを縮めること、大会で優勝すること、会社を大きくすること、他者への貢献をすること——。

意味と幸せは人の数だけ存在する。

救世の英雄。その道には意味がないわけない。当たり前だ。あとから大きな意味が宿るだろう。

「だが、その道は危険なものだ。命を落としたらどうする？　命あっての物種だ。安全第一だ」

「危険でも、意味が欲《ほ》しい。たくさん助けて、たくさん認めてもらえて……もしそういう風にできたら、それはきっと凄《すご》いことだと思う」

ああ、この子は優しい。なんて優しいんだ。

その優しさが無意味に終わってほしくない。儚《はかな》く散ってほしくない。

「アルウ、お前は優しすぎる……」

優しいことは美しい。

しかし、この世界は——否《いな》、人間はその美しさにふさわしくない。

優しさのボールは投げても返ってこないんだ。そのことをアルウはわかってない。

この世界に存在する優しさの総量が１００なら、優しさへのお礼は1しかない。善意の光より、悪意の闇《やみ》のほうが人間には似合っている。それは原理原則なのだ。だから、アルウにはもう優しい子をやめてほしい。絶望する前にやめてほしい。きっと傷つく。ひどい仕打ちを受ける。どこかで裏切られる。可哀想に。

「優しさは呪《のろ》いだ、付け入られるだけだ」

「……そう、かもしれない」

「そうだ。そうに決まってる。世のなかは悪意で満ちてる」

一度目の人生も、二度目の人生も、世界には悪意が満ちていた。

善意への返報など存在しない。苦労は報《むく》われない。神がそうデザインしたのだから仕方ない。

「アルバスに守ってほしい」

ぼそっとアルウは言った。

「……なんだと?」

「アルバスは、すごく優しい……じゃなくて、すごく、すごく悪い人。厳しい人」

「そうだな。俺はまったく優しくなんかない冷徹で非道な男だ」

「うん。だから、アルバスに守ってほしい」

俺のなかでストンっと何かが落ちて、ピタッと思考が固まった。

傷つくだろうアルウを俺が守る。彼女がどこまで思考を深めているかはわからない。

まだ子どもだ。でも、うっすらと、わかっているのかもしれない。

悪意の満ちる世界で優しくあることの厳しさを。いや。あるいは俺よりもずっと――。

彼女はこれまで恐ろしい悪意のなかで震《ふる》えながら生きてきた。

そんなどす黒いなかにあって、なお彼女は白く美しい。

釈迦《しゃか》に説法だと言うのだろうか。優しくあることの厳しさを知ってなお、優しくあろうとする者に、悟《さと》った顔でシニカルに「それは愚《おろ》か」だとレスバを仕掛《しか》けているようなものだろうか。

黒い墨汁《ぼくじゅう》の海のうえで、なお白く咲《さ》き誇《ほこ》る一輪の花。

それを守る。そのことが俺にとって意味を持つ気がした。

だから、アルウのその一言が、ストンっと納得できた。

「わたしは魔法使い族が世界を救ったように、立派になりたい……アルバスみたいになりたい」

翡翠の真摯《しんし》な眼差しが見つめてくる。

「優しさは呪いだ。一度、囚《とら》われれば逃《のが》れられない」

「アルバス……」

アルウはしょんぼりと顔を伏《ふ》せる。

「お前はどうやらもう完全に優しい良い子ちゃんになってしまったようだ。あぁ、これは手遅《ておく》れだな。処置のしようがない。病気だ。もう治せない」

「アルバス？」

「………いまのままじゃ、なんの技能もないただの奴隷エルフだ。剣を持たせてモンスターの前へ放《ほう》り出したところで、惨《みじ》めに食われるだけだろうな」

「……これから強くなって、たぶん強くなれるはず」

「お前みたいな細くて、ちいさいエルフがか？　とてもじゃないが、すぐに死にそうだ」

「頑張《がんば》る」

「ふん。口だけなら誰でも言える。……だから、確認《かくにん》させてもらう。近くで監視《かんし》しているからな。救世の英雄とやらになれるのか、をな」

俺は腰をあげ、部屋を出ていこうと扉に手をかける。

アルウは目を白黒させ、ぽかんっとする。「もしかして……」と口を開いた。

「行っていいの？」

「物分かりの悪いエルフめ。貴様は身体が貧相《ひんそう》なくせに、頭の回転も遅《おそ》い。お前には選択肢《せんたくし》がある。辛く苦しい英雄の道を歩くか、死ぬまで平和で平穏《へいおん》なあったかおふとぅん地獄《じごく》を送るかだ」

「私は……英雄になる」

「よろしい。さあ、なにをしている。すぐに腰をあげ旅の支度《したく》をしろ」

「ありがとう、アルバス！」

「ありがとうだと？　まさか、お前のためにあの騎士どもに同行することを許すとでも？」

「違うの？」

「当たり前だ。すべては俺のためだといつも言ってるだろうが。お前が英雄として多くの者に認められれば、奴隷としての商品価値は飛躍《ひやく》的に増し、お前を売り払《はら》った時には、子孫3代まで遊んで暮らせるほどのシルクが手に入るだろうからな」

「アルバスはなんて冷酷《れいこく》……拝金主義者！」

「よろしい」

アルウは冷酷さゆえの判断だとわかったようだ。

これで俺が奴隷の頼《たの》みを聞きいれた優しいやつだなんて噂《うわさ》は流れないはずだ。

◆　◆　◆　◆

アルウは遠ざかる笑い声に思わず涙《なみだ》をこぼした。それは温かい雫であった。
自分はなにかをなせるかもしれない。
暗く、冷たい、床《ゆか》のうえで、虫に集《たか》られ、腐り死にゆく運命だった。
何の意味もない命だと絶望した。
しかし、もう違う。自分の命は確かな使命を帯びたのだ。
遥《はる》かなる賢者《けんじゃ》との出会いは、自分をいい方向へ連れていってくれる。
いましがた流した温かい涙は、彼の大いなる優しさへの無言の感謝なのだ。
言葉は口にしない。ありがとうと言ってはいけない。
彼は口に出してしまえば、きっとすぐに悪態をつくだろうから。
「……ありがとう、アルバス」
だから十分に彼の足音が遠ざかったのを聞いたあとで、少女はつぶやくのだ。

エピローグ　旅立ち

3日後、俺《おれ》たちはグランホーの終地を発《た》つことになった。

向かうのは白神樹の王国バスコ・エレトゥラーリア、その王都である。

そこに『王子』とかいうアルウを指名したカス野郎《やろう》がいる。

これから俺たちはそのカス野郎に会いにいき、ご高説とご尊顔を拝むわけだ。

そのあと騎士団《きしだん》のもとで集められた英雄《えいゆう》の器《うつわ》は、大いなる禍《わざわい》とやらに備えて力をつけるらしい。

なんだよ、大いなる禍って。ファジーにぼかしやがって。何年何月何日にこれこれこういう危険な奴《やつ》がでるから対応よろしくお願いします、だろうが。

「どうして予言っていうのは、こうフワフワしてるんだ」

俺は文句を言いながら荷物をまとめる。

もちろん乗り気ではないが、アルウの意思は先日の面談でしっかりと理解した。

そして当面の俺の新しい仕事も見つかった。ダークナイトである。

あの純白を混濁《こんだく》の黒から守る。結論をだすのは俺じゃない。アルウ自身だ。

「こんなところか」

荷物をまとめ、部屋を出る。振《ふ》りかえる。2カ月以上、お世話になった部屋だ。

ベッドは硬《かた》くて、雨音も響《ひび》いて、朝は寒かった。

でも、過ごした日々を思いかえせば……それほど悪いものでもない。

部屋の扉《とびら》を後ろ手に閉じる。1階へ下りると、受付前にジュパンニとアルウがいた。

「結局、アルウちゃんに負けちゃったんですね、アルバスさん」

「負けただと？　なにを寝《ね》ぼけたことを言っているんだ、このポンコツ安宿娘《むすめ》が」

「酷《ひど》い言いぐさです！　素直《すなお》にアルウちゃんのことが大事だって言えばいいじゃないですか！」

「アルウが大事だと？　まったくお笑いだな。このちんちくりんは、ただの財産だ」

アルウの頭をフードのうえからぽんぽんっと叩《たた》く。

「俺は財産を失うことが恐《こわ》いだけだ。だってそうだろう。勝手に王都に連れていかれたら、俺は30年ローンで買ったマイホームを国に持ち逃《に》げされるようなものなのだぞ。俺が心配しているのは、つまりそういうことだ。決してアルウ自身を案じてるわけじゃない」

「まったく、最後まで素直じゃない人ですね～」

「わたしはアルバスのただの財産。頭ぽんぽん恐い」

「ほうそうか。ならば、もっとぽんぽんしてやる。喰《く》らえ」

恐《おそ》れると言うのなら、それをする。

俺は冷徹《れいてつ》であり、合理主義者であると同時に、意地悪でもあるのだから。

「うわぁ、アルウちゃん、完全アルバスさんをコントロールしてますねえ……」

「行くのか、殺人鬼《さつじんき》、アルウよ」

受付にグドが出てきた。

「予定通り、今日、発つ」

「そうか……」

「……。この臭《くさ》くて安くて、汚《よご》れた宿屋に戻《もど》ってくることはないだろうな」

「口の減らないクソ男が。二度と帰ってくるんじゃないぞ」

「老いぼれじじいが。老い先短い命をもっと縮めてやろうか」

「まったくお父さんまで素直じゃない。結局、最後まで変わらずの2人ですね」

ジュパンニは肩《かた》をすくめる。このじじいと一緒《いっしょ》にされるとは心外だ。

「さようなら、アルウちゃん。王都に行ってもどうか健《すこ》やかに。きっと、またグランホーの終地に帰ってきてくださいね！」

「うん、戻ってくる。きっと」

アルウとジュパンニはぎゅーっとハグをしあう。

俺とグドはその様をまじまじと見つめる。この宿屋での日々が本当に終わるのだ。

不思議とへそ曲がりの宿の日々はいつまでも続く気がしていた。

元々、グランホーの終地にとどまるつもりはなかったというのに。

グドと顔を見合わせる。

「……まあ、達者でな、アルバス」

「あんたもな。どうせ身寄りなんかないんだから、困ったら手紙でも寄越《よこ》すといい。たぶん読まないし、破って捨てるが、もしかしたら、ひょっとしたら、万が一にでも気が向いて、1シルクの得にもならないだろうが、頑固《がんこ》なじじいとその娘を助けてやってもいいと思うかもしれない」

「まったくあてにならんのう。そんなんでは手紙を書くだけ無駄《むだ》じゃろう」

言って、グドは皮肉っぽい笑《え》みを浮《う》かべた。

「行くぞ、アルウ」

「うん」

へそ曲がりの宿をあとにし、俺たちは冒険者《ぼうけんしゃ》ギルドに足を運んだ。

まあ、別に必要はないことだが、一応の挨拶《あいさつ》まわりというやつだ。

「うぅ！　本当に行っちゃうんですね、殺人鬼さん！」

いつもの受付嬢《うけつけじょう》は涙《なみだ》ぐんで言った。まさか泣かれるとは。

「ああ、行く。もう俺の顔を見て恐い思いをしなくて済むな」

「うぅ、私、殺人鬼さんの恐い顔を見ないとやっていけません……‼」

どういうことか説明を求む。

「俺たちの殺人鬼はグランホーの終地にとどまるような男じゃねぇ！」

「そのスケールは星巡《ほしめぐ》りの地全土に及《およ》ぶってことだな」

「こいつは俺たちの誇《ほこ》りだ‼」

「きっと王都でも血祭りだろうぜ‼」

「我らが殺人鬼は王都で屍《しかばね》の山を築き上げて伝説をつくろうと言うんだ‼」

「湿《しめ》っぽいのはなしだぜ。殺人鬼には血が似合う‼」

だから、こいつらの郷土愛のなかに俺を組み込《こ》むのやめてほしい。

グランホーの代表みたいな扱《あつか》いも非常に不名誉《ふめいよ》だ。

「さようなら殺人鬼さん、またいつか会えますかね？」

「どうだかな。人生は長い。何が起こるかわからない。いつかは会うんじゃないか」

「では、そのいつかまで、さようなら。どうか元気に殺人ライフを楽しんでください」

どんな別れの挨拶だ。お前は最後までよくわからなかったよ、受付嬢。

冒険者ギルドの2階、ロフトへあがり、華《はな》やかなテーブルを見つける。

桜ト血の騎士隊にも別れの挨拶をすることにした。

「そうですか。やはり行かれるのですね」

「いつまでもこんな街にいるのは健康に悪い。身体《しんたい》的にも精神衛生的にもな」

「それは否定できませんね」

サクラは別れ際《ぎわ》、ぎゅっと抱《だ》き着いてきた。

反対側からアルウが抱き着いてきた。俺はされるがままにしている。

だが、人前でこういうことをされるのは、大人でも結構、恥《は》ずかしかったりする。

「王都へ向かわれるのですよね」

サクラは身を寄せたまま顔をあげてくる。くっつきすぎだ。柔《やわ》らかい。

「ああ、そこに召喚《しょうかん》される。長い旅になるが、行くしかない」

「でしたら、私たちもついに王都へ馳《は》せ参じる時なのかもしれませんね。ね、クレー」

「アルバス様、ちょっと」

クレドリスが耳打ちしてくる。温かい吐息《といき》が耳の穴にかかる。

「私たちの旅の行き先は不思議と重なることもあるかもしれません。その時は、どうか『運命の再会だな』とお嬢様《じょうさま》に言ってあげてください。そうすると、お嬢様は喜びますゆえ」

それでいいのか。ほとんどストーカーなのでは。サクラに付きまとわれるのは、別に悪い気はしないのだが……そういえば、以前、俺と彼女《かのじょ》たちが同行した旅も厳密には「一緒に旅した」ではなく、サクラたちが勝手についてきた、とのことだったな。

童貞《どうてい》を失ったら魔法《まほう》力を失うとのことだったので、気を引き締《し》めておかないとだな。

油断したら……狩《か》られてしまう。夜這《よば》いに注意、だ。

桜ト血の騎士隊に挨拶を済ませ、最後にやってきたのは、白神樹の騎士隊のもとだ。

ウィンダールは元気になっていた。膝蹴《ひざげ》りで顔を潰《つぶ》したが、ほとんど元通りになっていた。

3日前の戦いのあと、『ゲーチルの霊薬店《れいやくてん》』を紹介《しょうかい》したためだ。治癒《ちゆ》霊薬を使ったのだろう。

なお、ほとんど元通り、と言ったのは厳密には完治していないからだ。というのも今、彼《かれ》は眼帯をしている。以前はしていなかったものだ。それは左目の光が失われたことを意味している。

目については、まあ3日間の間にいろいろ話したので、決着はついている話題だ。

「まさか貴公まで、ご同行してくれるとは思わなかった」

「俺の財産であり、俺の奴隷《どれい》であるアルウを勝手に持っていけると思っていたのか」

「いや、そういうわけでもないが。貴公はあまり騎士が好きではないのであろう」

「別にそんなことはないさ。騎士だからじゃない」

「では体制か。あるいは白神樹であるか？」

「どれも違《ちが》う。特定の属性を嫌《きら》ってるわけじゃない。ただ、俺の権利と財産を侵害《しんがい》されることが気に喰わないだけだ。誰《だれ》だっていやだろう。自分の大切な物を土足で踏《ふ》みにじられるのは」

「そうか。安心した。白神樹へ嫌悪感《けんおかん》を持っていたらどうしたものかと、困っていたところだ」

白神樹、か。別にまだなんとも思っていない概念《がいねん》だ。これからどう感じるか決まるだろう。

王都ならば文化の最先端《せんたん》があるはずだ。きっと快適な生活が待ってる。

土地として申し分ない。あとはシルクを蓄《たくわ》えてニート生活をするだけだ。

「しかし、想定外であるな。我々は英雄の器を迎《むか》えに参上したのに、まさかこのウィンダールに勝《まさ》るほどの豪傑《ごうけつ》がセットでついてきてくれるなんて。これはお得というやつだ。王子も喜ばれる」

「俺はあくまでアルウの保護者——じゃなくて所有者にすぎない。面倒《めんどう》ごとに巻き込むな。俺は労働などしない。その『大いなる禍』とやらに微塵《みじん》も興味はない。世界が滅《ほろ》ぼうと、どうでもいい」

「相変わらず頑《かたく》なだな。まあ、それでも構わないさ。貴公はあくまでイレギュラー。予言には数えられていない頭数だ。ごゆるりとしているといいだろう」

「そうさせてもらう」

ウィンダール隊に合流し、馬を1頭貸し出された。俺とアルウは相乗りだ。

「おい、やめろ、あいつの隣《となり》なんて勘弁《かんべん》してくれ……っ」

ひそひそと騎士連中の声が聞こえてくる。

先日の一件で怪力《かいりき》を見せているので彼らには非常に恐がられているのだ。

なかにはこちらへ刃《やいば》を向けた者もいる。俺が恨《うら》んでいないかと心配なのだろう。

「ひえ、こっち見たぞ。なんて恐ろしい顔なんだ……」

「今朝も何人かなぶり殺しにしたに違いない……」

「あんなやべえ野郎がいっしょで平気なのかよ?」

「大丈夫《だいじょうぶ》だ、俺たちには神の加護がある。無事に王都に帰れるはずだ……」

「わりい、ちょっと漏《も》らした」

いや、俺の怪力とか関係ないなこれ。平常運転で顔にビビってるだけだった。

「アルウ、ここに乗れ」

「うん」

馬の鞍《くら》、前にアルウを座《すわ》らせ、後ろで俺が支える。

ちょうど俺の股《もも》の間にちいさい身体《からだ》がスポンっと収まっている状態だ。

「アルバス、ぎゅーっ、が恐い」

ぎゅーっ、が恐いか。ならば恐れることをやらねばなるまい。ぎゅーっ。

「諸君、ここまでの長旅、ご苦労であった。王都より遠く離《はな》れて早いもので1年だ。方々を駆《か》けまわり、ついに我々は予言を手に入れた。英雄の器アルウ。これからよろしく頼《たの》む」

ウィンダールはアルウを手で示し、騎士連中は拍手《はくしゅ》して「ようこそ隊へ！」「いらっしゃい、お嬢ちゃん」「バスコの未来を頼むぜ」などと歓迎《かんげい》の言葉を口にする。

アルウは少し恥ずかしそうにして、うつむき、フードの前を寄せる。

「……頑張《がんば》ります」

ぼそっと一言、気合の返事をした。よく言えた。えらい。1等賞。

「よぉし、ありがとう、アルウ殿《どの》」

ウィンダールはみなを睥睨《へいげい》し、遥《はる》か遠く北の空を見上げる。

「さあ、では帰ろうか、友たちよ。私たちの故郷、偉大な都市に」

隊長の一声で騎士隊は出発した。

目指すは純白の都市バスコ。長い旅になりそうだ。

あとがき

こんにちは、作者のムサシノ・F・エナガです。

WEB上ではファンタスティック小説家というペンネームで活動しております。

この本を手にとってくださった方、WEB版から読んでくださっている方、まずはお礼を言わせてください。ありがとうございます。

私がノンフィクション作家なのは一部界隈《かいわい》では有名な話です。なので、本作品も当然のようにノンフィクション異世界小説に分類されるわけですが、驚《おどろ》くことに、世の中には異世界の存在を信じない人間も一定数いることもまた事実であります。

世間ではさまざまな嘘《うそ》と真実が飛び交《か》っています。オタクに優《やさ》しいギャルはいないだとか、時間停止ものの9割はフィクションだとか、とにかくそうした根も葉もないデマが通説とされていることが多々あります。嘆《なげ》かわしいことです。オタクに優しいギャルはいます。

腹立たしいことに、こうしたデマをこの世から消し去るのは難しいです。

しかしながら、真実を知るのに遅《おそ》すぎるということはありません。私は、作品執筆《しっぴつ》にあたり、火の中、水の中、森の中、そして異世界すら取材しました。ノンフィクション作家なので。ゆえに編集部から与《あた》えられたこのわずかな余白にて、この本を手にとってくださった読者の皆様《みなさま》に世界の秘密をひとつお教えすることにいたします。

【男性はね、25歳《さい》を過ぎても童貞《どうてい》だと、魔法《まほう》が使えるようになるんです】

本作品における主人公アルバス・アーキントンが偉大《いだい》な魔法の使い手であることからも、すでに聡明《そうめい》な読者の皆様は、この真実を理解していただけているものと存じます。

そういうわけで男性読者の皆様は、手遅《ておく》れになるまえに、私と同じように暗澹《あんたん》たる童貞の道を歩んで魔法使《まほうつか》いを目指していただきたく思います。いっしょに頑張《がんば》りましょう。


余白も手狭《てぜま》になってまいりました。

最後に関係の皆さまへ謝辞を述べさせてください。

編集の江野本様、第4回ドラゴンノベルス小説コンテストで大賞に推《お》していただき、また、書籍《しょせき》作業において有意義な意見をたくさん示していただきありがとうございます。

絵師のａｚｕタロウ様、迫力《はくりょく》のある素晴《すば》らしい表紙、挿絵《さしえ》、口絵を描《か》いていただきこの上ない感謝を送らせてください。最高です。グッド。グレート。ファンタスティック。

最後に読者の皆様、この本を手にとり物語を読んでいただき感謝の言葉もありません。ＷＥＢから読んでくれている方には本の形にさせてくれたことへのお礼も述べさせてください。

第2巻に思いを馳《は》せながら、今回はこのあたりで筆を擱《お》かせていただきます。

同級生たちが社会人してるなか、次のアルバイト先を探しつつ、埼玉県《さいたまけん》辺境にて。

二〇二三年六月　ムサシノ・Ｆ・エナガ

本書は、２０２２年にカクヨムで実施された第４回ドラゴンノベルス小説コンテストで大賞を受賞した「俺だけが魔法使い族の異世界」を加筆修正したものです。

DRAGON NOVELS
ドラゴンノベルス

俺だけが魔法使い族の異世界
御伽の英雄と囚われのエルフ

2023年8月5日　初版発行

著　　者　ムサシノ・F・エナガ

発 行 者　山下直久

発　　行　株式会社 KADOKAWA
〒102-8177　東京都千代田区富士見 2-13-3
電話 0570-002-301（ナビダイヤル）

編　　集　ゲーム・企画書籍編集部

装　　丁　AFTERGLOW

D　T　P　株式会社スタジオ２０５ プラス

印 刷 所　大日本印刷株式会社

製 本 所　大日本印刷株式会社

DRAGON NOVELS ロゴデザイン　久留一郎デザイン室+YAZIRI

●お問い合わせ
https://www.kadokawa.co.jp/（「お問い合わせ」へお進みください）
※内容によっては、お答えできない場合があります。
※サポートは日本国内のみとさせていただきます。
※ Japanese text only

定価（または価格）はカバーに表示してあります。

ISBN978-4-04-075082-8　C0093

異世界転移、地雷付き。
いせかいてんい、じらいつき。
いつきみずほ
Illustration 猫猫猫
ドラゴンノベルス